ANDRÉ POUSSE

TOUCHEZ PAS AUX SOUVENIRS

ROBERT LAFFONT

ISBN 2-221-05935-2

C'est par Michel Audiard que j'ai rencontré André Pousse... servi sur un plateau de cinéma, bien sûr, et depuis, je ne dirai pas qu'on ne s'est plus quittés, ça pourrait inciter les malveillants à de mauvaises pensées... non, mais on ne s'est plus perdus de vue. On se bigophone, je vais becter de temps en temps dans son restaurant, le Napoléon Chaix, rue Balard.

Un bain de jouvence parisien, la fréquentation de Dédé. A vrai dire, je le connais depuis des lurettes... la nuit des temps. Il traînait déjà les ruelles du Pantruche de François Villon. Il est de ces hommes, ou de ces femmes comme Arletty, qui fleurent encore bon les toits de Paris tels que René Clair les filmait.

Un rien, un mot, une façon de dire, de frôler les choses ou de mettre carrément les pieds dans le plat... ça ne se définit pas, exact... Dédé balance le vanne sévère... celui qui cueille à froid la galerie, le promenoir... les gradins du vieux Vél'd'hiv'.

Et nous y voilà. Première station, premier chapitre rue Nélaton. C'est là, en réalité, que j'ai aperçu notre champion la première fois pendant les Six Jours. Il courait en équipe avec Delvoye... juste dans l'après-guerre... au temps de Gerrit Schulte, Achille Bruneel, Rick Van Steenbergen... une pléiade de pistards qui donnaient le spectacle sportif le plus fabuleux. Tout le monde était là... le Tout-Paris au restaurant en milieu de piste... snobs, gens de la haute, vedettes de cinoche ou de la chanson. Le populo, lui, s'entassait sur les gradins... les petits commerçants, ouvriers, les mémères et les pépés... sans oublier dans tout ça la voyoucratie, les macs avec leurs gagneuses, les malfrats de tout poil. Ce qui faisait dire à Fernand Trignol, célèbre argotier, ami d'ailleurs d'André Pousse, qu'il y avait là de quoi remplir quelques voitures cellulaires et que, si un président de correctionnelle avait cloqué à chacun six mois de cabane et cinq piges d'interdiction de séjour, personne n'aurait eu l'idée de faire appel.

J'en arrive à l'essentiel, ce qui fait l'originalité du témoignage d'André

Pousse... Durant toute son existence, comme aux Six Jours, il a fréquenté aussi bien les têtes couronnées du succès et les femmes du monde que les tronches de lard, les voyous de haut vol, les gens du mépris de la loi.

Depuis longtemps déjà, on le sollicitait pour qu'il écrive un livre de souvenirs. Il racontait, racontait... débagoulait avec une verve qui ne s'imite pas. Après le cyclisme, il s'est exilé quelque temps à Haïti, puis aux États-Unis. Il y a fait tous les métiers, gagné sa vie à Dieu sait quoi et au poker... croisé les personnages les plus inquiétants de la pègre, les marchands de mort subite qui draguaient dans les eaux de la mer des Caraïbes.

Devenu ensuite imprésario, agent artistique, ça lui permet aujourd'hui de nous évoquer au passage Henri Salvador, Mouloudji, Joséphine Baker et, bien sûr, la grande Édith, la môme Piaf avec laquelle il aura une liaison extraprofessionnelle.

Organisateur de spectacles, il a connu tous les montreurs d'ours, les équilibristes, les prestidigitateurs, tous les phénomènes de foire dans les années 50... à l'affiche de tous les music-halls d'Europe et d'Amérique.

Il nous évoque aussi sa jeunesse, la guerre, l'exode. Ça n'a rien à voir avec ce qu'on peut lire habituellement sur la question.

En suivant son parcours, on est un peu débordé tant ça fourmille d'anecdotes dans les milieux les plus divers. Un régal pour l'amateur d'histoires drôles, de petits faits pris sur le vif. Comme sur son vélo de pistard, il s'est défoncé, Dédé, il coiffe au sprint les meilleurs mémorialistes.

A l'avant-dernier chapitre, on en arrive au cinéma, bien sûr. Il se devait d'y aboutir... de nous laisser une silhouette impérissable... celle du pauv' Frédo dans Faut pas prendre les enfants du Bon Dieu pour des canards sauvages... *un petit chef-d'œuvre d'humour argotique signé Michel Audiard. Il fait maintenant partie du paysage cinématographique, André Pousse... On l'a vu le flingue à la main auprès de Gabin, Belmondo, Alain Delon, Lino Ventura.*

Pensant à lui, me sont venues quelques scènes au bout de la plume que c'était un régal de les écrire. Il y a comme ça des interprètes qui vous remplissent le stylo de la plus belle encre verte.

*Devenu restaurateur dans le XV*e*, il se dépense en vive jactance auprès d'une clientèle de choix. On va chez lui comme on allait autrefois dans les boîtes de la butte Montmartre pour y rencontrer des mots, des formules qui fusent, pour y respirer encore un peu l'air de Paris avant que les bulldozers et les technocrates n'aient mis un point final à ce que le peintre Gen Paul, l'ami de Céline, appelait* l'aristocratie de la rue.

Alphonse BOUDARD

— Tu devrais réfléchir, Dédé, le vélo, c'est bien beau, mais tu vas pas faire le coureur cycliste toute ta vie, là t'as eu du pot, mais regarde-toi, c'est pas sans risque, t'as pas envie de finir ta vie comme porteur de journaux, c'est pas déshonorant, mais pour prendre de la monnaie y a mieux.

J'écoutais ce qu'il me disait, mon pote Jeannot, un Parisien comme moi qui vivait aux États-Unis où il s'était fait naturaliser.

De passage à Paris, il était venu me voir à l'hôpital. Je gambergeais... Il avait pas tort, Johnny... on l'appelait comme ça à Chicago... Parce que là je m'en tirais pas mal, mais il y a toujours l'accident grave, le vrai, le fatal, qui vous attend sur la piste ou sur la route.

Sans compter que c'est pas parce que vous êtes vedette que vous êtes assuré, dans le sport, de faire fortune... surtout dans le vélo. La limite d'âge arrive plus vite qu'un sprint et vous vous retrouvez comme un con, sans oseille, avec votre vélo accroché à un clou. Et même si vous avez pris des sous... ça fond vite. La reconversion... c'est pas évident.

D'après Johnny, j'avais intérêt à laisser tout tomber pour aller avec lui aux Antilles, à Haïti.

— Tout est à faire là-bas, il y a plein de pognon à prendre, j'y suis allé plusieurs fois. Les Amerloques viennent en masse en vacances... faut leur aménager des plages, monter des restaurants, des salons de coiffure, leur louer des bagnoles... il n'y a rien... tu te rends compte?... tout est à faire! On reste cinq ans, on prend un max et on se casse!

— Ben oui, mais le fric?...

— T'occupe pas, on va se démerder... moi, j'en ai et, si t'es d'accord, tu bazardes tout ce que tu as et tu pars, moi, je retourne d'abord aux États-Unis quelques semaines et je te retrouverai sur place.

J'ai réfléchi quelques jours. C'est vrai que dans le vélo pour être au plus haut niveau faut pas picoler, faut pas fumer, faut pas baiser. Moi, j'avais de temps en temps envie de fumer une cigarette, de boire autre chose qu'un Vittel-menthe et de me retrouver dans un lit avec une dame. Alors, je me suis dit : « Je tourne une page, j'ai trente ans, j'arrête la compétition, je change de vie. » J'ai donc arrêté de courir, bazardé mes sept vélos et tout ce que j'avais, et j'ai pris un billet d'avion pour Port-au-Prince...

A l'époque, c'était pas de la tarte pour aller là-bas, le Concorde n'avait pas encore été inventé. Les avions avaient encore des hélices. Le mien, un quadrimoteur Superconstellation, partait pas de Paris. Fallait aller le chercher à Londres. Le voyage durait quatre jours s'il n'y avait pas d'incident. On passait par les Açores, les Bermudes, les Bahamas, et on arrivait à Kingston, à la Jamaïque. Là, il fallait attendre deux jours pour monter dans un monomoteur à béquille d'une quinzaine de places qui avait dû faire 14-18, avant de nous poser à Haïti, sur une piste rudimentaire devant une baraque en bois... Ça s'appelait pompeusement les West Indies Air Lines.

J'étais assis à gauche dans le Superconstellation à la hauteur de l'aile et, après quelques heures de vol, pendant le trajet entre les Açores et les Bermudes, je regardais machinalement par le hublot quand, brusquement, je vois un morceau de dural, de ferraille, je ne sais pas quoi au juste, qui se détache en partie du capot d'un moteur et qui se met à battre comme ça dans le vent des hélices. Un peu affolé, j'appelle l'hôtesse qui rapplique et je lui montre le truc.

— Mais c'est rien, monsieur, restez calme...

— Comment ça, c'est rien, vous rigolez ou quoi ?... Appelez le commandant de bord.

— Restez calme, *please* !

— Appelez le commandant ou je hurle et je fous la panique.

Elle ne voulait pas le faire, on s'était un peu engueulés, mais le commandant de bord s'était dérangé. Lui, il m'avait rassuré, c'était pas grave, d'après lui on allait arranger ça vite fait aux Bermudes. Je sais pas si c'était grave, mais on est restés cinq heures à attendre qu'ils aient fini de réparer... Tout ça pour vous dire que les voyages aériens vers ces années-là, ça ressemblait souvent, d'après ce que j'avais lu, au début de l'Aéropostale.

Aux Bermudes, un type monte dans l'avion, le genre joueur de football américain, 1,95 mètre et 100 kilos. Il est bourré comme un coing. Il s'assied à côté de moi et me parle en anglais, son accent est épouvantable, je ne comprends pas ce qu'il me dit, il s'énerve et finalement va aux toilettes. J'en profite pour changer de place.

Après l'escale aux Bahamas, quand nous repartons, il revient vers moi et me parle à nouveau. Je ne comprends toujours pas.

Une fois arrivé à Kingston, je prends la file des passagers en transit. Nous sommes peu nombreux, et je me mets à la dernière place... j'essaie de ne pas me faire remarquer. Dans ma valise à double fond, j'ai des aigrettes. Ces plumes de héron valent aux États-Unis, où elles sont interdites à la vente, quatre ou cinq fois le prix qu'on les paie en France.

Une fois arrivé à Haïti, un aller et retour à Miami me remboursera le voyage.

A Kingston, il fait une chaleur torride.

Un avion fait des manœuvres devant les bureaux de l'aéroport. Le douanier me parle, le bruit du moteur m'empêche de le comprendre. Il me demande la taxe d'aéroport. Le géant américain réapparaît. Je ne comprends toujours pas ce qu'il me dit.

Sans raison aucune, il me gifle violemment. J'attrape la boîte en ferraille dans laquelle le douanier range son pognon et la balance dans la tête du « footballeur ».

Il tombe de son côté, moi du mien. Les flics arrivent, on nous demande nos papiers.

Je réalise qu'on a perdu la guerre. Le passeport français est nettement dévalorisé, et c'est moi qu'on emmène.

J'ai traité avec les poulets jamaïcains. Ça m'a coûté trois heures de discussion et deux cents dollars.

Après les deux jours d'attente à Kingston au Myrtle Bank Hotel et quelques heures de vol dans l'avion à béquille, je suis donc arrivé à Haïti, à Port-au-Prince, et je me suis installé dans le palace de l'endroit, pour attendre tranquillement Johnny qui allait se pointer quelques jours après avec mon pognon que je lui avais passé à Paris. A l'époque, avec le contrôle des changes, c'était drôlement limité, on sortait pas grand-chose. Lui, comme il était américain, il n'avait pas de problèmes... J'avais décidé d'arriver quatre jours avant le rendez-vous fixé pour me balader et lui montrer que moi aussi je connaissais un peu le pays. Je m'étais donc promené pendant ces quatre jours et, à la date prévue, je me pointe à l'aéroport à l'heure d'arrivée de l'avion de Miami. Il y a plein de touristes amerloques qui descendent de la passerelle à roulettes, mais pas mon copain. Comme il n'y a qu'un avion tous les deux jours, je m'affole pas, je pense qu'il a dû le rater et je retourne le surlendemain à l'aéroport, à la même heure. Rebelote, il fait pas partie des passagers. Un peu déçu, je reviens à l'hôtel en pensant que, s'il a eu un empêchement quelconque, il va sûrement m'envoyer un télégramme ou un coup de téléphone pour me rassurer. J'attends deux jours sans sortir, mais Johnny ne me donne aucun signe de vie. J'étais pas trop inquiet pour mon pognon. Je savais que mon copain, c'était pas un enfant de chœur, c'était même plutôt le contraire. Mais les truands dans ces années-là respectaient encore certaines règles, et je savais qu'il ne m'avait pas repassé de mon oseille. Fallait quand même qu'il ne tarde pas trop pour m'apporter de la fraîche, parce qu'avec mon petit rouleau de cent dollars j'allais pas aller bien loin. J'avais un numéro qu'il m'avait donné à Paris, c'était à Chicago, mais ça m'emmerdait un peu de l'appeler, c'était quoi ce numéro ? C'était chez lui ? C'était un bureau ? Allez savoir... Je pouvais aussi tomber sur sa femme ou une gonzesse qui serait peut-être étonnée d'apprendre qu'il était attendu à Port-au-Prince. Il n'avait peut-être pas prévenu. Finalement, dans la soirée, j'ai demandé son numéro à la réception et je suis tombé sur un bar qui était plein de monde. Bien que je me démerde en anglais, j'entendais mal à cause du bruit, c'était le patron ou le barman qui avait décroché.

— Oui, on le voit de temps en temps.

— Il passe pas aujourd'hui ?

— On ne sait pas...

— Vous pouvez lui faire une commission ?

— Bien sûr.

J'avais filé le numéro de l'hôtel pour qu'il me rappelle et j'avais raccroché. Vu ses occupations, à Johnny, il s'était pas trop mouillé, le mec du bar, et je me retrouvais comme un con, pas plus avancé qu'avant. Vraiment je ne savais plus quoi faire, je commençais à fouetter sérieusement. Pour tout arranger, le directeur de l'hôtel m'avait préparé ma note, il tombait plutôt mal.

— Je vous ai demandé quelque chose, moi?...

— Non, monsieur, mais ici, c'est la coutume.

— Ici, c'est peut-être la coutume, mais moi, je paie quand je m'en vais... ici ou ailleurs, et pour l'instant je reste!

Il n'avait pas insisté et je m'étais tiré dîner au restaurant. L'important pour moi était qu'on ne s'aperçoive pas tout de suite que j'allais avoir des difficultés question monnaie.

Le lendemain, j'étais à l'ambassade des États-Unis pour essayer d'avoir des nouvelles de mon copain; j'ai raconté mon histoire à une nana, une Américaine, qui m'a bien reçu.

— Voilà, j'ai un ami qui devait me rejoindre ici et ça fait plusieurs jours que je l'attends, je suis surpris de ne pas avoir de ses nouvelles.

J'ai filé son nom et son adresse aux États-Unis, et elle m'a dit de revenir à l'ambassade à la même heure le lendemain. J'y suis retourné plusieurs fois, à l'ambassade, parce qu'ils n'avaient toujours pas de réponse, mais cette fois-là, si j'ose dire, c'était la bonne...

— C'est un parent à vous?

— Pas exactement, c'est un ami d'enfance, on était à l'école ensemble et puis après on s'est perdus de vue, il a émigré aux États-Unis...

— Il est mort, votre ami, il est mort à Chicago il y a de ça une semaine...

Ça m'a fait un drôle de choc, la nouvelle... merde alors, il était mort, Johnny... je pouvais toujours l'attendre, il risquait plus de se pointer.

Je lui ai demandé, à la fille, si elle savait de quoi il était mort... non, elle ne savait pas... J'ai su quelques années plus tard à Paris, par des amis, qu'on l'avait dessoudé à coups de calibre. Si on s'est servi de mon pognon pour les fleurs, il a dû avoir une belle couronne, Johnny.

En sortant de l'ambassade, j'étais plutôt songeur. Je marchais sans but dans les rues de Port-au-Prince en cherchant un moyen pour m'arracher de ce bled. Je me souviens d'avoir traversé une place, puis je me suis assis un moment sur un banc public, juste devant un truc marrant, je n'avais jamais vu ça... une petite statue en bronze qui servait de chiottes aux oiseaux, posée sur un socle énorme, disproportionné. C'était la statue d'un militaire, fringué comme un général de Napoléon avec un bicorne sur la tronche. Malgré les circonstances, je trouvais ça rigolo, qu'ils aient foutu ce truc à peine plus gros qu'un bronze de cheminée sur un socle pareil... C'était vraiment un pays curieux. J'avais déjà été étonné dès mon arrivée quand j'étais passé en taxi devant leur Palais national. Il s'était pas cassé, l'architecte, il avait refait la Maison-Blanche, on se croyait aux États-Unis. C'était quand même pas tout à fait comme à Washington, parce que sur le drapeau qui flottait au-dessus c'était tout un programme... d'un côté, il y avait marqué « Vive le Président Magloire » et, de l'autre, « Buvez Coca-Cola ». J'étais donc là à gamberger devant la statue, une mouette venait d'atterrir sur le bicorne, quand j'entends quelqu'un qui m'appelle :

— André... mais qu'est-ce que tu fous là, André ?...

Et je vois s'approcher un superbe mulâtre qui se fend la gueule et qui me saute dessus en me foutant des grandes claques dans le dos.

— Jean-Marie... merde, pour une surprise, c'est une surprise...

J'avais totalement oublié qu'il était d'ici, Jean-Marie. Quand je l'ai connu à Paris, il faisait ses études de médecine au Ludo, rue de la Sorbonne, où on le voyait pratiquement huit heures par jour, c'était sa fac à lui, le Ludo. Avec lui, je jouais souvent au tarot ou aux échecs... sacré Jean-Marie. On se met à parler, mais je ne me mouille pas trop, je lui dis que je suis en vacances et j'apprends, un peu surpris quand même, qu'il est médecin et qu'il exerce, mais que l'avenir de son pays le tracasse, lui mange la tête, comme il dit. Je le vois encore jeter un petit coup d'œil rapide à droite et à gauche avant de m'en dire plus.

— Tu comprends, moi, je ne suis pas d'accord avec mon gouvernement, je ne suis pas d'accord du tout !

Et Jean-Marie m'apprend qu'il est dans l'opposition, qu'il milite avec des copains, que le président Magloire est un rigolo, qu'on ne fait rien pour le peuple, que tout le monde est analphabète, malade, les femmes surtout, les vieilles, les jeunes. D'après lui, j'ai intérêt à ne pas y toucher, aux gonzesses... et le pian, quand on l'attrape, on n'est pas sorti de l'auberge...

— C'est quoi, le pian ?

— Le pian... c'est une maladie de peau d'ici...

Moi qui commençais à être en manque de ce côté-là, il faisait bien de me prévenir, Jean-Marie, j'avais pas envie de me choper une saloperie. Et l'idée de faire le mac, j'y avais pensé un moment, juste le temps de pouvoir me payer un billet de retour, fallait que je trouve autre chose... Pendant que je gambergeais à tout ça, Jean-Marie continuait à me raconter tout ce qu'il avait sur le cœur à propos de son président Magloire... il ne pouvait pas prévoir que cinq ans plus tard ils allaient se farguer Papa Doc et les tontons-macoutes.

— D'ailleurs, ici, ça a toujours été comme ça, et ça fait longtemps que ça dure... tu as vu ça ?...

Et il me montre la petite statue constellée de merdes d'oiseaux qui m'intriguait juste avant qu'il arrive.

— Ça, en théorie, ça représente Toussaint Louverture, notre héros de l'indépendance, un Noir... en fait, c'est pas Toussaint Louverture qui est devant toi... c'est le maréchal Ney... tu sais pourquoi ?

Comme je ne savais pas, il m'a expliqué que, plusieurs années après l'indépendance, le gouvernement de l'époque avait eu l'idée, pour fêter la chose, de lui faire faire une belle statue, à Toussaint Louverture.

On avait filé beaucoup de pognon à un Haïtien, le cousin d'un ministre, je crois, pour qu'il aille en France passer la commande à un sculpteur.

Arrivé à Paris, le type, qui avait un copain qui habitait Pigalle, était allé directement voir les putes et il avait claqué presque toute l'oseille à faire la fête pendant des semaines, et puis, comme il fallait bien qu'il rentre avec quelque chose, il s'était retrouvé chez un fondeur pas cher, qui lui avait refilé, avec la monnaie qui restait, une petite statue du maréchal Ney au rebut, qui traînait dans un coin. A Haïti, pendant ce temps-là, ils avaient construit le socle, un socle normal, en attendant le retour du cousin du gouverneur avec sa commande. Cela a dû leur faire drôle quand il s'est pointé avec son dessus de cheminée...

Le soir même, je bouffais avec Jean-Marie, qui m'avait invité. Tout en jactant avec lui, j'imaginais mille trucs pour trouver du pognon... En aucun cas je pouvais lui dire que j'étais raide, ça m'aurait desservi. Faut toujours faire bonne figure. Dans ce genre de circonstance, faut être loup ou agneau. C'est l'un ou l'autre pour s'en sortir, mais c'est pas facile de faire le choix. D'ailleurs, je crois qu'on ne choisit pas, ça dépend des gènes et des chromosomes... Je pensais que Jean-Marie pouvait m'introduire auprès de gens fortunés, ou me faire connaître des endroits à la mode où je pourrais lever une vieille Amerloque de passage, faire le gigolpince, je ne sais pas... ou lui piquer son collier ou autre chose... En fait, j'étais prêt à tout. Après la bouffe, avec Jean-Marie, on avait été boire un verre dans un endroit qu'il connaissait, à Pétionville. C'était un truc en plein air, dans la montagne, où l'on dansait sous les lampions. J'avais vite été repéré par deux Américaines et j'en ai invité une à danser, la moins tarte. Quand elle a été en pleine lumière, vue de près, j'ai tout de suite compris que gigolo, c'était pas mon truc... A l'époque, le lifting c'était beaucoup plus rare, les nanas se faisaient moins tirer la peau que maintenant. Ma cavalière, elle, c'était sûr, la chirurgie esthétique, elle connaissait pas. A part ses yeux superbes derrière ses lunettes pailletées, c'était pas regardable. Un cou de dindon, ça pendait de partout. Je lui ai fait faire un petit tour de piste et je l'ai vite ramenée à sa copine. Il se marrait, Jean-Marie.

Le lendemain, dans l'après-midi, il m'a emmené en bagnole à la campagne chez des cousins à lui bourrés de fric, qui avaient des plantations de canne à sucre. Ils m'ont fait tout visiter, en continuant entre eux de jacter politique... Je commençais un peu à m'emmerder. Il était temps qu'on revienne à Port-au-Prince. Je sais pas si Jean-Marie et ses cousins allaient changer quelque chose dans leur patelin, en admettant qu'ils prennent le pouvoir, mais ce qui était certain, c'est qu'ils n'en avaient rien à cirer de voir leurs contremaîtres foutre des coups de fouet aux coupeurs de cannes à sucre pour qu'ils bossent plus vite... Je me souviens même qu'ils s'étaient marrés. Ça les choquait pas, eux, de voir un Noir cogner sur un autre Noir. Moi, ça me choquait.

Ils avaient aboli l'esclavage depuis belle lurette, mais un patron restait toujours un patron, il n'y avait que la couleur de peau qui n'était plus la même, et c'était pas près de finir. A l'époque, Krasucki et Harlem Désir, ils auraient défilé tout seuls dans Port-au-Prince...

J'ai eu l'idée d'aller au casino pour essayer, pourquoi pas, de me faire un peu de blé. J'y suis pas resté longtemps et j'ai même pas joué. C'était la mafia qui contrôlait là-bas, l'équipe de Lucky Luciano, je crois. Ils ont vu tout de suite que j'étais pas venu comme les touristes de passage pour y laisser ma monnaie, mais plutôt pour en prendre. Dès mon entrée, un Ricain avec une gueule de raie pas croyable m'a tout de suite emboîté le pas. Il se tenait à une distance respectable, bien sûr, mais il était toujours dans ma roue... Je suis ressorti.

A l'hôtel, ils commençaient à me faire la gueule, et j'avais de plus en plus dans la tête des idées malfaisantes pour me procurer de la fraîche. Les idées, c'est bien, ça rassure, mais c'est pas toujours réalisable et puis, pour être franc, je pensais qu'à des trucs difficiles à réaliser tout seul. Pour tout arranger, on s'aperçoit bien vite que c'est con, une île, surtout pour se tirer. Les routes, vaut mieux oublier, il y a toujours la mer en fin de parcours. Pour s'arracher, il ne vous reste que l'avion ou le bateau, c'est-à-dire qu'il vous faut beaucoup de carbure... la carte bleue n'était pas encore inventée, on risquait pas de les faire marrons, les compagnies. Toujours dans l'espoir de me faire remarquer par une Américaine à pognon pas trop naze, je me suis mêlé à un groupe de touristes qui visitaient les caves de la banque d'Haïti où se trouvait un petit musée. Et là, le miracle... Au milieu d'une salle, sous une sorte de cloche à fromage qui était fendue d'un côté, une grosse couronne en or massif, avec plein de diamants, de rubis et d'émeraudes sertis autour... un rayon de lumière tombait droit dessus. Ça brillait de partout, un feu d'artifice. C'était la couronne d'un roi d'ici, le roi Christophe, dit Henri Ier, qui était clamsé en 1820, c'était marqué sur la plaque. Comme elle ne lui servait plus, sa couronne, à Henri, j'avais pas à me gêner, c'était à portée de la main, il n'y avait même pas de système d'alarme, et puis surtout j'allais pouvoir revoir Paris. Mon retour, c'était sans problème. Avec une des grosses émeraudes, je pouvais même acheter l'avion et le pilote avec. Dans un coin de la pièce, il y avait un gros Noir, le gardien, qui ronflait, sa casquette sur les yeux, le cul vissé sur un tabouret. Lui, avec un coup de chaussette bourrée de sable sur la tronche, il continuerait sa nuit sans somnifère. Après, mine de rien, décontracté, je sortirais en planquant la couronne sous mon imper plié sur mon bras... Une fois dans la rue, sans trop me presser, je rejoindrais le pêcheur et son canot qui m'attendraient dans une crique. Après, c'était Cuba, c'était la liberté. On entrait et on sortait comme on voulait là-bas... Castro n'était pas encore arrivé... et Batista n'était pas trop curieux sur la qualité des touristes...

Le lundi, les caves de la banque étaient fermées. Comme on était mercredi, je pouvais opérer dès le lendemain. J'étais en train de penser à tout ça en buvant un café à une terrasse juste devant le Palais national quand Jean-Marie, qui passait par là, vient s'asseoir en face de moi toujours en se fendant la gueule.

— Tu m'offres un café ?

— Bien sûr...

— Alors, André, tu fais le touriste ? T'as été faire un tour dans les caves de la banque ?...

Pour lui faire plaisir, je lui dis que c'est beau, qu'il y a de belles choses à voir, mais je ne lui parle pas de la couronne de Riton Ier... c'est lui qui m'en parle...

— Tu vois bien qu'on a toujours été dirigés par des profiteurs. Tu te rends compte, elle est en cuivre, la couronne... et les pierres, c'est du toc..., de la pacotille... tout est faux... les diamants, les rubis, les émeraudes... c'est de la verroterie... les vraies pierres et la couronne en or massif, c'est plus ici... ça fait longtemps qu'ils ont tout vendu...

Merde... tout s'écroulait... je retournais à la case départ. Sans le savoir, il m'avait empêché de mettre le pied dans un trou, Jean-Marie. Sans lui, dès le lendemain je montais sur le trône. André Ier, roi des cons... Chaque année, pour fêter les rois, après un petit coup de Miror, j'aurais pu me la foutre sur la tronche, la couronne...

Et puis on s'est un peu perdus de vue avec Jean-Marie.

J'ai profité d'un lapin qu'il m'avait posé pour prendre un peu d'espace entre lui et moi. Comme je vous l'ai dit, il donnait dans l'opposition et ça me disait rien d'avoir des emmerdes avec les flics de Port-au-Prince qui, j'avais remarqué, n'étaient pas des câlins. On s'est téléphoné et je lui ai raconté que je m'étais trouvé une gonzesse et qu'on allait se revoir dès que je pourrais. En fait, j'étais devenu représentant en parfums. Vous marrez pas... c'est vrai... J'avais pas fait les petites annonces... non... Ça avait commencé par la rencontre d'un Français, qui était originaire de Bar-le-Duc... un marginal, comme on dirait maintenant... un type de mon âge qui attendait comme moi à l'ambassade de France, où je m'étais pointé pour savoir si on pouvait m'avancer mon billet de retour. Ils m'avaient presque envoyé me faire voir. André Pousse, ça leur disait rien du tout... le vélo, le Vél'd'hiv', ça devait pas être leur truc. Donc, il était content de jacter avec un Français, le gars de Bar-le-Duc. Lui, ça faisait trois ans qu'il était là... C'était un cas, cézigue. Il avait acheté un vieux rafiot qu'il avait retapé. Il avait eu l'idée de remplacer le fond de son épave par un grand morceau de plexiglas et il faisait visiter les fonds de corail aux touristes quand il y en avait. Ça lui permettait de bouffer. Ce jour-là, il n'avait pas de clients, et on était partis tous les deux faire un petit tour en mer. On avait cassé la croûte dans une crique, peinards... et il m'avait prêté des palmes et un masque pour que j'aille me balader. C'était pas encore pollué à l'époque... et sous l'eau ça valait le dérangement... avec mes mains j'écartais les poissons multicolores qui m'entouraient, c'était vraiment chouette... j'étais bien. Et puis, d'un seul coup, j'ai vu un requin, oh, c'était pas celui des *Dents de la mer*, mais quand même, un comac... qui est passé comme une fusée à trois mètres de moi... deux secondes après, j'étais sur le pont, mort de trouille.

— Ben, qu'est-ce qui t'arrive ?

Il se marrait, ce con-là, en me tendant sa bouteille de rhum. Je lui raconte que je viens de voir un requin, un monstre, et ça l'avait pas inquiété...

— Ouais, je sais, il y en a plein ici... mais ils ne sont pas dangereux, ils attaquent pas... on serait de l'autre côté, en face, du côté de Curaçao, ça serait autre chose, mais ici on risque rien...

Il était décontracté. Je sais pas s'il vit encore, allez savoir... il s'est peut-être fait bouffer par un requin qui s'est gouré d'océan...

Pour en revenir à mon job, il était maqué avec une mulâtre, mon nouveau pote, et le père de la fille cherchait un représentant pour faire du porte-à-porte, pour vendre des flacons de parfum, il cherchait quelqu'un de sérieux et surtout il ne voulait pas de Noirs... C'est pas qu'il était raciste, mon futur patron, mais ceux qu'il avait utilisés s'étaient tous tirés avec ses produits ou le pognon dès le premier jour. Bref, avec mon teint de pêche et mon beau costard, je faisais l'affaire, et, si j'ose dire, il n'a pas hésité à me mettre au parfum, le beau-père. Malheureusement, je n'ai pas bossé très longtemps avec le mulâtre, une semaine à peine. D'abord, j'en ai eu vite ras le bol de faire l'esclave en me baladant avec une valoche en carton pour placer mes petites bouteilles que je foutais sous le nez des gens pour forcer la vente...

— Sentez-moi ça, ça vient directement de Paris...

C'est vrai que ça venait de Paris d'après l'étiquette, mais je peux pas vous dire d'où. Même fauchée, en France, il n'y a pas une frangine qui aurait osé s'asperger avec ça. Ça chlinguait sévère... Dès que je rentrais à l'hôtel, je me douchais en catastrophe pour éviter qu'au restaurant mon poiscaille sente le muguet, bref, j'en avais marre... je gagnais à peine de quoi acheter mes cigarettes et il commençait à m'emmerder, mon patron. D'abord, il avait déjà essayé plusieurs fois de m'enfler sur ma commission et, surtout, il voulait que je couche avec sa deuxième fille... la plus jeune, qui allait encore à l'école. Il voulait avoir des petits-enfants plus clairs que lui...

— Vous pouvez pas comprendre, c'est très important pour nous, à Haïti...

Il me promettait la lune, un salaire fixe, sa voiture, une Chevrolet de 1936 complètement naze... et je ne sais plus trop quoi encore. J'en avais rien à foutre, moi, de sa descendance et ça m'arrangeait pas du tout de faire une partie de jambes en l'air avec l'écolière. D'abord, c'était pas Miss Haïti, et je repensais à ce que m'avait dit Jean-Marie au sujet des dames de son pays. Il a vu tout de suite que ça me bottait pas terrible d'être son gendre et que c'était pas la peine qu'il insiste. Je lui ai rendu sa valoche, ses flacons, j'ai pris ce qu'il me devait et je me suis tiré. Mon copain et sa mulâtre, eux, ils ne pouvaient pas avoir d'enfants... Et c'est pour ça qu'on m'avait demandé de m'occuper de la petite sœur.

A Haïti, il y a un racisme terrible. C'est Jean-Marie qui m'a expliqué ça. Ça se passe entre les Noirs, au niveau de la couleur. Suivant la teinte, on se respecte plus ou moins, d'un côté ou de l'autre, et pour s'y retrouver dans ce clair-obscur, c'est duraille. Il y a les Noirs, les métis, les quarterons, les octavons, et tout ça, ça se mélange pas ou alors ça fait semblant devant les Blancs, c'est dingue...

Quelques jours après, au bar de l'hôtel, je fais la connaissance d'un Américain, le genre Clint Eastwood, qui était en vacances avec une nana qui avait l'air d'être sa femme. Au début, comme il jactait sans accent, je l'avais pris pour un Français, il m'avait dit qu'il avait vécu à Paris. La fille était venue le rejoindre, puis on était allés bouffer ensemble au restaurant. Au dessert, on était devenus des potes, lui et moi. Je lui avais raconté l'histoire de mon copain qui devait venir me rejoindre et qui devait m'apporter de l'argent, sans trop donner de détails, on sait jamais. Et on s'était revus le lendemain, à l'heure de l'apéro. Moi, j'avais encore passé une mauvaise nuit à gamberger, d'autant plus que j'avais reçu la réponse d'une dame que je connaissais à Cannes. Je lui avais écrit pour qu'elle fasse quelque chose pour moi. C'était pas la joie, elle voulait bien, comme elle me le disait dans sa lettre, mais avec le contrôle des changes, c'était difficile d'expédier de l'oseille. Je le savais, bien sûr, j'aurais jamais dû l'emmerder, ma copine, je commençais vraiment à déconner.

J'avais une drôle d'impression en parlant avec l'Américain, Steve, il s'appelait. Je sentais vaguement qu'il voulait me demander quelque chose, mais qu'il attendait de mieux me connaître. On n'était que tous les deux au bar de la piscine, sa femme n'était pas avec lui.

— Oui, elle a reçu un coup de téléphone, sa mère n'allait pas très bien, elle est repartie à New York ce matin... moi, je vais rester encore quelques jours... Dites-moi, André, qu'est-ce que vous faites cet après-midi ?

Et je m'étais retrouvé sur un yacht superbe qui appartenait à des amis à lui, un couple sympathique, on avait passé une journée formidable, baignade, pêche, etc. A l'heure de la bouffe, on avait jeté l'ancre près d'un petit îlot où il y avait plein d'iguanes. La femme avait fait des photos, j'avais presque oublié mes soucis. Il m'intriguait un peu, Steve, il m'avait dit qu'il s'occupait de matériel de forage pour le pétrole et qu'en même temps il prenait des vacances, l'utile à l'agréable en somme. Comme il y a quarante ans de ça, les détails sont un peu vagues dans ma mémoire, mais ce qui était sûr, c'est qu'il me racontait des salades, l'Américain, c'était bidon, ses activités industrielles, il devait faire autre chose, flic ou voyou, j'arrivais pas à le situer. La mafia, c'était possible, mais j'y croyais pas trop. Au cours de la journée, je l'avais aperçu en train de jacter dans le poste de radio du yacht, j'entendais rien, bien sûr, mais je l'avais vu s'énerver dans le micro, faire des gestes.

C'est le lendemain que j'ai eu l'explication. Il habitait une petite suite à l'hôtel, j'étais passé le chercher et presque aussitôt on l'avait appelé au téléphone. Comme l'appareil était dans l'autre pièce, il était allé décrocher en fermant la porte de communication. Sur le lit, il y avait une serviette en cuir, entrouverte, j'avais pas pu résister. Discrètement, du bout des doigts, j'avais un peu écarté, juste le temps de voir un calibre et quelques feuilles dactylographiées et deux passeports, dont un « spécial passeport » avec l'en-tête du FBI. Flic ou voyou, je m'étais demandé, j'avais la réponse. Steve avait raccroché et il était revenu dans la pièce où je me trouvais. Tout en se marrant en coin, il avait allumé une cigarette et me désignait la serviette sur le lit...

— Alors, t'es au courant maintenant?

Pendant quelques secondes, j'ai pensé qu'il avait fait une faute. En réalité, il m'avait bien baisé, Steve, avec sa serviette... C'était un test, probable qu'il me surveillait par le trou de la serrure pendant qu'il téléphonait et, brusquement, maintenant il me tutoyait, il devenait intime. Ça pouvait peut-être arranger mes affaires. J'avais vu juste.

— Si t'as des problèmes de fric, j'ai peut-être une solution, c'est à toi de décider...

Comme il venait de poser deux cents dollars sur la table, j'allais pas faire le difficile, et puis il me plaisait, Steve. Dans ces années-là, ça battait plutôt froid entre les Russes et les Ricains. Les cosaques, qui donnaient pas encore dans la perestroïka et la transparence, commençaient tout doucement à financer les révolutions, à vouloir s'infiltrer aux Antilles, à fournir des armes en cachette, et, comme Miami est en face de Cuba, ça commençait à les emmerder, les Américains. Steve venait d'être contacté par son boss et c'est pour ça qu'il avait renvoyé la dame, il ne voulait pas être gêné. Son secteur à lui, c'était la république Dominicaine. D'après lui, il pouvait m'utiliser. Alors il m'a filé un calibre et je lui ai donné un coup de main, pas qu'un seul d'ailleurs, mais je peux pas trop m'étendre là-dessus, il reste sûrement des témoins.

Avec le yacht, on a fait plusieurs aller et retour entre Port-au-Prince et la république Dominicaine, le couple du bateau faisait évidemment partie de la Maison. Il m'a encore soufflé, Steve, quand j'ai vu, sur place, qu'il parlait couramment l'espagnol, avec l'accent de là-bas, je vivais « Mission impossible », bien avant le feuilleton. Ça a duré une vingtaine de jours, puis, un matin, on m'a apporté une enveloppe avec le petit déjeuner. Il y avait un mot de Steve à l'intérieur, un mot où il me disait que mon hôtel était payé et qu'il me souhaitait bon voyage. Dans l'enveloppe, il y avait aussi deux biffetons de cent dollars et un billet d'avion.

Quelques jours après, j'étais à Paris. Je ne l'ai jamais revu, Steve. Si par hasard il tombe sur ce que je viens d'écrire, il va se marrer, l'Américain, parce qu'il ne s'appelle pas Steve, mais comme je vous l'ai dit, il reste encore des survivants, alors, vaut mieux faire gaffe...

Après mon séjour aux Antilles où j'avais failli revenir à la nage... j'étais raide, sans une thune.

Comme je ne voulais plus courir, pendant plusieurs mois, j'ai gagné ma vie en jouant aux cartes, surtout au poker, où je me défendais bien, et au tarot.

Mais ça m'emmerdait un peu de vivre comme ça. Je trouvais ça con, je voulais vivre autrement.

Je voulais me prouver que j'allais pas finir ma vie comme joueur de cartes professionnel. Mais ça ne me disait rien non plus d'aller bosser chez Renault. N'étant pas spécialiste, j'avais pas envie de faire le manœuvre.

J'ai toujours pas oublié ce qu'il a dit, Confucius, il y a de ça deux mille cinq cents piges : « Celui qui travaille avec son esprit dirige... et celui qui travaille avec ses mains est dirigé... »

J'ai aussi pensé à faire dans l'escroquerie, mais avec la gueule que j'ai, c'était pas possible. Il faut avoir un visage souriant pour être escroc, c'est bien connu... il faut avoir le look adéquat.

J'étais dans une impasse...

Et puis, un jour, je tombe sur l'imprésario d'Édith Piaf, Loulou Barrier, qui était un de mes admirateurs quand je courais au Vél'd'hiv'. On a bavardé en parlant de tout et de rien. Loulou voulait savoir si j'avais des projets...

— Tu vas recourir ?

— Non, j'ai plus envie, j'ai raccroché définitivement.

Et Loulou m'a suggéré de faire son métier.

— Faire l'agent artistique, tu verras, c'est rien du tout, ça s'apprend en une semaine. Viens me voir au bureau un de ces jours.

J'ai réfléchi à la proposition de Loulou et je suis allé le voir quelques jours plus tard, 44, rue de Bruxelles. A la vérité, il faut quand même un peu plus de temps qu'une semaine pour connaître les ficelles du métier, mais, assez rapidement, je me suis occupé des programmes du Moulin-Rouge, grâce à Jo France, qui en était le patron, puis, plus tard, de ceux du cirque Médrano, de l'Olympia, de Bobino, du Gaumont, du Casino du Liban, à Beyrouth, où j'avais l'exclusivité totale, du New Frontier à Las Vegas, du Parque Florida à Madrid, du Casino de Marrakech et de celui de Travemünde au bord de la Baltique, et j'en passe. En même temps, j'étais devenu l'imprésario de Joséphine Baker, d'Henri Salvador, de Petula Clark, d'Eddie Constantine, de Johnny Hallyday et de Mouloudji.

Agent artistique, c'est pas toujours du repos, surtout pour les spectacles de variétés, il faut sans arrêt trouver des numéros inédits. Les revues, ça, c'est du gâteau, parce qu'une fois que vous avez fait le programme et signé tous les contrats, ça peut durer un ou deux ans.

Le jour où j'ai rencontré Jo France, c'était justement pour lui proposer un numéro pour le Moulin-Rouge. Je lui ai, mine de rien, démontré gentiment qu'il perdait de l'oseille avec les artistes qu'il avait engagés. On l'avait arnaqué, moi, je les payais le prix normal. Jo m'a écouté un sourire aux lèvres avant de me questionner :

— T'as une minute ?

— Bien sûr.

Et on s'est retrouvés dans son bureau. Rapidement, il a déplié un journal, vidé dessus un tiroir plein à ras bord de photos, ficelé le tout et m'a tendu le paquet, l'air toujours souriant :

— Comme t'as l'air de me dire que tu connais le métier mieux que moi, à partir de maintenant, c'est toi qui feras les programmes...

Il m'a trouvé un petit bureau près du sien et j'y suis resté douze ans. C'était un type formidable, Jo France. Redoutable homme d'affaires et gentil quand même... Assez rare.

Je n'arrêtais pas de voyager pour trouver de nouveaux numéros. A cette époque, il y avait beaucoup d'établissements en Europe qui faisaient des spectacles de variétés. Le métier d'agent artistique, comme je vous l'ai dit, est souvent plus fatigant qu'on pourrait croire. Vous êtes forcé de vous farcir tout le programme, que vous connaissez en partie, parce que vous ne savez pas exactement à quelle heure passe ce qui vous intéresse. On n'est pas toujours dans l'ambiance, on est fatigué, on juge mal, on se trompe et on laisse passer un bon numéro.

Il faut toujours être sur la brèche. Les numéros, ça évolue, ça s'améliore, on cherche à faire de plus en plus fort, il y a aussi les partenaires qui changent, c'est inévitable, sauf les jongleurs et les manipulateurs, bien sûr, qui travaillent en solo, bref, faut toujours être vigilant...

Vous connaissez un bon numéro, « les Napoléon's Brothers », par exemple. Pendant des années, il va garder le même nom sur l'affiche, mais ce n'est plus du tout le numéro du début, plusieurs partenaires se sont succédé et ils font de nouveaux trucs. On peut facilement se faire piéger...

Une fois, j'ai engagé par téléphone un numéro superbe

que j'avais vu au Palladium, à Londres, un an plus tôt. Quand les artistes sont arrivés au Moulin-Rouge pour répéter, j'ai vite compris mon erreur. La voltigeuse, plutôt belle gosse à l'époque, était devenue un vrai boudin. Elle avait pris douze kilos, ce qui fait que son partenaire masculin trichait pour ne pas se déplacer une vertèbre durant le numéro...

C'est ça aussi, le music-hall. On croit tout connaître et on a des surprises. Un numéro peut très bien fonctionner à Berlin et pas du tout à Paris, ou l'inverse.

Une autre fois, toujours à Londres, j'avais engagé un comique qui faisait un malheur. Sapé comme un lord, il occupait la scène du Palladium pendant une bonne quinzaine de minutes, avec son numéro de bruiteur exceptionnel... tout y passait... il imitait même le bruit d'une perlouze, ce qui déclenchait la chute de son futal. De vous à moi, je n'affectionne pas vraiment ce genre de truc, c'est pas ma tasse de thé, je donne plutôt dans le délicat, mais, en voyant le public londonien s'étrangler de rire, j'en avais conclu que ce numéro pouvait avoir, si j'ose dire, une écoute internationale...

Comme il me manquait une attraction pour le Parque Florida de Madrid, j'avais signé un contrat avec le lord pétomane...

Le soir même de la première représentation, le directeur, que je connaissais bien, me téléphone à mon hôtel, complètement affolé :

— Monsieur Pousse, le numéro dou lord, c'est oune catastrophe, il faut absolument soupprimer le gag dou pantalone, le bruit sourtout, c'est épouvantable, c'est impossible, oune vraie consternation, le poublic, ici, à Madrid, il n'aime pas dou tout...

Bien évidemment, dès le lendemain, j'ai demandé au lord

de modifier son numéro. Il a donc supprimé son imitation sonore et gardé son froc. Tout le monde était content.

J'en ai connu, des gens curieux, des gens bizarres, dans ce métier. Je me souviens de Loulou Gasté, le mari de Line Renaud, qui vient me voir pendant une répétition de la chanteuse, au Moulin-Rouge, la veille de la première.

— Dis donc, André, il va falloir que tu changes de rideau de scène...

Comme je venais juste de le remplacer, ce qui avait coûté une petite fortune, j'ai tout de suite pâli. Je pensais qu'on venait de le brûler avec une cigarette ou qu'on l'avait déchiré avec un accessoire, mais Loulou m'a rassuré tout de suite, le rideau était en bon état, c'était la couleur qui ne convenait pas.

— Tu comprends, il est de la même couleur que la robe de Line.

J'ai cru qu'il rigolait, qu'il me charriait, mais pas du tout, il était sérieux. Je lui ai dit que j'avais une meilleure idée :

— Il y a une autre solution, Loulou, t'as qu'à demander à Line de changer de robe !

Et ça s'est terminé comme ça...

Dans les années 50, c'était encore la grande époque des quartettes acrobatiques. Le numéro était composé de deux balanceurs, pesant chacun quatre-vingt-dix ou cent kilos, d'un rattrapeur du même calibre et d'une minuscule voltigeuse poids plume. Ceux de ma génération se souviennent de ces numéros qu'on peut encore voir dans des cirques. Invariablement, l'exhibition du quartette se faisait avec un accompagnement musical pas très original, du style valse 1900, ponctué de roulements de tambour...

Les deux balanceurs, qui tenaient la voltigeuse par les chevilles et les poignets, la balançaient deux ou trois fois au rythme de la musique, puis l'envoyaient en l'air six ou sept mètres plus loin, et le rattrapeur, comme son nom l'indique, la rattrapait. Dans l'intervalle, la fille pouvait faire un saut périlleux, ou deux, suivant la qualité du numéro, mais ce qui ne changeait jamais, c'était le côté rigolo du salut après chaque figure. Un vrai rituel. Sous les applaudissements, le rattrapeur reposait délicatement la fille au sol, puis, imité par les deux balanceurs, il mettait un genou à terre et, la main sur le cœur, désignait aux spectateurs la voltigeuse qui saluait à son tour en faisant la révérence...

Comme je vous le disais, j'en ai vu un grand nombre, de ces numéros, mais à chaque fois je n'ai pas pu m'empêcher de me marrer en voyant le contraste qu'il y avait entre la fille minuscule et les trois monstres agenouillés comme des communiants.

Un des plus célèbres quartettes que j'aie rencontrés, c'est le Boliana Ivanko Four, des Bulgares. Leur chef, Boliana, le plus âgé, était un personnage pas croyable. C'était une sorte de brute de cent kilos, qui était toujours à la recherche d'une voltigeuse, car il ne les gardait pas longtemps. Le numéro était assez périlleux et les filles étaient souvent accidentées, la plupart du temps aux chevilles ou aux poignets, qu'elles se foulaient ou se cassaient au cours des spectacles ou des répétitions.

En règle générale, Boliana se foutait totalement de ce genre d'incident. Ce qui l'ennuyait surtout, c'est qu'il devait trouver rapidement une remplaçante. Ce jour-là, il se trouvait dans mon bureau et insistait pour que j'engage son numéro.

J'avais parfois un peu de mal à le comprendre, car il s'exprimait en parlant de lui-même à la troisième personne... il donnait dans le style télégraphique :

— Boliana veut faire Moulin-Rouge... Boliana nouveau numéro... Nouvelle partenaire formidable !

Je connaissais la qualité de son quartette, que j'avais programmé deux ans plus tôt, mais j'avais pour principe de n'engager aucun numéro sans l'avoir vu, ou revu. Je lui ai donc demandé où il passait.

— Boliana nouveau numéro répétition... Monsieur Pousse... venir studio... Boliana Ivanko prêt !

Et je suis allé voir le nouveau numéro dans un petit studio du quartier Pigalle où le Boliana Ivanko Four répétait. C'était au mois de juin, il faisait très chaud et la fenêtre du studio était grande ouverte. Après avoir salué tout le monde, je m'assois et on envoie la musique qui accompagnait le numéro. A cette époque, il n'y avait pas encore de magnétophone, on utilisait des disques qui tournaient sur un pick-up.

Boliana se met à l'autre bout du studio, les deux autres monstres saisissent la voltigeuse, la balancent d'avant en arrière au rythme de la musique, puis la projettent comme une fusée vers Boliana qui faisait le rattrapeur. Voulant peut-être me faire plaisir, ils l'envoient un peu trop haut... La fille frôle le plafond... Boliana, pris de court, saute le plus haut qu'il peut... mais trop tard, la voltigeuse disparaît par la fenêtre du studio qui n'était heureusement qu'au premier étage. On se précipite, et, miracle, on voit la fille qui se relève après un impeccable roulé-boulé dans la petite rue pavée, près d'une poubelle, devant un petit vieux qui faisait pisser son chien. Il était sidéré, le petit vieux !

Dix secondes plus tard, la voltigeuse, indemne, était revenue dans le studio après avoir grimpé les marches en courant. Avant que Boliana, un sourire gêné aux lèvres, reprenne la répétition, je lui ai dit en lui serrant la main :

— Boliana Ivanko pas prêt !

Quelques mois plus tard, Boliana est revenu me voir.

— Boliana veut faire Moulin-Rouge... Boliana numéro surprise...

Encore échaudé par l'épisode du studio, je me méfiais un peu de son numéro surprise et je l'avais questionné. Mais, comme je vous l'ai dit, il ne s'exprimait pas facilement. On avait plutôt l'impression d'être dans un film, en train de parler avec un chef indien.

J'ai pas compris grand-chose à ses explications techniques, si ce n'est que le numéro était parfaitement au point et que, pour en être convaincu, le mieux était d'aller voir le Boliana Ivanko Four qui passait à l'Alhambra Maurice-Chevalier, le mercredi suivant, à l'occasion du gala de la Loterie nationale.

Quelques jours plus tard, je me suis donc retrouvé à l'Alhambra. Un superbe music-hall de quatre mille places, qui a malheureusement disparu. Sa directrice m'appelait son petit Marlon. Je n'ai jamais compris pourquoi. Je pense qu'elle devait être plus ou moins amoureuse de Brando, qu'on voyait sur tous les écrans à l'époque, et qu'elle devait faire une sorte de transfert. C'est possible, mais je ne lui ai jamais demandé.

Le « numéro surprise » du Boliana Ivanko Four se déroulait devant un rideau bleu nuit. La petite rescapée du studio de répétition avait sous son tutu une ceinture en cuir totalement invisible, à laquelle était fixé un gros mousqueton. L'un des balanceurs profitait d'un salut qui terminait une figure pour accrocher discrètement au mousqueton l'extrémité d'un câble qui pendait des cintres. Comme le rideau, le tutu et le câble étaient de la même couleur, aucun spectateur ne pouvait déceler le truc. Puis les deux balanceurs saisissaient la voltigeuse et la balançaient de plus en plus fort avant de l'envoyer à Boliana qui était placé près de la rampe lumineuse, dos au public, un peu comme un chef d'orchestre.

C'était ça le nouveau numéro du Boliana Ivanko Four : les balanceurs envoyaient la voltigeuse dans la salle, le rattrapeur la ratait volontairement et la fille partait dans le public, qui hurlait de frayeur. Cela faisait une impression terrible.

L'effet de surprise passé, les spectateurs applaudissaient à tout casser la voltigeuse suspendue à son câble, qui survolait la salle en sens inverse pour revenir sur la scène et saluer en faisant sa révérence...

C'est ce qui se passait d'habitude chez Saunier au studio de répétition, avec un câble de longueur raisonnable. Mais Boliana ne s'était pas méfié de la hauteur exceptionnelle du plafond de l'Alhambra, vingt-cinq mètres, si je me souviens bien. Quand les deux balanceurs ont envoyé dans la salle la voltigeuse avec ses vingt-cinq mètres de câble, elle s'est envolée à la hauteur du premier balcon, dans l'affolement général, puis, tandis que les spectateurs hurlaient en baissant la tête, elle est revenue comme une bombe vers la scène. Les deux balanceurs, aveuglés par les projecteurs, n'ont pas pu l'éviter. Elle les a fauchés au passage et a continué sa trajectoire jusqu'au fond de la scène, pour crever un décor en toile peinte. Elle a rebondi, fait le pendule deux ou trois fois, pour finalement s'arrêter grâce à un des balanceurs qui avait réussi à s'accrocher à sa jambe pour freiner sa course...

Dans la salle, c'était du délire, les spectateurs applaudissaient à tout casser, persuadés que ça faisait partie du numéro. J'ai été dans les coulisses pour savoir si rien de grave n'était arrivé à la petite acrobate. Encore une fois, elle était sortie indemne de l'aventure. Cela tenait du miracle. Boliana, dans un coin de la scène, attendait mon verdict.

— Boliana Ivanko pas prêt !

C'est tout ce que j'ai trouvé à lui dire, à Boliana, au sujet de son numéro surprise, et je me suis taillé vite fait pour pas qu'il me voie me fendre la gueule...

Donc, pour trouver des bons numéros, je n'arrêtais pas de courir l'Europe, j'allais beaucoup en Allemagne, en Suisse, en Angleterre, là où il y avait encore beaucoup de cirques. Parce que la plupart des bons numéros de music-hall viennent du cirque. Il y avait aussi des artistes qui m'écrivaient, qui me donnaient leurs dates de liberté, qui m'envoyaient leurs photos. Avec l'habitude, on arrive à se rendre compte si le numéro est intéressant ou pas, et, si on a un doute, on se renseigne. Plusieurs fois, j'avais reçu la photo d'un numéro musical et acrobatique : « The Froggy's Sisters » ; c'était deux gonzesses habillées en costume marin, culottes courtes et socquettes blanches, comme les mômes à la plage. L'une était plus âgée que l'autre. Elles jouaient du saxophone. Sous leurs bérets à pompon rouge, elles avaient l'air plutôt con. En plus, c'étaient pas des beautés, les « Sœurs Grenouilles ». Et pourquoi avoir choisi un blaze pareil ?... Quel rapport avec leur costume marin ?... Bref, j'avais jamais répondu aux « Froggy's Sisters », je ne sais pas si c'était leurs gueules ou quoi, mais il ne m'inspirait pas, leur numéro. J'y pensais même plus, et, un jour, coup de téléphone. C'était le type qui s'occupait d'elles, il s'étonnait que je ne lui aie pas répondu, il m'a déjà envoyé trois photos et s'attendait à ce que je lui donne un rendez-vous pour un contrat. Il ne me plaisait pas, il était prétentieux, arrogant. Je lui ai précisé que je ne prenais contact qu'avec des numéros que je connaissais et que, le sien, je ne l'avais jamais vu.

— Forcément que vous ne l'avez jamais vu, on travaille beaucoup à l'étranger !

Bref, il commence à me les casser, et pour m'en débarrasser je lui donne ma parole d'aller voir ses « Froggy's Sisters » dès qu'elles passent à Paris, qu'il me fasse signe... et je raccroche. J'étais à peu très certain que je ne le reverrais plus, ce con-là. Quand, trois mois plus tard, il me donne un coup de fil pour me dire qu'il a à contrecœur accepté que les « Froggy's Sisters » passent un soir au concert Pacra pour que je voie le numéro. A Paris, à l'époque, il y avait trois grands music-halls : c'étaient l'Olympia, l'Alhambra et Bobino. Le concert Pacra, situé à la Bastille, était à l'étage en dessous. La clientèle était composée en partie par les gens du quartier. Personne ne venait en smoking, les clients étaient plus souvent en maillot de corps sous leur salopette qu'en costard de chez Smalto ou de chez Paul Baberian.

Ça n'avait rien à voir avec une soirée à l'Opéra, bien sûr, mais c'était sympathique. Comme on pouvait fumer dans la salle, on se serait cru à Londres, un matin d'hiver, on pouvait la couper au couteau, la fumée. Il n'y avait pas de ventilation, et, comme dans la chanson de Piaf, ça sentait plutôt la sueur et l'alcool dans la salle. Une petite gonzesse, le tutu au ras des miches, présentait les numéros. Invariablement, son annonce se terminait par « et hop !... » que toute la salle criait en même temps qu'elle, on lui balançait aussi des vannes sévères, la clientèle s'esclaffait grassement. A l'entracte, le bar fonctionnait bien. J'allais oublier les mômes qui gueulaient pendant le spectacle, les baby-sitters, à la Bastille, ils ne connaissaient pas. C'était ça, le concert Pacra, et pour passer là-dedans, il fallait les avoir bien accrochées, car, si on plaisait pas, ça devenait vite le bordel dans la salle.

Une parole est une parole, et, comme je l'avais donnée, je suis donc ce soir-là au concert Pacra. Je me suis déjà fadé toute la première partie sans voir les « Froggy's Sisters » et, après l'entracte, je me retrouve dans la salle, c'est déjà commencé. Je vois un ventriloque... et hop !... un jongleur... et hop !... et la môme annonce les « Froggy's Sisters », enfin ça y est, je ne me suis pas dérangé pour rien. Je vais enfin voir le fameux numéro musical et acrobatique. Je dois dire que j'ai pas été déçu.

On a rapidement mis en place un petit trampolino et les deux gonzesses sapées en costume marin comme sur la photo se sont mises à sauter sur le truc tout en jouant je ne sais plus quelle connerie dans leurs saxos. C'était ça, « The Froggy's Sisters »... Les « Sœurs Grenouilles »... elles s'étaient appelées comme ça parce qu'elles sautaient dans un filet élastique en faisant de la musique... Merde alors, ça m'était déjà arrivé de voir des numéros surprenants, mais là j'étais scié...

Brusquement, elles se sont désynchronisées... Quand une était au plafond, l'autre était dans le filet, toujours en soufflant comme des folles dans leurs trucs... c'était grotesque Ça éclate de rire dans la salle. Je me penche vers mon voisin de gauche pour lui parler à l'oreille.

— Mais qu'est-ce que c'est que ces deux connasses ?

— C'est ma femme et ma fille..., qu'il me répond.

Merde, la gaffe, d'autant plus que je reconnais la voix prétentieuse du type qui me teléphonait, je ne sais pas comment m'en tirer... je suis bien emmerdé... je me penche une seconde fois pour essayer d'arranger le coup...

— C'est pas exactement ce que je voulais dire...

Il m'a coupé tout de suite :

— N'ajoutez rien...

Il avait l'air blasé.

Cinq minutes plus tard, j'étais dans un café, près du concert Pacra. Je me tapais un verre en me marrant tout seul.

Dans un programme de variétés qui change tous les quinze jours, c'est d'ailleurs ce qui se passait au Moulin-Rouge, faut avoir des numéros de réserve, deux ou trois, si on a une urgence, un truc qui se décommande, un jongleur malade ou un acrobate qui s'est cassé la gueule. Et un jour, ça m'arrive, je dois remplacer quelqu'un en catastrophe. J'appelle donc une danseuse acrobatique, un petit gabarit, très jolie, que j'avais jamais engagée. Mais à L'Orée du Bois, j'avais déjà vu ce qu'elle faisait, c'était un très bon numéro. Elle arrive donc au Moulin-Rouge pour la répétition et distribue, comme ça se fait, ses partitions aux musiciens. J'explique pour les profanes : le chef d'orchestre, le pianiste, le batteur, le premier trompette et les autres musiciens reçoivent une partition qui accompagne le numéro, avec, écrit en marge, ce qu'on appelle les conventions. C'est en réalité des indications pour les musiciens, qui précisent l'endroit où ils doivent souligner les temps forts du numéro. Le batteur doit faire, là, un roulement de tambour, ici, un coup de cymbale, le premier trompette, lui, doit envoyer crescendo une note aiguë pour un mouvement difficile, etc. Bref, ils font tous comme ça, les artistes de music-hall, quand ils montent un numéro, ils se font aider par un spécialiste, un musicien qui écrit à la main, en marge des partitions, toutes ces indications. Donc, elle répète, la petite danseuse acrobatique, et tout se passe bien. Comme je vous le disais, c'est une très jolie fille. Je passe la voir mine de rien dans sa loge pour l'inviter à souper le soir même après la représentation. Malheureusement, elle n'est pas libre, elle est désolée, mais elle est d'accord pour le lendemain soir, tant pis, je vais attendre vingt-quatre heures, et je vais à La Cloche d'or, tout seul, un restaurant ouvert toute la nuit, où les gens du spectacle se retrouvent. Au moment où j'attaque les hors-d'œuvre, surprise : je vois arriver ma danseuse acrobatique avec le premier trompette. Merde alors, il a été plus vite que moi, cézigue. Il est même drôlement rapide, parce qu'à la répétition j'ai remarqué qu'ils se vouvoyaient, donc ils ne se connaissaient pas. Ils vont s'asseoir dans le fond de la salle et je fais semblant de ne pas les voir... mais ça m'intrigue, cette histoire, comment il a fait, le premier trompette, pour l'inviter avant moi ?... J'étais tout le temps présent à la répétition, et ils se sont à peine parlé, j'ai bien vu, je suis pas louf quand même. Allez pas croire que je suis jaloux du premier trompette... c'est pas ça... d'abord je l'aime bien, Bob. C'est un type sympa, toujours en train de se marrer, un crack dans sa spécialité, et puis il fait ce qu'il veut, il est majeur, il n'a pas de comptes à me rendre, mais je m'interroge encore pendant qu'on me sert. Le lendemain, je le coince :

— Dis donc, tu vas vite avec les nanas, toi...

Il sourit, Bob...

— La petite danseuse ? Je pouvais pas faire autrement, monsieur Pousse, venez voir...

Et il m'entraîne sur la scène, prend sa partition sur son pupitre et me montre du doigt un endroit précis dans la marge où sont notées les fameuses conventions. Et là je me marre, je lis : « Pas farouche, marche avec un dîner, très bonne affaire... » C'est écrit tout petit entre deux indications... ça se remarque pas... c'est une belle écriture, très fine. Il n'est pas égoïste, le gars qui a écrit le premier sur la partition de la petite danseuse acrobatique. Il a pensé aux copains. Il en a fait gagner, du temps, aux « musicos » qui voulaient se la faire...

Comme prévu, le soir même, on dîne ensemble. Elle est marrante et c'est vrai qu'elle est pas farouche. Après la langouste, elle est tout à fait d'accord pour venir prendre un verre chez moi et même aussi le petit déjeuner, qu'elle me précise. Tout va pour le mieux. Histoire de la charrier un peu, je la branche sur Bob. Je lui dis que c'est un bon trompettiste, sans compter qu'il est aussi beau gosse, elle est bien d'accord. Et puis soudain, elle fronce les sourcils...

— A ce sujet, il y a un truc que je ne comprends pas... Ça fait deux ans que je me balade avec ce numéro et, partout où je vais, à chaque fois que j'arrive, c'est toujours le premier trompettiste qui me fait du gringue.. c'est curieux, non ?...

Je lui ai dit que c'était sûrement le hasard. Je pouvais quand même pas vendre la mèche.

En parlant musique, il y a une autre histoire qui me revient.

Un jour, Bruno Coquatrix me donne un coup de fil pour me demander si je peux m'occuper de Danielle Darrieux qui veut monter un tour de chant. On déjeune tous les trois et on se met d'accord, Danielle et moi. Elle me demande de lui trouver trois ou quatre bonnes chansons et de lui en parler. Quinze jours plus tard, je me retrouve chez Danielle, avec l'auteur qui est pianiste. On prend le café tous les trois, on donne deux feuilles à Danielle. Sur une feuille, il y a la musique, sur l'autre les paroles, elle regarde ça une seconde et sans piano ni rien, *a capella,* comme on dit dans le métier, elle se met à chanter le premier couplet, puis elle s'arrête...

— Ça a pas l'air mal, cette chanson... la mélodie est jolie, moi, j'aime bien.

Je savais que pas mal de musiciens lisent la musique comme vous et moi lisons le journal, mais j'avais jamais vu quelqu'un faire une acrobatie pareille : d'un côté, la musique... de l'autre, les paroles. Je suis fasciné...

— Comment tu fais pour la musique, Danielle ?... tu l'as jamais entendu, ce truc-là, ça vient d'être composé...

Elle se marre, Danielle...

— Mais, André, il y a les notes, ça sert à ça les notes... je suis comédienne, bien sûr, mais je sais aussi lire une partition...

Elle savait tout faire, Danielle, une vraie professionnelle. Je peux vous dire que j'en ai fait passer, des auditions, j'en ai entendu, des chanteurs, quand je faisais l'imprésario, des bons, des nazes, j'ai une certaine expérience... Eh bien, à part les lyriques, ça, c'est autre chose, je parle des artistes de variétés, y en a pas beaucoup qui savent lire la musique et les paroles en même temps. Surtout sur deux feuilles séparées. Elle m'avait soufflé, Danielle Darrieux...

A peu près à la même époque, Jo France organise au Moulin-Rouge le « Bal des Petits Lits blancs ». Au programme : Bing Crosby, c'est d'ailleurs la seule et unique fois où il a chanté en France, Joséphine Baker, qui fait sa rentrée parisienne, et Lily Pons qui vient chanter le truc célèbre, « L'Air des clochettes », extrait de *Lakmé.* C'est pas n'importe qui, Lily Pons, on m'a prévenu, il lui faut beaucoup de musiciens. L'orchestre habituel pour le spectacle est de seize exécutants. On en a trente-six... vingt de plus. J'attends avec mon chef d'orchestre l'arrivée de la chanteuse qui vient répéter à 15 heures. Elle est à l'heure, Lily Pons, et tout de suite elle remarque le micro posé sur pied.

— Il faut me retirer ça, vous savez bien que je chante sans micro.

Bien sûr que je le sais, mais j'insiste en lui disant que la salle n'a pas vraiment une bonne acoustique, etc.

— Bon... mais alors mettez-le sur le côté à trois mètres.

On déplace le micro, puis elle jette un coup d'œil sur l'orchestre.

— Et vous voulez que je chante devant cette petite musiquette ?

— Ben oui, on peut pas en mettre plus, on en a mis partout, on n'a plus de place...

Elle hoche la tête, pas très convaincue. Je la vois encore toute petite au milieu de la scène, elle est minuscule, Lily Pons, puis elle regarde de plus près...

— Et le hautbois, où est-il, le hautbois ? Je ne le vois pas...

Lâchement, je renvoie la balle au chef...

— Ah oui, ça, c'est vrai, où il est, le hautbois ?

Il est emmerdé, le chef...

— Le hautbois, ben on n'en a pas, de hautbois, on n'en a jamais eu...

Elle n'est pas agressive, Lily Pons, mais elle sait ce qu'elle veut.

— Il me faut un hautbois pour chanter l'air des clochettes... je peux pas le chanter sans hautbois...

Merde alors, j'ose pas lui demander de chanter autre chose pour régler le problème.

— Vous n'avez qu'à appeler Maurice, il va vous en trouver un tout de suite, Maurice...

Je crois qu'elle veut parler de Maurice Chevalier... non, c'est pas lui, c'est Maurice Leroux... le chef d'orchestre de la

Garde républicaine, qu'elle connaît très bien. Elle veut l'appeler au téléphone. On va dans mon bureau, elle le joint et elle raccroche en nous disant que le hautbois arrive. Trois quarts d'heure plus tard, un petit bonhomme sans âge, avec les épaules tombantes, arrive à la répétition avec une petite valoche à la main. C'est le hautbois. Il s'installe en prenant son temps, sort son truc de la valoche, ça ressemble à une grosse clarinette, revisse les deux morceaux et la répétition commence. Deux ou trois minutes se passent et là, je m'aperçois, alors que tout le monde joue pour accompagner Lily Pons, qu'il ne fout rien, le hautbois, il a même posé son machin sur la chaise qui est à côté de lui. Il est là les bras croisés, la tête légèrement en arrière, les yeux fermés, on dirait qu'il dort. Et puis non, je le vois ouvrir les yeux, prendre lentement sa grosse clarinette pour souffler dedans, ça dure à peine quelques secondes... « tu tu tu tu tu tu... » c'est tout ce qu'il fait. Après, il remet son truc sur la chaise et reprend sa pose du début comme s'il roupillait. Quelques jours plus tard à la soirée du « Bal des Petits Lits blancs », rebelote pour le hautbois. Il a toujours l'air de dormir et puis lentement, comme à la répétition, il prend son instrument, souffle dedans... « tu tu tu tu tu tu... », puis le repose sur la chaise, croise les bras et referme les yeux. J'avais jamais vu ça.

Après le spectacle, je vais féliciter Lily Pons dans sa loge et je lui parle du hautbois, de ce curieux musicien qui souffle dans son machin quelques secondes et qui dort le reste du temps.

— C'était vraiment indispensable, ce hautbois ?

— Ça paraît bête, mais ça m'aide pour chanter, vous comprenez ?

Et puis on a bavardé avec Lily Pons, c'était une femme charmante. C'était drôle, sa carrière, ils ne l'avaient pas prise à l'Opéra parce qu'elle était trop petite. Sa voix, ils en avaient rien à foutre, c'est sa taille qui comptait, comme à l'armée. Faut être con quand même. Les Ricains, eux, ne lui ont pas demandé de passer sous la toise, sa voix exceptionnelle leur suffisait et elle a fait aux États-Unis une carrière fabuleuse... Il y a même une ville là-bas qui porte son nom, Lilyponsville.

J'ai bien connu Joséphine Baker. C'était une femme très sympathique, gentille, simple. Ce jour-là, elle est dans mon bureau, on met au point les derniers détails de son contrat. Elle doit chanter une semaine plus tard à Madrid, elle est ravie, Joséphine, ça tombe bien, ce fric...

— Dis-moi, Joséphine, on n'a plus de photos de toi à l'agence, tu devais m'en apporter.

— T'as raison, André.... mais va chez un libraire, ils en ont plein...

Elle est là, souriante, prête à partir. Je l'accompagne à la porte, on s'embrasse. Elle fait une fausse sortie et revient...

— Oh, André, t'aurais pas dix francs, c'est pour le taxi, j'ai pas de monnaie...

Je lui file les dix balles, elle me remercie et elle se casse. Je vais à la fenêtre et quelques secondes plus tard, comme d'habitude, je vois Joséphine qui sort de l'immeuble pour s'engouffrer dans la bouche du métro. A l'époque, elle avait déjà de gros problèmes, Joséphine Baker. Son château dans le Sud-Ouest et les gosses de toutes races qu'elle avait adoptés, ça ne lui coûtait pas qu'un peu. Avec son mari Jo Bouillon, ils ont eu beaucoup d'emmerdes avec le fisc. L'Administration n'avait rien à foutre de ses petits orphelins, les problèmes du tiers monde, c'était pas leur truc, ce qui les intéressait, eux, question tiers, c'était le provisionnel. Il paraît qu'ils ont été patients, les fonctionnaires, mais à la finale on ne lui a pas fait de cadeau, à Joséphine. On l'a obligée à le fourguer vite fait, son château. Après, elle nous a quittés. Je sais pas ce qu'ils sont devenus, ses enfants... j'en avais rencontré quelques-uns, qu'elle avait amenés au cirque Médrano dont j'assurais la programmation, comme je vous l'ai déjà dit.

En parlant de cirque et d'animaux, un soir, Jean-Jacques Annaud vient dîner chez moi au Napoléon Chaix, peu de temps avant la sortie de son film *L'Ours*. Avec Jean-Jacques, on parle de l'accident qu'il a eu pendant le tournage avec son ours, et, de fil en aiguille, je lui raconte une histoire qui aurait pu mal tourner.

Je suis à Londres, au Palladium, pour engager Johnny Ray, le chanteur sourd, il porte un Sonotone, c'est une star à l'époque. Un certain Vogelbein, un Allemand qui a un numéro d'ours formidable, passe en fin de première partie. Il m'intéresse pour Médrano. On se voit dans sa loge après le spectacle et on bavarde. On se parle en anglais avec Vogelbein, il a un accent allemand épouvantable mais on se comprend, c'est toujours la même routine, on parle de cachet, de dates, et puis il me demande si j'aime les ours, et moi, pour lui faire plaisir, je lui dis que je les adore. Je revois encore la scène, Vogelbein décontracté sort de la loge, je le suis et, arrivé devant une cage, il ouvre la porte, l'ours fait deux pas dans le couloir, Vogelbein lui dit quelque chose en allemand à l'oreille et le monstre, quatre ou cinq cents kilos, vient devant moi et me fout ses pattes sur les épaules. Avec ses petits yeux, il m'observe, il me renifle le nez, la bouche, je suis mort de trouille, et puis il pèse lourd, ce con-là...

— *Don't be afraid... don't be afraid...*

« N'ayez pas peur », qu'il me dit, Vogelbein, en se marrant. Moi, je suis pétrifié... Si ça lui prend, à pépère, de me mordre, c'est la moitié de la tête qu'il va me bouffer... *« Don't be afraid »*, il me fait marrer, lui, il a l'habitude, c'est son métier, et puis ils le connaissent, les animaux, mais moi, son ours, c'est la première fois qu'il me voit... ma gueule ne lui revient peut-être pas... il y a des trucs qu'on lit à l'école dans des histoires de chasseurs, des trucs qui vous reviennent en mémoire : surtout ne pas bouger, ne pas faire de mouvements brusques, « faire le mort ». Et lui, il s'est mis à me lécher, l'horreur, j'ai plein de bave sur mon smoking, il est fou, ce Vogelbein, j'articule péniblement, je suis à peine audible, j'ai le visage en sueur :

— Faites-le entrer dans sa cage... faites-le entrer dans sa cage...

Finalement, il remet l'ours dans la cage et il continue à se marrer, Vogelbein, il est content. Moi, ça ne me fait pas rire, ses conneries. Comme je vais l'engager à Médrano et que je vais discuter les conditions, je lui montre pas trop que je suis furibard, mais j'en pense pas moins. Il est vraiment louf, ce Vogelbein. Il m'explique encore que c'est sans danger, c'est un ours très gentil, affectueux, celui de l'autre cage, par contre, ça, c'est autre chose, il se permettrait pas d'ouvrir la porte. Vogelbein vient faire son numéro à Paris, puis je le perds de vue. Deux ans après, je suis à Hambourg, au Hansa Théâtre, pour voir un numéro qu'on m'a recommandé. C'est un clown qui fait du main à main avec un chimpanzé... un numéro très marrant. Je vais en coulisse pour rencontrer l'artiste, je frappe à la porte, on me dit d'entrer et je me retrouve dans la loge. Il est en train de se démaquiller, le clown, il retire son nez rouge, sa perruque, et un masque qui lui recouvre entièrement le visage... merde, c'est Vogelbein. Je le reconnais tout de suite, malgré sa gueule de cauchemar. Il a une cicatrice en diagonale qui lui part de l'oreille gauche jusqu'au menton, ses lèvres aussi ont été recousues. Lui aussi me reconnaît et il me raconte : c'est un de ses ours qui l'a arrangé comme ça. Plusieurs mois d'hôpital... des greffes qui prenaient pas. L'ours, on avait été obligé de l'abattre pendant le spectacle, sinon il y restait, Vogelbein. Depuis, il ne fallait plus lui en parler, des ours. Pour rester dans le métier, pour vivre, il avait monté ce numéro avec le chimpanzé...

— C'est la vie, monsieur Pousse...

— Mais, dites-moi, monsieur Vogelbein, l'ours qui vous a attaqué, c'était lequel ?...

— C'était le gentil, celui que je vous ai présenté, vous vous souvenez ?

C'est évident que je m'en souvenais.

Bien sûr, quand on est imprésario, on engage pas que des ours... faut tout faire. Avec mon copain et associé Roger Bernheim, on avait engagé un grand orchestre pour l'hôtel Hilton à Istanbul. Ça faisait beaucoup de blé, notre commission de dix pour cent, surtout au bout d'un an, mais impossible de sortir l'argent. C'est interdit. Alors, plutôt que de laisser pourrir notre pognon en Turquie, Roger et moi, on a décidé d'aller en claquer sur place et de se démerder pour rapatrier le reste. On s'est fait envoyer deux billets d'avion par le directeur du Hilton et, quinze jours plus tard, on s'est retrouvés à Istanbul. On touche notre fric et on se balade partout, le musée Topkapi, Sainte-Sophie, la Mosquée bleue. C'est superbe, la Turquie, il y a beaucoup de choses fantastiques. Ça peut aussi être décevant. Comme le Bosphore, par exemple. C'est nettement plus large que la Seine, mais beaucoup plus dégueulasse...

Vers 7 heures, c'est rituel, on est au bar panoramique tout en haut de l'hôtel. Et là, un soir, il y a un type, un Turc, d'après son fez, qui s'approche de nous, l'air gentil...

— Vous êtes français ?

— Ben oui.

— J'adore la France... J'ai été étudiant à Paris... ah! Paris...

Je lui offre un verre, il refuse, c'est nous qui sommes chez lui en Turquie, donc nous sommes ses invités. Et on sympathise. On échange nos prénoms, lui, c'est Mustafa... il est très cultivé, intéressant. Le lendemain soir, rebelote, il nous attend au bar et ça recommence :

— J'adore la France, je suis resté longtemps chez vous, etc.

Là, on l'invite, il remet ça, puis il se tire. Un peu plus tard, pendant le dîner, on discute avec Roger...

— T'as pas l'impression que c'est un poulet, toi ?

— Non, je crois pas... qu'est-ce qui te fait dire ça ?

— Je sais pas, une idée comme ça...

C'est peut-être parce qu'avec son fez il ressemble un peu au flic qui fait des misères à Jean Gabin dans *Pépé le Moko* que je pense que Mustafa fait partie de la maison poulaga. Mais, comme on n'est pas des voyous, on s'en balance, nous, qu'il soit poulet ou pas... l'étudiant nostalgique. Il revient presque régulièrement au bar panoramique. Un soir, il dîne même avec nous, puis il disparaît, Mustafa. Nous, il nous reste encore trois jours avant de rentrer en France et on continue à jouer les touristes. Le patron du Hilton nous a évidemment payés en livres turques, on en a claqué un maximum pendant notre séjour, on a acheté plein de cadeaux pour nos potes, des bijoux pour les femmes, mais on peut pas rentrer en France avec ce qu'il nous reste. D'abord, c'est interdit et, surtout, ça sert à rien, parce que ça n'a aucune valeur à l'étranger, la livre turque, c'est comme le rouble. On se rencarde et on apprend qu'on peut changer nos livres contre des dollars en allant dans les souks. C'est ce qu'on fait, Roger et moi, on perd au change, bien sûr, mais ça fait quand même un beau pacson de dollars. Ce qu'il faut, c'est trouver une astuce pour les passer à la douane sans se faire piquer. On gamberge et on décide de faire plusieurs rouleaux avec les billets et de les planquer dans des capotes anglaises qu'on va glisser dans des tubes de dentifrice. C'est pas difficile. On vide le tube par le fond, on met la capote qui contient le pognon et on referme. Évidemment, il y a un petit risque, les douaniers ne sont pas si cons, ils connaissent tous les trucs, c'est vrai, mais ils n'ont pas le temps non plus d'examiner les tubes de dentifrice de tous les passagers.

Le lendemain, on est dans une pharmacie pour acheter des préservatifs. La vendeuse, une très jolie brune d'une vingtaine d'années, voit tout de suite qu'on est des touristes et elle nous parle en anglais pour savoir ce qu'on veut...

— Vas-y, toi, demande-lui...

— Pourquoi moi ?...

— Tu me dis toujours que tu parles mieux anglais que moi.... profites-en...

Comme on sait qu'elle ne pige pas le français, on en remet. Je dois dire qu'on fait pas dans la dentelle....

— Vas-y, Dédé, dis-lui qu'on est bien montés, qu'il nous faut des grandes tailles...

Et on se marre comme des abrutis. La vendeuse, un gentil sourire aux lèvres, attend qu'on se décide. C'est pas le fait que je me dégonfle de lui demander des capotes... vous voyez ce que je veux dire... ce qui me gêne, c'est ce que ça sous-entend. Parce que je lui ferais bien un brin de cour, à la vendeuse, avec ou sans capote d'ailleurs... je le dis à Roger qui éclate de rire... Bref, on peut plus rester comme ça sans rien demander et je me jette à l'eau en lui demandant une boîte de préservatifs. Sans cesser de sourire, la jeune fille brune disparaît dans l'arrière-boutique et revient avec la boîte, qu'elle pose sur le comptoir. Roger la prend pour l'examiner...

— Et la taille, t'es sûr que ça va ? Tu lui as rien dit pour la taille, demande-lui si tu peux en essayer une.

Et il se remet à rire... pas très longtemps d'ailleurs, parce que c'est la vendeuse, toujours souriante, qui lui répond dans un français impeccable :

— Il n'y a qu'une taille, monsieur, je suis désolée, mais il n'existe qu'une taille pour les préservatifs...

Merde, on s'attendait pas à ça... la honte, elle souriait toujours, la vendeuse... nous, on regardait nos godasses. On lui a demandé deux tubes de dentifrice, on l'a payée vite fait, et on s'est barrés en oubliant de fermer la porte.

Vous voyez bien qu'à l'étranger les Français savent se tenir.

Deux jours après, en fin d'après-midi, on se pointe à l'aéroport avec nos valises et on se met à la queue de la file des passagers qui partent aussi pour Paris. On donne nos passeports à la police et au moment où on se dirige vers la douane... la mauvaise surprise : Mustafa, accompagné de deux flics en uniforme, vient vers nous, l'air jovial...

— Alors, vous nous quittez déjà ?

Tout s'écroule, j'avais raison, c'est un flic, l'étudiant turc. On l'a bien dans l'os avec nos tubes de dentifrice... je lui fais un sourire de faux-cul, à Mustafa.

— Ben oui, il faut malheureusement qu'on rentre, on se plaisait bien pourtant...

— Oui, j'ai su tout ça par votre hôtel, je connais très bien le directeur, c'est un cousin de ma femme. Je vous ai un peu laissé tomber ces derniers jours, mais je ne pouvais pas faire autrement, j'étais obligé de m'absenter... j'étais à Ismir, pour une affaire de fret pas très claire... il y a beaucoup de trafic chez nous. C'est pas toujours facile, le travail du chef de police d'un aéroport. Bref, je me suis dit, je vais leur faciliter les choses pour leur départ. Vous êtes mes amis, n'oubliez pas.

Il dit quelque chose en turc et les deux flics prennent nos valises. On passe la douane sans être contrôlés et Mustafa nous accompagne dans l'avion où nous nous installons avant l'arrivée des autres voyageurs. Il a tout prévu, Mustafa, même le champagne qu'il nous offre avant le décollage.

— Comme ça, vous aurez un bon souvenir d'Istanbul.

Même là, je crois qu'il nous charrie, le flic francophile... qu'il va brusquement arrêter ses amabilités et qu'il va nous faire descendre pour qu'on ouvre nos valoches. Eh bien non, on a échangé nos adresses, il nous a serré longtemps la pogne et il s'est cassé, Mustafa. Quand il a décollé, l'avion, on s'est regardés en s'épongeant le front, Roger et moi. Sans le savoir, il nous avait foutu la pétoche, Mustafa. J'avais bien cru qu'il voulait nous faire prolonger notre séjour en Turquie aux frais de son administration. Non, il était sincère, il voulait vraiment nous faire plaisir.

« J'adore la France », qu'il nous avait dit.

Avant d'aller plus loin dans mes souvenirs, il faut que j'affranchisse les profanes.

Le Vél'd'hiv' avait été construit dans le quartier Grenelle, là où est maintenant une annexe du ministère de l'Intérieur, dans un vieux bâtiment de l'Exposition universelle de 1889. Au début, ça s'appelait le Nélaton Palace parce qu'une des entrées était située près de la rue du même nom, qui existe encore. Puis c'était devenu le Vélodrome d'hiver, le Vél'd'hiv' pour simplifier. C'est là que se déroulaient les « Six Jours » de Paris, qui sont des courses à l'américaine.

Cette course a été inventée par les Américains, d'où son nom, vers la fin du XIXe siècle. C'était très populaire là-bas. Le coureur était seul, sans équipier, et il devait pédaler six jours et six nuits de suite. Cela finissait souvent à l'hôpital. Pour stopper l'hécatombe, on a créé les équipes de deux coureurs se relayant à volonté. C'est devenu plus humain.

L'ambiance des Six Jours au Vél'd'hiv', c'était quelque chose. Du folklore populaire à l'état pur, surtout le samedi soir. Sous la lumière des lampes à arc, les sprints, les chasses se succédaient au son de l'accordéon qui sortait des haut-parleurs, tandis que la foule hurlait dans les tribunes bourrées à craquer. Près de vingt mille personnes venaient avec des saucissons, des camemberts et du gros rouge... Des couples emmenaient les mômes et leurs pots de chambre, à l'époque on connaissait pas les couches Pampers. A chaque prime offerte aux coureurs, les spectateurs applaudissaient ou lançaient des vannes.

C'était Berretrot, le speaker du Vél'd'hiv', qui annonçait les primes, sa voix traînante résonnait dans les haut-parleurs après un coup de klaxon :

— Allô, allô ! sur dix tours, une prime de 10000 francs... Cette prime est offerte par les papiers à cigarettes OCB... Si vous les aimez bien roulées, papier à cigarettes...

Sa voix était couverte par la foule hilare qui finissait sa phrase :

— ... O... C... B !

En plus des coureurs qui tournaient sans relâche sur la piste aux virages tellement relevés qu'on les avait surnommés « les falaises », il y avait un second spectacle qui changeait chaque jour, ça se passait dans les loges de pelouse au bord de la piste, où était installé un restaurant de luxe. Le Tout-Paris mondain venait y souper en smoking et en robe du soir. On pouvait y voir aussi les artistes à la mode. En 1938, c'étaient Mistinguett, Georges Carpentier, Mireille Balin, Maurice Chevalier, Harry Baur, Jean Gabin, Arletty, Jean Tissier, Mary Glory. Certains sont revenus après la guerre en 1948 avec les nouvelles vedettes : Piaf, Montand, Ulmer, Bourvil, Line Renaud, Signoret, Morgan, Marcel Cerdan, etc. C'est là aussi qu'avait lieu l'élection de la reine des Six Jours. Quelquefois, ça tournait mal, ça frisait l'émeute, les spectateurs n'étaient pas toujours d'accord sur le choix du jury, et des trucs divers étaient balancés des tribunes. Tous ceux qui étaient au restaurant devaient se planquer pour pas recevoir les œufs durs, les peaux de banane, les fruits pourris, les tomates qu'on leur envoyait sur la tronche.

Quand je courais, moi, c'était l'époque des Hollandais :

Schulte-Boeyen. Des Belges : Kint-Van Steenbergen, Bruylandt-Adriaenssens, Bruneel-Naeye. Des Français : Lapébie-Sérès, Godeau-Chapatte, Sentfleben-Iacoponelli, Carrara-Goussot. Il y avait aussi les Australiens : Strom-Arnold, et les Italiens : Leoni-Rigoni, Coppi-Terruzi.

Après quelques années dans un club amateur, j'allais passer professionnel, mais il y a eu la drôle de guerre, puis la vraie et la débâcle. Après ma démobilisation, je suis retourné au Vél'd'hiv' qui avait rouvert ses portes. Malheureusement, les Six Jours ne se faisaient plus, les lampes à arc étaient interdites par la Défense passive et le couvre-feu obligeait les Parisiens à se coucher comme les poules...

Le Tour de France, pour d'autres raisons, avait été supprimé lui aussi. On imagine mal, d'ailleurs, un peloton de coureurs et une caravane publicitaire se faufilant sur une nationale parmi une colonne de camions allemands mitraillée par les Anglais. En plus, la France était coupée en deux. On aurait peut-être pu, à la rigueur, faire un demi-Tour de France, mais, à bien réfléchir, c'était pas l'époque à ça.

Pendant l'occupation, le Vél'd'hiv' restera ouvert tous les jours pour l'entraînement. Le dimanche, il y a soit une course de vitesse, soit une américaine avec une équipe de deux coureurs sur une distance de cent kilomètres. J'étais très fort dans cette discipline et, sans me vanter, je peux dire que mes années millésimées vont de 1942 à 1949...

On a souvent considéré les pistards comme des coureurs de salon et c'est une grave erreur. D'abord, si on courait dans les salons, on se casserait moins la gueule, dans un vélodrome, c'est plus fréquent. Quand j'ai commencé à faire de la piste, il y avait une course qu'on faisait le dimanche qui s'appelait « la Médaille », on l'appelait aussi « la Boucicaut » à cause de l'hôpital du même nom où l'on emmenait les mecs accidentés, c'est tout vous dire...

Un soir, je percute Daniel Dousset en pleine chasse. Il se relève une vertèbre abîmée et moi avec une entorse de l'épaule. Le médecin de service me fait une infiltration de novocaïne. Je repars le menton paralysé. Il m'avait piqué de travers, l'imbécile. Giorgetti et moi, on a perdu huit tours dans la nuit.

J'ai abandonné le lendemain après-midi.

Les Six Jours, à l'époque, c'était pas de la tarte. C'était un peu comme le marathon de danse que l'on voit dans le film *On achève bien les chevaux*. Il fallait garder le cul sur la selle pendant six jours, le temps de parcourir environ trois mille six cents kilomètres.

Chaque coureur avait droit à trois heures de sommeil par vingt-quatre heures. Mais le temps d'aller dans la cabine et de revenir remplacer l'autre coureur sur la piste nous faisait perdre trente minutes... on ne dormait que deux heures et demie.

Maintenant, les Six Jours sont devenus six soirées, mais c'est toujours très dur... même si on ne tombe pas. Quand on a fait ce métier pendant une dizaine d'années, on peut baptiser ses cicatrices : New York 1948... Chicago 1949... Paris 1949.

Le plus souvent, c'est le coude qui prend et la clavicule qui casse de temps en temps. Il y a aussi la glissade, avec, comme la piste est en bois, mille échardes qui traversent le maillot, la culotte en soie, et vous entrent dans la peau.

Un soir, je m'en suis payé une qui n'était pas une cascade de cinéma. Je suis parti sur le ventre comme une savonnette, avec le menton relevé pour ne pas que ma gueule frotte par terre. A peine arrêté, Chapatte est passé comme une fusée et m'a mis un coup de roue avant, derrière la nuque. Je me suis réveillé avec le menton ouvert...

Une autre fois, je suis rentré à soixante à l'heure dans la balustrade qui borde le restaurant en faisant éclater mon casque. On m'a relevé groggy, mais pas assez pour ne pas entendre une femme très XVIe qui était en train de boire du champ, son manteau de vison sur les épaules :

— Oh ! le pauvre garçon, il a l'œil crevé.

Je n'avais que l'arcade ouverte, mais, à l'infirmerie, j'ai quand même eu droit à onze points de suture.

L'ennui, pour les pistards, c'est qu'on tombe, neuf fois sur dix, du côté droit. Parce que la force centrifuge nous envoie toujours à l'extérieur. En quatorze ans de vélo, ça m'est arrivé souvent. Et, à force de tomber, on se fait un tas de microfractures, qui se calcifient, bien sûr, mais grossièrement, ça fait comme une sorte de corail. C'était loin, mes chutes du Vél'd'hiv', je les avais un peu oubliées et puis, trente ans après, de temps à autre mon épaule droite coinçait. Il y avait des mouvements que je ne pouvais plus bien faire. Le pire, c'est que j'avais de plus en plus de mal à jouer à la pétanque. Et là, c'était grave, je risquais de perdre mes copains... Je crois d'ailleurs que c'est ça qui m'a décidé à me faire opérer. C'est un ami, le professeur Alain Patel, qui s'est occupé de moi. Le jour de l'opération, il vient me voir dans ma chambre en fin de journée, et, toujours curieux, je lui demande comment il s'y est pris pour enlever ce cal osseux qui me rayait la tête de l'humérus...

— Ben, comme d'habitude... avec un burin et un marteau...

Je croyais qu'il plaisantait.

— Tu n'utilises pas de bistouri électrique ?

— C'est trop dur, on peut pas... on se sert d'un burin pour le plus gros, et on termine avec une gouge...

J'étais étonné que les chirurgiens de maintenant bossent comme les tailleurs de pierre du Moyen Age. Ça le fait marrer, d'autant plus que, quelques mois plus tôt, il a vécu un truc étonnant. Il opérait un matin de bonne heure, dans un bloc opératoire au premier étage de l'hôpital. Quand tout est fini, il descend au rez-de-chaussée rendre visite à un type qu'il a opéré la veille. Il rentre dans la chambre, l'air jovial :

— Ça va, vous avez bien dormi ?

Il fait la gueule, le mec en pyjama.

— J'aurais surtout aimé dormir plus longtemps, mais ici, on est réveillé de bonne heure... ça va durer longtemps les travaux au premier étage ?

C'était Alain Patel, les travaux au premier étage... Il s'était occupé de la hanche d'un client. Encore une fois, j'ai cru qu'il plaisantait. Mais non, quand on fait de la sculpture sur un os avec un burin et un marteau, ça fait un barouf épouvantable. Pour ne pas être emmerdés, ils avaient été obligés de le changer de chambre, le grincheux...

Durant la guerre, les Fritz en uniforme y venaient souvent en spectateurs, au Vél'd'hiv'. Ils connaissaient bien. Je ne parle pas de ceux qui l'ont connu à l'occasion de la grande rafle de juillet 1942. Je ne mélange pas, je parle des sportifs, des amateurs de sport cycliste.

A la Libération, ce sont les Américains qui les ont remplacés dans les tribunes.

Le sport, comme on dit, est international, et si par hasard les Russes se pointent en France, ce que je ne souhaite pas, ils seront obligés d'aller à Bercy, mais ils ne me verront plus courir. Le vieux Vél'd'hiv', comme ma jeunesse, a disparu...

Déjà, tout môme, je faisais du vélo, mais, vers quinze-seize ans, je voulais devenir boxeur. Je m'entraînais dans une salle, rue Frémicourt, et c'est là que j'ai rencontré des coureurs amateurs de mon quartier qui faisaient partie d'un club : l'Union vélocipédique du Ve arrondissement, dont le président s'appelait Auguste Chopin, ça ne s'invente pas, un nom pareil...

Donc, ces coureurs un peu plus âgés que moi, ils avaient

dix-neuf-vingt ans, venaient faire de la culture physique. On avait sympathisé rapidement, et c'est eux qui m'avaient décidé de les accompagner un dimanche à l'entraînement.

Le dimanche d'après, on s'était retrouvés dans la côte de la Butte Rouge qui va d'Antony au Petit-Clamart. Je m'étais un peu excité, et j'avais foncé sans me retourner. Arrivé en haut de la côte, j'avais ralenti et jeté un coup d'œil derrière moi, là je ne comprenais plus, ils s'étaient arrêtés pour pisser ou quoi ?...

C'est un peu plus tard qu'ils m'avaient rattrapé, tout en me regardant comme si j'étais Charles Pélissier ou Antonin Magne, les vedettes du vélo de l'époque. Ils étaient franchement étonnés, mes copains. Moi, je croyais qu'ils me charriaient. Eh bien non. A les entendre, j'étais superdoué pour un débutant, un vrai champion en herbe. Il fallait vite que j'abandonne la boxe pour entrer dans leur club.

C'est comme ça que ça a commencé, ma carrière cycliste.

Et puis un jour, avec le vélo de piste que le club m'a fourni parce que je faisais partie des trois meilleurs routiers en fin de saison, je me suis présenté au Vél'd'hiv' où j'ai eu affaire au concierge, un gars sympa qu'avait une bonne tête. Il m'a donné une place dans une cabine pour aller mettre mon vélo et me changer. Les cabines, ça correspond aux loges dans les théâtres, la plupart étaient réservées aux caïds, mais quelques-unes étaient pour les amateurs. C'était du non-stop, au Vél'd'hiv', de 2 heures à 5 heures, la piste était réservée aux professionnels et, de 5 à 7, aux amateurs. Certains amateurs, les meilleurs, avaient même l'autorisation de venir rouler avec les pros, le rêve. La première fois que je suis entré dans le Vél'd'hiv', j'ai eu l'impression d'être adulte, je venais juste d'avoir dix-sept ans, je sentais que brusquement je faisais partie d'une élite. Je suis tout de suite tombé amoureux de cette piste, de cette piste blonde, j'ai eu un choc. Il faisait très froid, j'ai appris plus tard que c'était à cause de la patinoire recouverte d'un plancher qui était sous la pelouse. Je regardais la piste, les virages relevés à quarante-sept degrés... les fameuses falaises... le mur de la mort... j'allais apprendre à rouler... j'étais émerveillé.

Parmi les couleurs célèbres du Vél'd'hiv', il y a eu Adolphe Prat qui a été champion de France de poursuite. On se ressemblait physiquement, Adolphe et moi, on avait un peu la même gueule. Et puis un jour je me fâche avec lui, on se dispute, je ne sais plus d'ailleurs à quel propos, enfin, bref, on se parlait plus. Et comme en sortant du Vél'd'hiv' il y avait toujours plein de gosses qui nous demandaient des photos... des dédicaces, j'avais trouvé un truc : quand un môme me confondait avec lui...

— Monsieur Prat, je peux avoir une photo ?...

Je répondais :

— Va chier, p'tit con...

J'étais content de faire passer Adolphe pour un mal élevé, ça me faisait marrer. Jusqu'au jour où un soigneur m'a dit que Prat, de son côté, en faisait autant... du coup, j'ai arrêté de déconner et on s'est reparlé avec Adolphe...

Faut que je vous parle aussi d'un soigneur, Gatier, il s'appelait. Nous, les coureurs, comme on le trouvait gentil, on avait ajouté papa devant son nom, c'était devenu « papa Gatier ». C'était un ancien julot qui avait démarré de bonne heure. Je crois que sa gonzesse a commencé à aller aux asperges en se faisant les Ricains quand ils sont arrivés en France en 1917. Elle a continué pendant l'occupe, et à la Libération elle tapinait encore dans le bois de Vincennes avec les fils des Amerloques qu'elle avait connus au début de sa carrière. Elle se foutait des bandes molletières sur les cannes pour pas esquinter ses bas dans les ronces. Et, quand l'hiver se pointait, elle avait un passe-montagne enfoncé sur la tronche. C'était pas Raquel Welch, maman, il fallait qu'ils aient drôlement faim, les libérateurs, pour s'allonger dans l'herbe avec un sujet pareil... peut-être qu'elle prenait pas cher.

Pour en revenir à son homme, à papa Gatier, il avait acheté dans les années 30 une villa à Nogent-sur-Marne. Nogent, pour les macs, c'était la consécration. Un peu comme les châteaux de la Loire pour les rois de France, si vous voyez ce que je veux dire. Toutes ces villas se trouvaient les unes à côté des autres à Nogent, et papa Gatier avait comme voisin et ami Fernand Trignol, qu'on appelait le roi de l'argot. Il connaissait bien la question, Fernand, la langue verte, c'était son truc. Il en a même fait un dictionnaire qui est aujourd'hui introuvable. C'était un cas, celui-là. Sur un autre bouquin qu'il a écrit et que j'ai malheureusement égaré, il y avait imprimé en exergue une phrase d'Ernest Renan : « La vie... une minute entre deux éternités », puis, juste en dessous... « pas pour celui qui a tiré vingt piges à Poissy ». Ça, c'était de Fernand Trignol. Il adorait déconner, Fernand, à soixante-dix piges il pouvait faire des trucs de môme, quelquefois ça pouvait voler bas. Un jour, il fait un dîner avec quelques amis et invite papa Gatier à venir becter chez lui. Au dessert, il lui fait cadeau d'un superbe calumet de la paix qu'il avait dû acheter aux Puces en lui faisant croire que le truc vient directement d'Amérique.

— C'est un ami qui m'a rapporté ça de là-bas et, comme moi je fume pas, j'ai tout de suite pensé à toi.

Puis il pose sur la table une boîte de Navy Cut qu'il a vidée pour la remplir d'un truc pas croyable... du crottin de cheval desséché qu'il a mélangé avec du Caporal ordinaire.

— ... Tiens, il y a aussi le tabac qui va avec, c'est ce qu'ils fument là-bas, les Comanches...

Et papa Gatier se transforme en Sitting Bull, il bourre le truc et l'allume... c'est épouvantable, comme odeur... faut ouvrir les fenêtres. Papa Gatier, tranquille, avait hoché la tête en connaisseur...

— C'est fort, comme tabac, mais c'est pas mauvais...

Fernand et ses potes morts de rire se sont cassés dans la cuisine pour pouvoir respirer un peu.

Il faisait aussi des trucs plus subtils, Fernand. Un jour, il reçoit une lettre de son copain Eskenazy, le célèbre journaliste sportif, qui l'invite à assister à une réunion de boxe, suivie d'un dîner. Quelques jours plus tard, profitant de l'absence de son copain, Fernand, qui se trouve dans le bureau d'Eskenazy, à *France-Soir*, utilise sa machine à écrire et ajoute en post-scriptum à la lettre qu'il a reçue : « N'amène pas ta femme qui est une emmerdeuse. » La semaine suivante, Fernand invite Eskenazy à dîner chez lui à Nogent et, dans l'après-midi, il sort la fameuse lettre qu'il laisse traîner sur la table de la salle à manger. Mme Trignol, qui vient mettre un peu d'ordre dans la pièce avant l'arrivée d'Eskenazy, tombe évidemment sur la lettre avec le fameux post-scriptum : « N'amène pas ta femme qui est une emmerdeuse. » Elle est pas ravie, Mme Trignol, et quand Eskenazy s'est pointé en lui tendant un bouquet de fleurs, il s'est fait traiter de tous les noms, il avait été drôlement surpris, Albert Eskenazy... elle était déchaînée, Mme Trignol.

Il avait pas toujours été soigneur, papa Gatier. Dans les années 20, il faisait le mac, comme je vous le disais, mais il aimait aussi le vélo. Il a couru comme amateur en 4e catégorie jusqu'à l'âge de trente-quatre piges. J'ai entendu dire qu'il marchait pas mal, mais il se faisait toujours larguer dans les côtes. Après, il avait décroché et était devenu soigneur pour rester dans l'ambiance du vélo. Quelle gentillesse ! Toujours prêt à vous masser, à s'inquiéter si vous n'étiez pas dans votre assiette, à vous régler n'importe quel problème, on était tous ses chouchous au Vél'd'hiv'. C'est lui qui était mon soigneur dans les Six Jours de 46. Il faisait aussi l'infirmière sans complexe, on marchait aux amphétamines à l'époque, on n'était pas contrôlés. On pissait pas dans la bouteille. Je me vois encore sur ma chaise longue en train de récupérer. Il s'approchait avec un suppositoire...

— Tourne-toi, môme, je vais te faire une gâterie.

Je vous le dis qu'il s'occupait de tout, papa Gatier. Et puis, un jour, il dévisse. Et, bien sûr, je vais à son enterrement. Comme tous les vieux macs de l'époque qui vivaient comme des bourgeois, il s'était payé d'avance un enterrement de luxe. Nous, c'est-à-dire Fernand Trignol, Berretrot, le speaker du Vél'd'hiv' et moi-même, on est en tête des gens qui suivent, juste derrière le corbillard qui croule sous les gerbes et les couronnes. Dans Nogent, peu de temps avant d'arriver au cimetière, il y a une petite côte, ça grimpe un peu et Fernand Trignol nous balance à l'oreille :

— L'enfoiré, c'est bien la première fois qu'il monte une côte en tête...

Et Berretrot ajoute :

— Surtout après crevaison...

Là, c'était trop, j'ai éclaté de rire et je me suis vite planqué derrière mon mouchoir pour continuer à me marrer, j'ai mis du temps pour me calmer.

J'ai aussi couru sur route avec mon équipier Victor Delvoye, un grand gars qui mesurait 1,87 mètre. On était en première catégorie amateur. Un jour, dans un Paris-Alençon-Rennes, après une crevaison qui m'avait fait perdre plusieurs minutes, je le rattrape. Delvoye roule avec difficulté, il zigzague, il a pris un coup de barre derrière les oreilles, il s'est fait larguer dans une côte à vingt kilomètres de l'arrivée...

— Alors, grand, ça va pas ?

— Je suis cuit.

Delvoye était en hypoglycémie, qu'on appelait entre

autres en argot du métier « la sorcière aux dents vertes », bref, je lui dis de se mettre dans ma roue, mais il n'y arrive pas, alors je reste près de lui, on roule lentement côte à côte. C'était bête, on n'était plus qu'à seize kilomètres de l'arrivée. Il tourne la tête vers moi, l'œil vide...

— J'ai soif...

Malheureusement, nos bidons étaient vides depuis longtemps. Ce qui l'a sauvé, Delvoye, c'est un môme de dix-onze ans qui est arrivé à notre hauteur sur son petit vélo pendant la traversée d'un village :

— M'sieur, m'sieur, passez-moi vos bidons, je vais aller les remplir...

Et il nous a lâchés pour nous rattraper quelques minutes plus tard, à la sortie du bled, avec nos deux bidons pleins d'eau fraîche. La honte. Il était content, le môme, il avait l'air de se foutre de notre gueule et il continuait de pédaler à notre hauteur. J'ai eu pendant une seconde envie de l'étrangler, ce petit con. Finalement, je lui ai lancé un regard en biais, l'œil mauvais, et il s'est barré. Quand je repense à cette histoire, je ne peux pas m'empêcher de sourire.

On n'a pas eu de chance ce jour-là. Tandis qu'on continuait à pédaler tant bien que mal, on s'est fait doubler près de l'arrivée par un curé grimpé sur un vélo de dame. Au passage, il nous a regardés d'un air dédaigneux. Il pédalait bien, le cureton, j'étais épaté, Victor, lui, il ne voyait plus rien, il pensait qu'à des choses terre à terre, du genre compote de pommes, gâteau de riz et morceaux de sucre... Moi, je me disais que, si j'avais été curé, j'aurais sûrement gagné davantage de courses... pas tellement à cause de la religion, mais grâce à mon vœu de chasteté...

Un jour, j'étais parti m'entraîner avec un coureur dont je tairai le nom. On pédalait déjà depuis vingt bornes quand je m'aperçois qu'il avait pris deux boyaux de rechange, des tubes, comme on dit dans notre jargon.

Pour les profanes, je dois expliquer que, d'habitude, on n'en emporte qu'un, qu'on plie et qu'on fixe derrière la selle.

Histoire de plaisanter, je lui lance :

— Pourquoi t'as deux tubes, t'es pessimiste, ou quoi ?

— Je te raconterai... une autre fois.

Comme il avait fait une drôle de gueule après ma question, je n'ai pas jugé utile d'insister.

Quelques mois plus tard, j'étais au Parc des Princes et je le revois. L'histoire des deux boyaux me revient en tête et je lui demande en souriant :

— Alors, t'emmènes toujours deux tubes quand tu pars t'entraîner ?

Le gars m'a regardé quelques secondes, l'air triste, avant de répliquer :

— Tu tiens vraiment à le savoir ?

Je voyais bien que ma question le perturbait, et je lui ai dit qu'il n'était pas forcé de me répondre, mais il m'a quand même raconté...

Six mois plus tôt, il était parti un beau matin s'entraîner en solitaire. Juste après la porte d'Orléans, il avait crevé. Après avoir changé de boyau et roulé encore pendant cinq kilomètres, il s'était arrêté.

La plupart du temps, on s'entraîne à plusieurs, et il y a toujours un copain qui vous prête un boyau si nécessaire, mais là, il était seul. Si par malchance il crevait encore, personne ne pourrait le dépanner. Et comme ça ne lui disait rien de faire plusieurs kilomètres à pied en tenant son vélo à la main, il avait pris le chemin du retour. Mais il est rentré un peu trop tôt à la maison. Sa femme était en train de se faire sauter par un voisin. Philosophe, il avait passé l'éponge, mais il ne tenait pas à revivre le même truc...

— Tu comprends, c'est pour ça que j'emporte deux tubes !

Les coureurs cyclistes ont des parcours d'entraînement différents suivant les jours de la semaine. En général, on va faire cent à cent vingt bornes tous les matins, et une heure de piste l'après-midi. Quelquefois, on part déjeuner à quatre-vingts ou quatre-vingt-dix bornes de Paris et puis on revient, mais ça devient vite monotone, ces parcours qu'on fait. On les connaît tous par cœur. Alors, des fois, avec Victor Delvoye, ça nous arrivait de modifier le circuit, d'aller virer à un endroit au lieu d'un autre. D'habitude, on partait par la porte d'Orléans ou par la porte de Saint-Cloud, mais ce jour-là on avait décidé d'aller complètement à l'opposé. Et pendant qu'on montait le boulevard Montmartre, tout en jactant, en roulant de front, tranquilles et pas très vite, on se fait siffler par un flic qui nous demande de nous arrêter. Tout ça se passait en 1942 ou 1943. Pendant l'occupation, c'était interdit de rouler de front à vélo. On se demande d'ailleurs pourquoi. Ça risquait pas de gêner la circulation, parce que les bagnoles, à part celles des Fritz, on n'en voyait pas beaucoup.

Quand on faisait une infraction au code de la route, à l'époque, les flics vous filaient un truc qui s'appelait un avertissement taxé, ça coûtait vingt-cinq francs, ils l'encaissaient sur place et donnaient un reçu. Donc, le flic s'approche et nous interpelle.

— Vous savez pas que c'est interdit de rouler de front ?

Puis il nous demande nos papiers et se met à inspecter nos vélos pour essayer de nous baiser... il regarde si on a bien la petite plaque d'identité en alu fixée sur la potence... si les numéros peints en noir sur la plaque jaune minéralogique sont bien visibles, si la sonnette fonctionne, si on a bien le garde-boue arrière peint en blanc sur vingt centimètres. Ça avait l'air de l'emmerder qu'on soit en règle. En s'appliquant, il avait bien pris son temps pour remplir son avertissement taxé qu'il avait tendu à Victor. Victor avait jeté un coup d'œil indifférent sur le papelard et sorti un biffeton de mille francs pour le payer. Dans ces années-là, ça faisait beaucoup de fric, un billet de mille francs. Le flic, lui, il devait même pas les gagner en un mois.

— Vous n'avez pas de monnaie ?

— Eh non, j'ai que ça sur moi...

— Et vous, vous les avez, les vingt-cinq francs ?

— Ben, j'ai pas à vous donner vingt-cinq francs, moi, j'ai rien fait.

— Si... vous rouliez de front vous aussi...

Je désigne Victor comme si je ne le connaissais pas.

— Ah ! pardon, vous mélangez tout, c'est monsieur qui roulait de front... moi, je ne roulais pas de front, je roulais tout seul près du trottoir, c'est lui qui est venu à côté de moi... j'ai pas commis d'infraction...

Là il est suffoqué, le flic, il nous dit qu'il nous a vus rouler ensemble, l'un à côté de l'autre, pendant au moins trois cents mètres, même qu'on se parlait.

— On se parlait pas, c'est moi qui l'engueulais parce qu'il essayait de me doubler.

Ça s'est terminé au commissariat du quartier.

Derrière le comptoir, il y avait un gros brigadier qui nous voit arriver avec nos vélos à la main. En faisant la grimace, l'air fatigué, il interroge son collègue.

— Qu'est-ce qu'il se passe ?

— Il se passe qu'ils roulaient de front tous les deux boulevard Montmartre, qu'ils se foutent de ma gueule et qu'ils ne veulent pas payer l'avertissement taxé.

Le brigadier nous a demandé de nous expliquer. Ça risquait de durer longtemps, la conversation. Ce qui nous a sauvés, c'est l'apparition du commissaire qui était arrivé en plein dialogue de sourds. Il s'est renseigné auprès de ses deux sbires pour savoir ce que foutaient ces deux coureurs cyclistes dans son commissariat. Visiblement, ça l'étonnait. C'est le têtu, celui qui nous avait sifflés boulevard Montmartre, qui lui a répondu, il m'en voulait, pépère.

— Il y a celui-là surtout qui veut rien savoir, il dit qu'il ne roulait pas de front, je l'ai bien vu quand même, monsieur le commissaire, ils roulaient de front tous les deux.

— Ça fait une heure que je me tue à vous le répéter, moi, je roulais près du trottoir, c'est monsieur qu'a voulu me doubler, alors forcément on s'est retrouvés de front, mais, en fait, moi, j'y suis pour rien...

— C'est évident, monsieur a raison...

C'est tout ce qu'il avait dit, le commissaire, avant d'aller s'enfermer dans son bureau. Deux secondes plus tard, on s'éloignait du commissariat à grands coups de pédales. On roulait plus de front, mais on était morts de rire.

Ça a évolué bien sûr, la police parisienne, mais dans ces années-là on tombait souvent sur des obtus.

A la campagne, il y avait les gendarmes, là aussi, ça a changé, parce qu'à l'époque, chez les pandores, il y en avait également des gratinés.

Toujours pour s'entraîner, ça se passait aussi pendant la guerre, on va un jour rouler du côté de La Ferté-Alais. A la sortie d'Arpajon, il y a une grande descente. Presque arrivés en bas, on voit deux gendarmes qui nous font des signes, alors on lève le pied, on freine et on s'arrête.

— Vous avez vos papiers ?

— Oui, bien sûr...

Ils examinent nos cartes d'identité, tournent autour de nos vélos pour voir si tout est en règle. L'un des deux, un grand sec, nous montre nos garde-boue arrière.

— Ils ne sont pas peints en blanc, vos garde-boue arrière, c'est pas réglementaire... Ça doit être peint en blanc sur vingt centimètres ou alors il faut un disque blanc, vous êtes au courant ?...

On se marre, Victor et moi... on a cru qu'il avait de l'humour !... Ça lui plaît pas, au pandore.

— Ça vous fait rire ?

— Ben oui, c'est plutôt marrant ce que vous nous dites.

— Vous allez peut-être me trouver moins marrant quand je vous aurai collé une contravention.

Et là, je vois qu'il ne plaisantait pas, avec son accent à couper au couteau. Comme on courait tous les deux pour les cycles Lemercier qui nous donnaient des vélos entièrement émaillés blanc, je croyais qu'il nous charriait, ce guignol, mais pas du tout...

— Je vois bien que vos vélos sont peints en blanc, faut pas me prendre pour un imbécile, mais ce que je vois surtout, c'est que vous n'avez pas de disque blanc... ni de couche supplémentaire de peinture blanche sur le garde-boue arrière, faut pas me la faire, à moi...

Et il nous a filé à chacun une contredanse. Lui, au moins, il n'avait pas besoin d'une couche en plus... il avait ce qu'il fallait. On s'est écrasés, ça valait mieux.

Le soir même, je racontais mon aventure à un copain journaliste. Le lendemain, ça paraissait dans *L'Auto*.

Au fil des années, j'en ai eu encore, des salades, avec les représentants de l'ordre. Qui n'en a pas eu ?... Puis on prend de l'âge, on se calme, on oublie... et, un jour, ça recommence. Celle que j'ai vécue dans les années 70, c'était pas triste non plus...

A cette époque-là, on a fait un couloir pour les autobus, dans la rue Gay-Lussac où j'habitais.

Alors, quand les gens avaient besoin de mettre des trucs dans leur voiture, quand ils partaient en vacances, ils la mettaient sur le trottoir. Et une nuit, Pénélope, ma fille qui avait huit mois, tombe malade, elle a de la fièvre, et on doit dès le matin, ma femme et moi, l'emmener chez le toubib, on est en retard. Je gare ma bagnole sur le trottoir, je remonte à l'appartement et on descend tous les trois, c'est moi qui porte Pénélope dans un couffin, Joss monte à l'arrière, je lui passe le couffin et je m'aperçois que j'ai une contravention sur le pare-brise, le flic — il n'y avait pas encore les pervenches, elles sont venues beaucoup plus tard — est à dix mètres de là, en train d'aligner d'autres voitures. Je prends ma contredanse et je m'approche gentiment...

— C'est vous qui m'avez mis ce truc-là ?...

— Oui, monsieur, votre voiture n'a pas à être là, elle est mal garée...

— Je sais bien, mais c'est exceptionnel, ma fille est très malade, vous avez vu, elle est dans une couverture, je l'emmène chez le médecin...

Je croyais qu'il allait me dire : « Excusez-moi, je ne pouvais pas deviner », ou quelque chose comme ça, mais, pas du tout, il en a rien à foutre de mon histoire...

— Tout ce que je sais, moi, c'est que votre véhicule est en infraction...

Et il se taille vers une autre bagnole. La moutarde me monte au nez, d'un bond, je le rattrape et je me plante devant lui, il s'arrête, un peu inquiet...

— Je vous dis que ma fille est malade et vous me foutez une contredanse, c'est tout l'effet que ça vous fait... vous avez des enfants, vous ?

— Oui, monsieur.

— Quel enculé... qu'ils crèvent, tes mômes... et casse-toi, tête de con, sans ça je vais te manger une oreille !

Comme j'ai hurlé, il y a des gens qui apparaissent aux fenêtres, lui, le flic, il a compris, il n'insiste pas, les dingues, il s'en méfie. Puis il y a un type qui vient de sortir d'un porche qui se croit obligé de la ramener...

— En tout cas, moi, je suis d'accord, les voitures n'ont pas à être sur le trottoir.

Il tombe mal, cézigue...

— Vous êtes flic vous aussi ?... non ?... alors, de quoi tu te mêles, connard ?...

Je m'approche pour lui filer une tarte, mais je le rate. Affolé, il se barre en courant, je me lance à sa poursuite...

— André ! t'es fou...

C'est ma femme qui m'arrête. On remonte dans ma caisse et je démarre en catastrophe pour aller chez le toubib. Les têtes disparaissent des fenêtres, le spectacle est terminé.

Le lendemain, l'inévitable, je suis convoqué au commissariat du Ve. Dans ce cas-là, faut pas hésiter à adopter le côté milord : costume et cravate foncés... chemise blanche et chaussures noires... A 14 heures, je tends la convocation à un flic en uniforme, il disparaît quelques secondes et revient...

— Le commissaire va vous recevoir...

Je m'assois sur un banc et j'attends. Ce qui m'étonne, c'est que personne ne semble me reconnaître, pourtant, à l'époque, je tourne film sur film, je n'arrête pas. Dans la rue, les gens sourient quand ils me croisent, ils me montrent à leurs gosses, et là, rien, les flics vont et viennent sans me voir... ça me fait tout drôle. Un quart d'heure se passe, puis on vient me chercher et je me retrouve dans le bureau du commissaire...

— Bonjour, monsieur, asseyez-vous.

— Bonjour, monsieur le Commissaire.

Lui non plus apparemment, il ne va pas souvent au cinéma, il me jette un bref coup d'œil et se met à farfouiller dans ses paperasses, il en sort une feuille dactylographiée. Il est très calme, le commissaire...

— Dites-moi, d'après ce rapport, je vois que vous avez eu vers 9 heures hier matin une altercation avec un de mes gardiens.

— Altercation, c'est un bien grand mot, monsieur le

Commissaire, disons qu'on a échangé quelques mots en haussant le ton. Comme j'étais pressé, je me suis un peu énervé, c'est vrai, mais ça n'a pas été plus loin...

— Ah bon, je vous dis ça parce que, sur le rapport, le gardien déclare : « ... et l'individu m'a insulté grossièrement en me disant quel enculé... ».

— Comment ça « quel enculé » ? Mais j'ai jamais dit ça, monsieur le Commissaire, d'abord c'est un mot que je n'utilise jamais... non... comme il était encore tôt, je voulais savoir si à cette heure-là j'avais le droit de garer ma voiture sur le trottoir... je lui ai demandé l'heure, au gardien, « quelle heure il est ? », c'est ça que je lui ai dit... « quelle heure il est ? »...

Il semble convaincu, le commissaire...

— Oui, avec le bruit de la circulation, il a dû mal comprendre.

— Sûrement...

— Et « casse-toi, tête de con, sans ça je vais te manger une oreille »... comment vous expliquez ça ?

Là, je suis marron, il sourit, le commissaire, et moi j'ai plus rien à dire. Je me lance dans des explications foireuses, je lui parle de Pénélope, qu'on était en retard, ma femme et moi, pour le rendez-vous chez le toubib, je lui dis que je dors mal à cause du feu rouge qu'ils viennent d'installer au coin de ma rue, c'est devenu impossible la nuit, les coups de frein, les coups d'accélérateur, surtout les camions, je m'excite, j'en remets, je lui dis aussi que j'ai les nerfs à vif depuis que j'ai arrêté de fumer... Il met les deux mains en avant, le commissaire, pour stopper ma conférence de presse...

— Écoutez, monsieur Pousse, restons calmes, on n'est pas au cinéma ici, on tourne pas. Vous savez, les gardiens, ça leur arrive aussi de s'énerver...

Merde alors, il m'avait reconnu, le commissaire, il avait attendu qu'on parle un peu pour me le dire. Il avait raison pour le gardien, j'avais mal réagi. Pris dans le sens du poil, il me l'aurait peut-être retirée, la contredanse...

— Écoutez, monsieur le Commissaire, s'il est là, le gardien, je vais lui faire des excuses...

— Non, non, il est en service, mais je lui transmettrai. Pour cette fois, ça va, mais, à l'avenir, monsieur Pousse, soyez plus gentil... on n'est pas des flics de cinéma.

Il était sympa, ce commissaire, c'est lui qui avait dû dire aux gardiens avant que j'arrive : « Quand André Pousse se pointera, faites comme si vous ne le connaissiez pas... » Il avait dû aussi leur dire d'être gentils quand je sortirais du bureau... ils jouaient bien la comédie, les poulets...

— Allez, au revoir, monsieur Pousse... on vous dit pas à bientôt !

La plaisanterie classique, ils se marraient. J'ai eu le trac qu'un des flics me demande l'heure...

— Quelle heure il est, monsieur Pousse ?

J'ai couru mes derniers Six Jours à Paris en 1949.

Avec mon équipier Alvaro Giorgetti, nous avons pris le départ avec l'intention bien arrêtée de finir en vainqueurs.

Je suis en supercondition, affûté par les huit courses de Six Jours que je viens de courir aux États-Unis.

Quand on court pour la « gagne », on fait un peu moins les « primes », on s'occupe davantage du classement. Nous sommes très bien placés, quatrième à un tour, quarante-huit heures avant la fin. Mais une prime de deux cent mille francs est annoncée pour ce soir minuit. A l'époque, c'est beaucoup d'argent. Pour l'instant, on essaie tous d'oublier ce qu'on vient d'apprendre. Dans l'après-midi au Parc des Princes, Léon Level, un ex-champion du Tour de France qui s'entraînait derrière moto, s'est tué en se fracturant le crâne sur le ciment, malgré son casque. C'est Berretrot qui vient de l'annoncer dans le haut-parleur, tout le Vél'd'hiv' a observé une minute de silence...

Puis on a repris la ronde infernale. La veille, j'ai eu des mots avec Schulte et aussi avec Achille Bruneel. Avec lui, hier, j'ai joué les kamikazes, ayant un vieux compte à régler, je lui ai plongé dessus du haut d'un virage, et je lui ai filé un coup d'épaule, malheureusement je suis tombé aussi, c'est vous dire que c'est la bonne ambiance... On m'a pansé vite fait à l'infirmerie et le coup de pistolet donnant le départ de la plus grosse prime des Six Jours est donné. Sur dix tours, pas de relais cinq tours avant la fin. Schulte tire le peloton comme un fou pour que personne ne puisse partir de derrière. C'est le silence complet dans le Vél'd'hiv', à part le plancher de la piste qui ronfle sous le passage des Écureuils, comme on nous a surnommés. Maintenant, je suis dans la roue de Bruneel qui est juste derrière Schulte, et d'un seul coup j'ai un doute sur ce que j'ai appris par mon soigneur... c'est peut-être pas Bruneel qui doit gagner, c'est possible qu'on nous ait dit ça pour nous embrouiller... Brusquement, il y a Bruylandt qui me passe, suivi par Van Steenbergen, et je réalise que c'est Van Steenbergen qui est prévu à l'arrivée. Au neuvième tour, je suis en cinquième position, et puis la cloche annonce le dernier tour.

Van Steenbergen est à la corde, Bruneel et moi on est légèrement derrière, un peu au-dessus. A la sortie du dernier virage, Van Steenbergen s'écarte vers l'extérieur et tourne la tête pour voir ce qui se passe. Le trou, j'ai vu le trou, je plonge et je passe. J'ai gagné. Dans le haut-parleur, on annonce le classement pour la prime des deux cent mille francs.

— Allô, allô, 1er Bruneel, 2e Van Steenbergen, 3e Rigoni...

Qu'est-ce qui se passe ? Qu'est-ce que ça veut dire ? C'est moi qui coiffe le Flamand sur la ligne et c'est lui qui gagne.

Ils ne sont pas d'accord non plus, les spectateurs, ça gueule de tous les côtés, ça siffle, ça hurle... je m'arrête devant le perchoir pour m'expliquer avec le juge, je suis fou de colère...

— Vous êtes encore bourré ?

— Restez poli, vous avez roulé sur le ciment, je suis obligé de vous déclasser...

— Vous êtes dans le coup avec les Belges ou quoi ?

Le ton monte, dans le Vél' d'hiv', c'est devenu infernal. Il y en a qui roulent des journaux en torche et qui les balancent allumés sur la piste... Police-Secours ne va pas tarder, la foule est pour moi... ça applaudit... Un photographe apporte une photo qui ne laisse aucun doute, j'ai gagné.

— Pour Dédé Pousse... hip... hip... hip... hourra... hip... hip... hip... hourra...

Ils n'oublient pas les Flamands : « Aux chiottes les Belges... » Écœuré, je donne mon vélo à mon soigneur et je m'approche des commissaires pour qu'on m'explique, qu'on revienne sur cette décision. Je dépose une réclamation, mais il n'y a rien à faire, les décisions du juge à l'arrivée sont sans appel, je demande à mon soigneur de m'apporter ma robe de chambre et je rentre au vestiaire. Les spectateurs, eux, continuent leur bordel, les flics arrivent et se font canarder comme tout le monde...

— Allô, allô...

— Fumier, salope, pourri...

Il a l'habitude, Berretrot. Il patiente, recommence.

— Allô... allô...

Finalement, Berretrot réussit à se faire entendre. Et il annonce que Bruneel est déclassé pour avoir relayé trop tard. La foule hurle de joie, et dans un silence total, Berretrot annonce le nouveau classement.

— 1er Van Steenbergen, 2e Bruneel, 3e Rigoni.

Alors là, c'est l'explosion, les loges sont bombardées...

camemberts... et boîtes de sardines. Certains occupants des loges ramassent ce qui leur tombe sur la gueule et le renvoient dans les gradins. On est à la limite de l'émeute. Le perchoir du juge sert de cible. Une pluie de bouteilles éclate sur la piste. La course est neutralisée.

Les journalistes s'abritent sous leurs pupitres. Pendant une heure et demie, c'est la panique. Certains spectateurs arrachent le tissu des banquettes et allument le crin... des jerricans vidés du gros rouge qu'ils contenaient sont balancés sur la piste...

Berretrot reparle dans le micro :

— Allô... allô... mesdames et messieurs, l'équipe Pousse-Giorgetti est réintégrée à la quatrième place du classement général... André Pousse reprend la course dont la neutralisation va cesser dans quelques minutes.

Le calme revient. Le public retrouve ses coureurs qui réapparaissent sur la piste. Il faut encore au moins une demi-heure pour finir de la nettoyer, et un nouveau départ est donné.

Quelques « vannes » m'arrivent aux oreilles : « Dégonflé !... Tu montes aux ordres !... », et puis du poulailler, une voix de stentor : « On te connaît, si t'es remonté, c'est que t'as touché ! »

C'était vrai, Jacques Goddet était venu me voir dans ma cabine.

— Remontez, je vous paierai la prime après les Six Jours.

Il l'a fait.

Le lendemain soir, je faisais une chute qui me forçait à abandonner.

Dix ans plus tard, on cassait le Vél'd'hiv'.

En 48, je suis allé courir des Six Jours aux États-Unis avec Francis Grauss comme équipier. On est partis sur un paquebot français, le *De-Grasse,* qui faisait l'Atlantique Nord. Si ma mémoire est bonne, il mettait neuf jours pour faire la traversée. Les bateaux anglais, le *Queen Mary* et le *Queen Elizabeth,* eux, ne mettaient que cinq jours et demi, des vrais hors-bord. Mais, sur le *De-Grasse,* c'était autre chose... un véritable trois étoiles flottant et question gastronomie, c'était fantastique : champagne... caviar et foie gras. Le commandant, qui nous avait adoptés, nous invitait souvent à sa table. C'est chouette, une traversée, surtout avec une mer d'huile, mais malheureusement ça n'a pas duré. Le troisième jour, ça s'est mis à bouger un peu. Au début, ça se sentait à peine, mais un soir qu'on regardait un film au salon, on s'est tous retrouvés sur la moquette à côté de nos chaises. La panique... Ils avaient rallumé la lumière et arrêté la projection. La plupart des passagers se barraient en courant pour aller gerber. Les autres, dont on faisait partie, Francis et moi, on est allés au bar boire un coup en attendant que ça se passe. Ça remuait de plus en plus, mais nous, ça nous gênait pas, on n'avait pas le mal de mer. Mario, notre soigneur qu'était avec nous pour voir le film, avait disparu, malade comme un chien. Au dîner, il n'y avait pas foule, seulement une vingtaine de personnes étaient venues becter. Vingt passagers sur huit cents..., sept cent quatre-vingts repas passés à l'as, ils devaient être contents du bénef, les patrons de la Compagnie générale transatlantique. Le lendemain matin, ça avait empiré. On était pris dans la queue d'un typhon. Le commandant avait dérouté le navire. Des creux de vingt mètres... de temps en temps, des vibrations épouvantables... les hélices qui sortaient de l'eau... un truc insensé avec, toutes les trente secondes, un coup de corne de brume. Une bonne partie de l'équipage avait le mal de mer, ils avaient jamais vu ça. Francis et moi, on se marrait. On ressentait rien, comme je vous l'ai dit. Puis, d'un seul coup, on s'est inquiétés. Où était passé Mario, notre soigneur ?... Il nous avait quittés la veille et depuis on ne l'avait pas revu. On commençait sérieusement à se faire du mouron parce qu'il n'était pas revenu dans sa cabine. Au début, j'avais pensé qu'il avait emballé, et qu'il était resté avec la dame. Mais ça m'étonnait qu'on ait envie de s'envoyer en l'air avec un temps pareil. On s'est mis à le chercher chacun de notre côté. On a fait plusieurs fois le tour du bateau, mais que dalle. En se penchant un peu trop au bastingage pour dégueuler, il avait peut-être basculé... on paniquait en pensant à ça. Finalement, on l'a retrouvé, Mario. Il était dehors sur le pont, depuis la veille, affalé sur un transat, dans un recoin, derrière une manche à air. Je le vois encore, notre soigneur... c'est lui qui avait besoin d'être soigné. Complètement naze, le Mario, blanc comme un linge, les yeux fermés... une tronche de cadavre. Il était resté là toute la nuit, sous trois couvertures écossaises complètement trempées, avec un seau en tôle qu'il maintenait d'une main pour pas qu'il se fasse la malle...

— Ben alors, Mario, on te cherchait partout... ça va pas ?

— Je vais mourir... je vais mourir... laissez-moi, les mecs, laissez-moi...

On lui a tenu compagnie, mais c'était difficile de jacter avec lui. Il répétait sans arrêt : « Je vais mourir... je vais mourir... » Il savait dire que ça et pas question d'aller se pager dans sa cabine, il voulait plus rien faire, Mario, plus bouger surtout. On lui avait demandé si par hasard il voulait qu'on lui apporte quelque chose de chaud... à boire ou une bricole à manger, l'erreur, il avait tout de suite plongé sa tête dans le seau...

— Mais enfin, Mario, tu vas pas rester là comme ça jusqu'à New York, s'il y avait le feu sur le bateau, faudrait bien que tu te lèves...

— Non, je me lèverai pas... je resterai là... je vais mourir... je vais mourir...

Et, rebelote, il replongeait sa tête dans le seau. Ça a duré encore toute la journée, la tempête, puis ça s'est calmé dans la nuit. Le lendemain matin, c'était fini, il y avait un beau soleil, je m'en souviens encore. La mer était redevenue calme, on avait ressorti nos vélos et, comme au début de la traversée, on s'amusait à faire le tour du bateau. On roulait pas trop vite et de toute façon, même en sprintant, on risquait pas de le dépasser, le *De-Grasse*. Ça les faisait rire, les passagers, de voir des coureurs cyclistes sur le pont d'un paquebot. Mario, lui, il était pas mort. A chaque fois qu'on passait devant la terrasse du bar des 1res, on le voyait assis à une table en train de prendre son petit déjeuner. Comme il n'avait rien mangé pendant presque quarante heures, il engloutissait croissant sur croissant. On le charriait à chaque passage.

— Arrête de bouffer, Mario, tu vas mourir...

Il rigolait, Mario. Et puis nous sommes arrivés à New York.

Je dois dire que, la première fois, c'est très impressionnant quand on arrive là-bas. Souvent, j'y suis retourné en avion, mais c'est pas la même chose. En bateau, c'est formidable de voir d'un seul coup cette masse de gratte-ciel. On dirait vraiment que ça vient de sortir de la mer...

On est restés là-bas près d'un an avec Francis, c'était le paradis pour nous. Les voitures, les fringues, les frigidaires, on connaissait par les films bien sûr, mais là on était sur place, on n'était pas au cinéma. Tout nous étonnait, d'autant plus qu'on sortait de la guerre. Faut pas oublier qu'à Paris, à cette date, il y avait encore des tickets de rationnement.

Durant les douze mois qu'on a passés là-bas, on a vécu des tas d'aventures. Dans les Six Jours de New York, trois heures après le départ, le speaker annonce en anglais : « Et maintenant l'équipe française Gross Pussy est seule en tête. » En entendant ça, tous les spectateurs se sont mis à hurler de rire en même temps, un éclat de rire général. Ça sifflait de tous les côtés comme ils font là-bas. Nous, on comprenait pas très bien ce qui se passait, mais ce qui était sûr, c'est qu'ils se foutaient de nous. L'ennui, c'est qu'on savait pas pourquoi.

Je me suis arrêté pour demander à un des organisateurs pourquoi tout le monde se fendait la gueule. « Gross » je savais déjà, mais « Pussy », je voyais pas. Le Ricain, en se marrant lui aussi, m'a éclairé : « Pussy » dans leur argot, c'est le sexe féminin, la chatte quoi, pas besoin de vous faire un dessin. Donc au lieu de dire « Grauss Pousse », il avait dit « grosse chatte ». Et maintenant l'équipe française « grosse chatte » est seule en tête...

Voilà ce qu'il leur avait balancé dans le micro, le speaker. Faut avouer qu'il y avait de quoi se marrer...

A Cleveland où on courait, Francis et moi, j'avais retrouvé un copain, un Français d'origine italienne qui s'était établi là-bas. On se voyait souvent. Il était dans des affaires un peu spéciales. Bien sûr, il m'avait pas dit exactement ce qu'il bricolait, mais je m'en doutais un peu.

Comme il savait qu'on se déplaçait beaucoup, Francis et moi, pour courir un peu partout, il m'avait dit :

— Dédé, si tu passes à Chicago, téléphone de ma part à un ami, c'est un Rital comme moi, il vous recevra bien, toi et ton copain.

Trois mois plus tard, on court à Chicago. Je téléphone au gars en question. Le soir même, on est invités, Francis et moi, dans sa baraque, style Hollywood, une somptueuse villa avec port privé sur le lac Michigan.

Au cours du dîner, on mange du poisson qui a le goût de brochet, du black-bass, je crois, tout en buvant du vin blanc de là-bas, pas terrible, le vin. Je bois une petite gorgée. Attendant ma réaction et pour montrer qu'il parlait un peu français, l'Italo-Américain me lance :

— Je crois vin blanc très bien avec poisson, comme en France, non ?... vous aimez ?

Là, j'aurais mieux fait de fermer ma gueule. Bref, je lui dis qu'en France on buvait plutôt du muscadet avec le poisson, il m'avait fait répéter et, tout content, prononçait « muscadette » avec son accent.

Le lendemain, on était encore invités chez le Rital et, pendant le repas, il y a un serveur noir qui s'est approché de moi avec un petit tonneau posé sur un chariot à roulettes. Il m'a tiré un grand verre de vin blanc qu'il m'a tendu sur un plateau. Sur le devant du tonneau, il y avait marqué en lettres noires : MUSCADET — NANTES (LOIRE-ATLANTIQUE).

Le Rital, à l'autre bout de la table, se marrait en douce.

— C'est ça, muscadette ?...

Francis et moi, on était sciés. Je me doutais que lui aussi devait être dans des affaires un peu spéciales comme mon copain de Cleveland, mais, pour trouver à Chicago en 1948 un tonneau de vin français en quelques heures, fallait avoir de gros moyens. Il devait sûrement les avoir...

Aux États-Unis, la piste où nous courions les Six Jours était montée la veille du départ et démontée dès la cent quarante-quatrième heure écoulée, juste après le sprint final, puis on l'embarquait dans des camions pour une autre ville, où se déroulait une nouvelle épreuve.

Elle faisait cent quatre-vingts mètres de tour, alors que le Vél'd'hiv', pour ne citer que celui-là en France, fait deux cent cinquante mètres. Alors, forcément, les virages, relevés comme chez nous à quarante-sept degrés, sont plus serrés et vous êtes à peine rentré dedans que vous en ressortez aussitôt. Au début, c'est pas évident... faut faire gaffe à la force centrifuge... si vous redressez trop tôt, la pédale touche l'extérieur de la piste... et si vous redressez trop tard, c'est l'inverse qui se produit. Faut savoir basculer au bon endroit et tout ça bien souvent à soixante-cinq à l'heure, ou un peu plus en fin de sprint. Dans les deux cas, si vous vous gourez, vous vous cassez la gueule. Le premier soir dans les Six Jours de Buffalo, ça m'est arrivé dix fois... vous vous rendez compte du calvaire... La culotte et le maillot de soie, ça protège pas des masses, les brûlures s'additionnent. En plus des coudes et des épaules, il y a aussi les doigts qui dérouillent, tout y passe. Parce qu'on a des gants bien sûr, mais c'est des gants coupés, comme des mitaines. J'étais drôlement découragé ce soir-là, je me voyais mal, couvert de sparadraps, continuer de me casser la gueule pendant encore cinq jours. Allongé dans une chaise longue au bord de la piste, je réfléchissais à tout ça, le moral à zéro, tandis que Francis tournait.

Quelques années avant de partir, juste après la guerre, j'avais déjeuné à Paris avec mon copain Victor Delvoye. Dans le restaurant à la fin du repas, une Gitane s'était approchée de notre table. Elle voulait nous faire les lignes de la main, nous dire l'avenir. Moi, ça me fait plutôt sourire, ces choses-là, mais comme elle était belle, je l'avais laissée faire...

— T'es tout le temps en équilibre, toi... Et puis bientôt tu passeras au-dessus de l'eau pour aller chercher des fleurs...

Sur le coup, ça m'avait étonné, comment pouvait-elle savoir que j'irais aux États-Unis en bateau alors que je ne le savais pas moi-même... et que, dans le vélo, on nous file des fleurs, des gerbes quand on gagne. Elle était douée, la bohémienne. « T'es tout le temps en équilibre, toi. » C'est là où ça clochait un peu, ses prédictions, parce que l'équilibre ce soir-là, je maîtrisais plus tellement comme je viens de vous dire. Bref, j'étais en pleine déprime. Faire six mille kilomètres, s'exiler pendant huit ou dix mois et commencer comme ça, il y avait de quoi s'inquiéter. Et là, il s'est passé une chose curieuse. Je ne suis pas du genre mystique, mais je me questionne des fois sur le problème, si Dieu existe... s'Il n'existe pas. Je ne suis pas le seul d'ailleurs à gamberger là-dessus, il paraît qu'il y a aussi des scientifiques de haut niveau qui s'y intéressent. Comme chez les frères, à l'école religieuse quand j'étais môme, j'avais appris plein de prières et que je les avais pas toutes oubliées, j'en ai fait une toute petite. J'ai pas eu tort, on a dû m'entendre, parce que, pendant tout mon séjour aux États-Unis, je ne suis plus jamais tombé une seule fois. Je sais toujours pas si Dieu existe, mais ce qui est sûr, c'est qu'il y a quelqu'un là-haut qui aime le vélo.

C'était pas toujours facile de se faire comprendre aux États-Unis dans ces années-là, même si vous touchiez votre bille en anglais. Ça a changé maintenant, mais juste après la guerre il y avait très peu de touristes qui allaient là-bas, et les Français qui essayaient de jacter leur langue avaient des problèmes. Les Ricains comprenaient que dalle... Déjà, chez eux, ils ont plusieurs accents, faut pas oublier que l'Amérique, c'est cinquante États, il y a de sacrées différences quand on entend un Texan parler à un New-Yorkais ou à un gus de Chicago, c'est pas la même musique... Ici, en France, dans la mesure où il ne parle pas en patois, un Lillois se fait comprendre d'un Marseillais ou d'un Parisien, et un Anglais qui baragouine français, il est compris dans toute la France, malgré son accent angliche, à la rigueur on le fait répéter. Mais, comme je viens de vous le dire, aux États-Unis, c'était pas du tout ça, ils faisaient aucun effort. Une fois, à Chicago, on avait pris un taxi avec mon équipier Francis Grauss et, à un feu rouge, on s'arrête près d'une splendide Cadillac. Histoire de montrer au chauffeur que je m'y connais, je lui balance en anglais :

— Elle est belle, la Cadillac...

— *What ?*

— Elle est belle, la Cadillac...

Eh bien, il a mis du temps pour piger, là-bas ils ne disent pas Cadillac comme la petite ville qui est à côté de Bordeaux, ils prononcent phonétiquement *« kédeléque »*, faut savoir...

Une autre fois, on s'entraînait sur la route avec nos vélos de piste, ce qui étonnait toujours les Ricains qui nous doublaient en bagnole et qui devaient nous prendre pour des acrobates échappés d'un cirque. On s'entraînait donc et, après une demi-heure, on s'arrête, Francis et moi, à une station-service pour demander un outil pour resserrer la fixation du petit garde-boue en plastique qu'on mettait provisoirement sur nos vélos quand on faisait de la route. On descend de nos engins devant une petite nana très bien foutue, mignonne, fringuée, et on ne connaissait pas encore ça en France, avec une combinaison de mécano bien ajustée. Je lui fais un sourire.

— *Please... can you ?...*

Et puis là je ne trouve plus la suite... *can you ?...* mais *can you* quoi ?... elle me regarde en se marrant... J'essaie autrement :

— *Please... give me...*

Et là je reste encore en carafe... *give me,* mais *give me* quoi ?... Je ne sais pas dire clé à molette, je connais pas le mot et puis j'aperçois une pince universelle qui traîne sur un fût d'essence... je me risque...

— *Please... give me your pince...*

J'ai failli prendre une tarte dans la gueule... elle avait brusquement arrêté de sourire, la mécanicienne. *« Pince »* phonétiquement, ça ressemble un peu à *« pants »,* ce qui ne veut pas dire du tout la même chose en anglais...

— S'il vous plaît, donnez-moi votre culotte...

Ça lui avait pas plu, à la demoiselle... On s'est vite taillés.

L'important, pour les Ricains, c'est l'accent tonique. A l'hôtel, déjà, je m'en étais aperçu quand je demandais l'heure au téléphone :

— *What time is it please ?*

La fille de la réception me faisait répéter trois ou quatre fois... Ça m'agaçait toujours, cet accent tonique que je ne foutais pas là où il fallait. C'est un Français, un ami qui vivait là-bas, qui m'a donné la combine...

— T'emmerde pas... faut dire « boîte à musique please », tu verras, ça marche...

J'ai essayé plusieurs fois. Il avait raison, on me donnait l'heure...

A New York, on entre chez un opticien, fallait que je m'achète des lunettes noires, j'avais un début de conjonctivite. Je regarde les lunettes, j'en essaie une paire et je m'adresse au type qui était dans la boutique :

— *How much ?*

— *Fifty dollars...*

Merde... cinquante dollars, ça faisait du fric... Je me tourne vers Francis...

— Cinquante dollars, il me prend pour Rockefeller Junior, ce con-là...

— Ah ! vous êtes français...

C'est tout ce qu'il avait remarqué, l'opticien, lui aussi était français. Il était content de voir des compatriotes, d'entendre parler français sans accent, parce que l'accent, comme vous allez voir, c'est quelquefois amusant !

J'ai connu un Chinois, un nommé Hou, un type d'une trentaine d'années que j'avais rencontré au Ludo, rue de la Sorbonne, où il venait souvent jouer au mah-jong, au tarot et au bridge. Ce qui était curieux, c'est que je comprenais très bien ce qu'il disait alors qu'il était pratiquement incompréhensible pour tout le monde. Son accent était à couper au couteau. Pendant les parties de cartes, quand il annonçait, c'était duraille pour les joueurs... fallait qu'ils tendent bien l'oreille. Quand il voulait dire : huit de cœur, roi de pique ou neuf de carreau, ça donnait : ouite de gueule... oie de bigue... nœud de galop, etc. Il était toujours tiré à quatre épingles, le Hou, pas un grain de poussière sur lui. Quand il arrivait au Ludo, il y avait tout un rituel. D'abord, il dépliait un mouchoir qu'il étalait sur la banquette avant de s'asseoir, déboutonnait ses manchettes pour les relever par-dessus les manches de sa veste et, là, il était prêt à jouer. Après la partie, il allait se laver les mains, revenait à la table en se les essuyant avec un deuxième mouchoir qu'il avait sorti d'une poche de son gilet. S'il se mouchait, il sortait un troisième mouchoir d'une poche de sa veste, il était étonnant, Hou. Quand je pense à lui, c'est toujours cette histoire qui me revient. Une fois pendant l'occupation, on sort du Ludo avant le couvre-feu qui était à minuit. Ce soir-là, il fait très noir, et bien entendu, comme c'est la guerre, c'est le black-out complet. Tous les lampadaires, tous les becs de gaz sont éteints. Je suis avec Hou et un pote. On fait quelques pas sur le trottoir et Hou, comme on voit rien, se fout la gueule dans un bec de gaz. Il n'est pas content, Hou :

— *A méoude allo... guelle gond ce Idelé...!*

Je lui réponds :

— T'as raison...

Et là mon copain s'étonne que je comprenne.

— Pourquoi tu lui dis « t'as raison » ?... t'as compris ce qu'il a dit... tu parles chinois, Dédé ?

J'ai envie de le charrier...

— Ben oui, un petit peu... j'ai appris... Allez, je déconne, je ne jacte pas chinois, je disais ça pour rigoler...

— Mais enfin, Dédé, il t'a parlé en chinois... j'ai bien entendu...

— Ben non, il a dit : *A méoude allo guelle gond ce Idelé*... c'est à cause de son accent que t'as pas compris... mais c'est du français, ça veut dire : ah merde alors... quel con ce Hitler...

C'est drôle, la mentalité des Asiatiques, un Français qui se serait foutu la gueule dans un bec de gaz aurait dit, en se frottant le front : « Mais qu'est-ce que c'est que ce bec de gaz à la con », tandis que lui, Hou, il allait à l'essentiel... directement à la cause. Si Hitler était un con, c'est parce qu'il avait déclenché la guerre et qu'on était tous dans le noir. S'il s'était foutu la gueule dans le bec de gaz, c'était Adolphe le responsable...

Une fois, il me présente un ami.

— *Andé... ouassi... anne amé... meuseu Hou...*

Je vous traduis : André... voici un ami... monsieur Hou. Mais je suis sûr que vous aviez compris. Donc, il me présente son copain, je le salue et je dis à Hou :

— Ah bon, il s'appelle comme toi ?

— *Nan... moua sai Hou... loui sai Hou...*

— Ben, c'est pareil...

— *Nan... loui sai Hou... moua sai Hou...*

Nous, on voit pas très bien la différence de prononciation, mais pour les Asiatiques c'est l'évidence. Au sujet de « Hou », il paraît qu'il y a six ou sept façons de le dire. Il a essayé de me faire un cours, mon pote le Chinois, puis il a laissé tomber.

Une autre fois, toujours avec Hou, on parlait des arts martiaux... des Japonais et du jiu-jitsu. Ça commençait d'être à la mode à l'époque, et Hou me dit qu'en Chine ils en connaissent aussi, des trucs pour se défendre. Quand il était môme, son père l'a forcé à s'endurcir le bout des doigts en les frappant tous les jours dans un seau rempli de sable, puis plus tard dans du sel. Jusqu'à ce que ça devienne dur comme du bois. Et là, je regarde les mains de Hou et je m'aperçois qu'en dehors des pouces il a les doigts pratiquement au même niveau et qu'aux extrémités il y a comme une sorte de cal osseux. Je suis étonné...

— Mais ça te sert à quoi d'avoir des doigts comme ça?...

En guise de réponse, d'un coup sec il avait percé la banquette du café avec les quatre doigts de sa main droite. C'était rentré comme dans du beurre. Puis il avait éclaté de rire. J'étais drôlement surpris. La peau, c'est quand même plus fragile que la moleskine d'une banquette... S'il foutait un coup comme ça entre les deux côtes ou dans la gorge de quelqu'un, il le tuerait sans problème... on n'avait pas intérêt à l'emmerder, mon pote le Chinois.

Marcel Cerdan, lui, les avait fragiles, les mains. Deux semaines avant le match qu'il devait faire contre Tony Zale pour le titre de champion du monde poids moyens, Francis Grauss et moi, on était avec Marcel Cerdan à cent quatre-vingts bornes de New York, à Lock Sheldrake dans les Catskill à l'hôtel Evans, où il s'entraînait. Le matin, on faisait quinze kilomètres de footing avec lui, on jouait au ping-pong et on déjeunait ensemble. L'après-midi, nous on faisait cent bornes à vélo, tandis qu'il boxait avec des sparring-partners, et le soir on se retrouvait pour dîner et jouer au jacquet. Un jour, au déjeuner, Marcel a invité un copain à lui, un gangster italo-américain qui vivait au Canada et qui parlait couramment français... C'est une vraie bête, cézigue, immense... il n'a pas l'air d'un rigolo. Une tronche à la Jack Palance, avec en plus une cicatrice genre Al Capone en travers de la gueule. On est là tous les cinq à jacter, je dis tous les cinq parce que le toubib de Marcel, ce jour-là, déjeune aussi avec nous et, comme ça arrive souvent quand des mecs sont entre eux sans leurs dames, on parle de fesses. Le toubib dit : « Moi, j'ai pas de problèmes de ce côté-là parce que je peux rester longtemps sans baiser. — Moi, fait le voyou, j'ai pas de problèmes non plus, quand j'ai envie de tirer un coup, je me paie une fille, vite fait bien fait. » Il n'est pas d'accord avec lui, le toubib, il comprend pas qu'on puisse payer pour faire l'amour, lui, en tout cas, il pourrait pas. Le voyou défend son point de vue. Il trouve que c'est bien pratique, les putes, que c'est un bon système, on se met d'accord sur le prix, on sait où on va et, une demi-heure plus tard, on remonte dans sa bagnole, l'esprit plus léger si l'on peut dire. Moi, histoire de déconner, je fais celui qui l'approuve...

— Je suis bien d'accord avec vous... D'ailleurs, c'est bien connu, les meilleurs michetons, c'est les macs...

Oh ! la la ! j'aurais mieux fait de fermer ma gueule. Il se lève d'un bond, sa chaise valdingue sur le parquet, il a la bouche mauvaise, il me désigne du doigt...

— Qu'est-ce que tu dis, toi ?... qu'est-ce que tu dis ?... qui es-tu pour me parler comme ça ?

C'est Marcel qui arrange le coup, il s'interpose et lui explique que je disais ça pour rigoler, que j'en pensais pas un mot... Merde, j'aurais dû m'abstenir. Comme je le pensais, les comiques, cézigue, ça le laisse froid. Quand il tombe sur Laurel et Hardy à la télé, il doit filer un coup de latte dans son poste. Bref, il se rassoit et se remet à becter en évitant de me regarder. On finit de déjeuner en parlant d'autre chose et on le raccompagne jusqu'à sa Cadillac où l'attendent ses deux gâchettes, ses gardes du corps. Marcel et moi, on est à quelques mètres derrière lui, et comme l'autre m'a fait pratiquement la gueule jusqu'à la fin du repas, Cerdan me parle à l'oreille, j'entends encore sa petite voix un peu perchée, dans l'aigu :

— Allez, merde, faites la paix, André... tu veux pas lui faire plaisir à mon copain ?

— J'en ai rien à foutre, moi, de ce mec-là, mais si c'est pour toi, je veux bien...

— Eh ben, serre-lui la pogne et dis-lui : « Au revoir, Scarface », il adore ça.

Comme c'était l'ami de Marcel, je pouvais pas faire autrement. J'attends que l'autre s'installe dans la Cadillac, et, comme un con, avec un sourire de faux derche aux lèvres, je lui tends la pogne en lui disant : « Au revoir, Scarface. »

L'erreur !... il ne supporte pas qu'on l'appelle Scarface, il ouvre sa porte comme un fou pour me sauter dessus. Marcel le repousse à l'intérieur tout en se marrant...

— Arrête, Dick, arrête... c'est moi qui lui ai dit de t'appeler comme ça pour rigoler...

Comme il respectait Marcel Cerdan, il s'est écrasé. Il nous a fait une sorte de grimace souriante et il s'est cassé avec ses tueurs. Pendant que la Cadillac s'éloignait, on s'est regardés, Francis et moi, on se comprenait... Je suis sûr que, si Marcel n'avait pas été là, il m'aurait allumé sans se gratter, le Ricain. Marcel, lui, n'arrêtait pas de se marrer, il jubilait comme un gosse de m'avoir fait cette bonne blague...

Quinze jours après, le 24 septembre 1948, à la fin de son

combat contre Tony Zale, que Marcel Cerdan gagne par K.-O. à la onzième reprise, on est évidemment là, Francis et moi, au bord du ring en train d'applaudir comme des fous avec toute la colonie française qui est venue voir le match. Marcel, radieux, les bras levés, tourne sur place dans le ring et m'aperçoit :

— Monte, Dédé, monte... viens m'embrasser.

Je fais un rétablissement et je me retrouve sur le ring. On n'a pas eu le temps de se rouler une pelle avec Cerdan... un flic américain, en uniforme, un monstre, m'a pris par le fond du froc et le col de ma veste pour me balancer dans la salle, je suis tombé sur les photographes... Je crois que j'en ai blessé un, ils n'étaient pas contents, moi non plus d'ailleurs, mais j'avais rien de cassé...

Je me trouvais à New York quand Piaf est venue chanter. Elle passait au Versailles, une boîte de nuit à la mode. Un soir qu'on courait pas, on avait décidé, Francis et moi, d'aller la voir. On avait assisté à son tour de chant, un triomphe... On l'appréciait beaucoup, Piaf, aux États-Unis. Ils applaudissaient comme des fous, elle n'arrivait pas à sortir de scène... une autre !... une autre !... Elle voulait bien en chanter une dernière, Édith. En appuyant bien sur mon accent parisien, j'avais crié : « *Escale* » ! C'était un de ses premiers succès (« Le ciel est bleu, la mer est verte... laisse un peu la fenêtre ouverte... »). Elle avait été surprise, Édith, d'entendre une voix parisienne lui demander cette chanson... je sais qu'elle avait dit quelque chose de drôle... j'arrive pas à m'en souvenir... Les Ricains qui comprenaient le français s'étaient marrés, ils l'avaient encore applaudie et elle avait chanté *Escale*.

Dans le couloir devant la loge d'Édith, il y avait du monde, ça se bousculait. Comme nous l'avait demandé Louis Barrier, son imprésario... Loulou pour les intimes, qui nous connaissait bien, Francis et moi, on avait attendu que tous les chasseurs d'autographes se cassent avant de se retrouver dans la loge d'Édith. Loulou nous avait présentés, on l'avait félicitée.

Elle était ravie de voir des Français.

— C'est vous tout à l'heure qui m'avez demandé *Escale* ? Je reconnais votre accent parisien.

— Ben oui.

On était ressortis bavarder dans le couloir, pendant qu'elle se changeait. En quittant sa loge, Édith nous avait demandé si on avait des projets pour finir la soirée.

— Ça vous dirait qu'on aille manger un morceau ensemble tous les quatre ?

Nous, on était pas contre. Au restaurant, elle m'avait fait asseoir à côté d'elle sur la banquette, et je me suis vite aperçu que j'avais un sérieux ticket avec Édith. C'était évident... par contre, ce que je ne savais pas, et je l'ai su beaucoup plus tard, c'est qu'elle faisait ça pour emmerder Marcel Cerdan, qui venait de repartir à Casablanca pour voir sa famille... Ça, elle supportait pas...

A New York, on n'a pas dépassé le stade du copinage amoureux. Édith est repartie en France et moi je suis resté aux États-Unis presque un an... c'est beaucoup plus tard qu'on s'est retrouvés.

Édith venait de créer *La P'tite Lili* à Paris. Loulou Barrier, chez qui je venais de débuter dans le métier d'imprésario, me dit :

— Tu devrais aller voir Piaf à l'A.B.C.

Édith et moi, on se connaissait un petit peu, comme je vous l'ai dit, mais depuis les États-Unis je ne l'avais pas revue. Loulou, qui avait son idée derrière la tête, continuait :

— Je suis sûr qu'elle va être contente de te revoir, d'ailleurs, je lui ai dit que tu passerais la voir cette semaine...

Alors, j'y suis allé. Mais ce que ne m'avait pas dit Loulou, c'est qu'il y avait du rif entre Eddie Constantine et Piaf. C'était déjà la fin de leur aventure, et Loulou s'était mis en tête de nous marier, elle et moi. C'était ça, son idée, je l'ai su longtemps après et je ne lui en veux pas, car les huit mois que j'ai passés avec Piaf ont été extraordinaires.

Bref, le lendemain soir, je vais à l'A.B.C. et je me retrouve dans la loge d'Édith après le spectacle. On échange quelques mots, on parle des États-Unis, puis Édith me demande :

— Qu'est-ce que vous faites maintenant ?

— Rien de spécial.

Tout en lui répondant, je me suis brusquement souvenu qu'elle m'avait déjà fait le coup à New York. Elle allait sûrement me demander si on pouvait manger un morceau ensemble. Ça n'a pas raté.

— Eh ben, si vous ne faites rien, on peut peut-être manger un morceau ensemble ?

Ce qui changeait, c'est que le programme se prolongeait après le restaurant...

— Comme demain c'est relâche, je vous emmène à la campagne, vous verrez, c'est très bien. On va dîner tranquillement en arrivant, on dormira là-bas et demain matin on ira se balader, histoire de prendre un peu l'air. Qu'est-ce que vous en dites ?

Moi, j'étais d'accord, mais on pense pas toujours à prendre une brosse à dents pour aller au spectacle. Fallait que je repasse chez moi. C'est ce que j'ai fait. Puis je suis revenu à l'A.B.C. et nous sommes partis dans la vallée de Chevreuse, dans une auberge dont j'ai oublié le nom.

J'ai constaté en arrivant que je n'allais pas dîner en tête à tête avec Piaf. Il y avait là Simone, la demi-sœur d'Édith, Jean-Louis Marquet, Roland Avelys, Loulou Barrier, peut-être Aznavour, je ne me souviens plus très bien, et puis encore cinq ou six lascars. C'était la cour d'Édith.

On me montre la chambre, je me change et puis je redescends, il est 1 heure, 1 heure et demie du matin, et on passe à table. Presque aussitôt, Simone et Édith se mettent à s'engueuler. Voyant que ça ne finissait pas, j'ai éclaté :

— Dites-moi, si ça doit durer longtemps comme ça, moi, je me casse, je suis pas venu pour ça, moi, je suis venu pour dîner, pour me détendre, alors arrêtez, merde !...

Toute la cour regarde Édith qui s'est arrêtée de crier. Qu'est-ce que c'est que ce mec qu'on connaît à peine, qui vient jouer les gros bras chez Piaf ? Visiblement, ils s'interrogent. C'est Édith qui détend l'atmosphère, elle éclate de rire, puis se tourne vers moi :

— Vous avez raison, André, d'abord il est tard et on a tous faim...

L'incident était clos, et on a soupé dans une bonne ambiance, tout le monde déconnait, c'était sympa.

Un peu plus tard, je me retrouve dans la chambre avec Édith et on se couche. A l'instant où je vais entreprendre ce qu'habituellement un monsieur fait avec une dame dans un lit, Édith me repousse gentiment :

— Non, non, André, pas le premier soir...

J'étais sidéré.

Édith avait un côté midinette et je reste persuadé que, si elle a vécu un grand nombre d'histoires amoureuses, c'est qu'elle cherchait quelque chose qu'elle ne trouvait pas et qu'elle n'a peut-être jamais trouvé. On pourrait aussi ajouter qu'elle recherchait plus l'amour que l'aventure sexuelle.

En toute honnêteté, je ne peux pas répondre. Mes huit mois de cohabitation avec Édith ne m'ont pas vraiment permis d'analyser le problème...

On avait donc passé toute la journée à la campagne et le soir même on dînait à Boulogne, chez Édith. On était une douzaine à table... la cour avait suivi, bien entendu, et en attendant qu'on serve, quelqu'un raconte une histoire... Je me marre comme tout le monde. Une histoire en amène une deuxième qu'un autre raconte et on se marre encore. Édith et Simone sont dans la cuisine avec Chang, le cuisinier, je suis donc seul avec la fameuse cour et, là, je me lance en racontant la mienne, une histoire qui avait fait ses preuves. Stupeur, personne ne bronche. Je me pose des questions... un courtisan me vient en aide.

— Vous ne voulez pas nous redire la fin, on a pas compris la chute...

— Bien sûr...

Je les regarde et je réalise qu'ils se foutent de ma gueule... qu'ils sont en train de tester le nouveau. J'ai pas du tout l'intention de me laisser emmerder.

— C'est une histoire à deux chutes... la première chute ne vous a pas fait rire, je vais vous raconter la seconde... l'histoire, c'est la même, mais la deuxième chute, c'est que ce soir... tout le monde ne mange pas ici...

Puis je me rassois, un sourire aux lèvres pour me servir un verre. Ça détend l'atmosphère, ils me trouvent rigolo, ils ne pensent pas une seconde que mon numéro vient juste de commencer.

— Vous voyez bien qu'elle avait une bonne chute, mon histoire... cela dit... vous... vous restez... vous... vous vous cassez... vous aussi... vous... vous restez... etc.

En cinq secondes, je fais le tri. Certains se lèvent, l'air étonné... d'autres font comme s'ils n'avaient pas entendu... alors, je fais le tour de la table et je choisis le plus gros... je le traîne jusqu'à la porte et je le balance sur le palier... ça jette un froid.

Tous ceux qui doivent se casser se lèvent précipitamment et disparaissent sans que j'aie à intervenir. Édith qui est revenue dans la pièce éclate de rire en voyant la scène. Plus tard, j'en ai fait revenir quelques-uns, mais pas tous, je crois que c'était nécessaire de faire un peu le ménage, Édith était d'accord... « C'est toi le patron », qu'elle m'avait dit.

Donc, je suis venu habiter avec Édith, dans son hôtel particulier à Boulogne, où, à part une salle de bains en marbre rose qui avait coûté dix briques et sa chambre, rien n'était vraiment fini. Elle était comme ça, Édith, ça ne la gênait pas. Au premier étage, entre le salon et la cuisine, dans le couloir, il y avait une petite porte. Plusieurs fois, j'avais vu Édith l'ouvrir et disparaître avec Simone. Des fois... quelques courtisans les accompagnaient. Au début, ça m'avait pas frappé, ses disparitions, mais, à force, ça m'avait intrigué. Qu'est-ce qu'ils foutaient là-dedans?... Peut-être qu'ils s'isolaient pour fumer de l'opium ou de la marijuana... Je me posais des questions et, bien sûr, j'étais allé voir ce qu'il y avait derrière cette petite porte. C'était une sorte de grand débarras avec des chaises empilées dans un coin et des vieilles fringues en vrac, entassées sur un guéridon. Je comprenais vraiment pas. De nature, je ne suis pas curieux, mais, si le vice était coté en Bourse, je serais milliardaire...

Quelques jours plus tard, en fin d'après-midi, j'annonce que je pars au bureau, et je claque très fort la porte d'entrée, mais je reste à l'intérieur de la maison, et je me planque pour mater. Il y avait là Édith, Simone et deux pédés qui faisaient partie de sa cour. Je vois qu'ils se dirigent vers le salon, puis dans le couloir où se trouve la fameuse petite porte. Quelques minutes plus tard, je m'approche, je colle mon oreille à la lourde, et je me marre doucement en entendant la voix d'Édith.

— Esprit, es-tu là ?... si tu es là, frappe deux coups...

C'était donc pour ça qu'elle s'enfermait avec Simone et ses potes. C'était pour faire tourner les tables. Le spiritisme, moi, c'est pas mon truc, mais Édith, je la connaissais bien, c'était compliqué. Elle était croyante, superstitieuse, mystique, et ce qui la passionnait, en dehors de la chanson, c'était l'astrologie, les cartomanciennes, les lignes de la main et les fétiches, comme son petit lapin en peluche qui ne la quittait jamais. Il n'y a donc là rien d'étonnant, et si elle ne m'avait jamais parlé de ses séances dans le débarras, c'était pour éviter que je me foute gentiment de sa gueule. Elle aussi me connaissait bien.

Quelques jours plus tard, je dîne avec Loulou Barrier et je lui raconte. Il est pas étonné, Loulou, il était au courant.

— Ça a commencé aux États-Unis, après la mort de Cerdan, tu sais, quand elle a voulu se suicider... elle a vu là-bas un fakir, une sorte de mage, un crack, paraît-il, qui lui a dit qu'avec le spiritisme elle pouvait entrer en contact avec Marcel. Il lui a fait plusieurs séances, c'était pas donné d'ailleurs, mais ça l'a aidée à s'en sortir. Depuis, elle continue, elle y croit dur comme fer ou fait semblant d'y croire.

Personnellement, j'en avais rien à secouer qu'elle s'enferme avec Simone et les autres pour jacter avec Cerdan, c'était son problème, mais Loulou avait ajouté :

— L'ennui, c'est qu'il y a des gens à qui ça profite...

Comme je ne comprenais pas très bien, il m'avait expliqué, un peu gêné :

— Ben, des fois, il y a Cerdan qui lui demande de donner du fric à Untel ou à Untel...

Là, c'était autre chose, si j'étais avec Édith, c'était aussi pour la protéger et je voulais pas qu'on se foute de sa gueule... Je savais qu'il ne me racontait pas de conneries, Loulou, parce que Édith, si on voulait l'arnaquer, lui prendre de l'oseille, c'était facile... je ne l'ai jamais vue compter, elle avait le cœur sur la main. J'ai attendu une nouvelle occasion pour aller coller mon oreille à la porte, je dois dire que j'ai pas été déçu.

— Qu'est-ce qu'il dit, Marcel ?

— Il dit qu'il faut que tu donnes de l'argent à Eddie, il a des ennuis actuellement.

— Bien sûr, cent mille, ça ira ?...

— Si tu es d'accord, Marcel, frappe trois coups.

Comme c'était pas son pognon, il frappait les trois coups sans mollir, Marcel, et Édith se faisait soulager de cent mille balles par un lascar qui allait soi-disant les refiler à Eddie. Ça continuait de chuchoter à l'intérieur, mais je n'arrivais pas, à part la voix d'Édith, à reconnaître celle de l'enfoiré qui demandait le pognon.

— Marcel, il y a Édith qui veut faire un petit cadeau à Roland, si t'es d'accord, frappe un coup.

Sur le moment, j'ai eu envie d'enfoncer la porte et de virer tout le monde. Et puis j'ai pensé que ça ferait de la peine à Édith, si elle croyait au truc... bien sûr, ça pouvait pas durer, j'allais pas les laisser lui piquer toute son oseille avec leur guéridon magique. Fallait que je fasse quelque chose, que je trouve une idée.

Dans le courant de l'été, pendant une tournée d'Édith, on s'arrête aux Baux-de-Provence, à la Baumanière, chez le père Thuillier pour plusieurs jours. En plus de l'éternelle bande et de Simone, il y a avec nous Aznavour, Micheline Dax et Michel Emer, plus un chansonnier, Richard Marsan. On s'installe avant d'aller déjeuner, et, de la fenêtre de notre chambre, je vois Michel Emer, l'air bizarre, un peu comme un voleur, qui sort de l'arrière de sa voiture un truc recouvert d'une housse. Un peu plus tard, je l'entends marcher dans le couloir et entrer dans sa chambre qui était à côté de la nôtre, puis ressortir pour descendre au restaurant. J'attends quelques secondes et je vais dans sa chambre. Je m'approche du truc, je soulève la housse et je reconnais tout de suite le petit guéridon qu'ils faisaient tourner à Boulogne pour soutirer du fric à Édith. Là, j'ai explosé, le guéridon aussi d'ailleurs. Je l'ai mis en morceaux, j'en ai fait du petit bois... Ça a fait un barouf épouvantable. La cour rapplique. Aznavour, Micheline Dax et Michel Emer, discrets, sont restés en bas. Édith pousse des hurlements en voyant son guéridon déglingué, elle me traite de tous les noms... et puis, comme ça lui arrivait souvent de glisser dans la conversation des trucs curieux, qu'elle avait lus dans des bouquins à la con, elle me balance :

— Finalement, tu n'as qu'une dimension, André !

— J'ai peut-être qu'une dimension, mais toi t'es une conne... On te pique ton oseille, on te prend pour une truffe et tu t'en rends même pas compte. Et puis ça va comme ça... j'ai déjà cassé ton guéridon, mais, si tu continues, je vais me fâcher...

— C'est pas mon guéridon que tu as cassé, c'est mes illusions...

Avec Édith, même pendant les scènes de ménage, on risquait pas d'oublier qu'elle était chanteuse dramatique. Elle s'était mise à chialer. Les autres, comme d'habitude, fermaient leur gueule, puis ils sont redescendus pour aller déjeuner. Moi, j'ai laissé Édith finir sa crise toute seule et je suis sorti faire un tour pour me changer les idées.

C'est vrai que j'étais furax, ce qui m'emmerdait surtout dans tout ça, c'est que ça s'était passé derrière mon dos... Tous ces enfoirés qui devaient se marrer en se disant : « L'autre connard, l'ancien coureur avec ses grosses cuisses et sa petite cervelle, il doit se douter de rien. » C'était vraiment des malfaisants, ces mecs qui piquaient le fric d'Édith, en profitant de sa crédulité, alors qu'ils vivaient à ses crochets depuis des années. De toute façon, ça les avait un peu refroidis, mon numéro. Dégonflés comme ils étaient, j'étais pas près de les revoir avec Édith en train de faire la conversation à Marcel Cerdan autour d'un guéridon. Pour lui piquer du pognon, faudrait qu'ils trouvent autre chose. Il y a tellement de gens qui l'ont exploitée, Édith ! Comme je vous l'ai dit, elle avait le cœur sur la main, et elle était aussi bourrée de dettes. Finalement, j'ai pas eu une mauvaise idée en lui cassant son guéridon magique, parce que, quand je l'ai quittée, elle avait tout remboursé, et il lui restait du fric...

On a eu deux accidents de voiture avec Édith, la première fois, c'était Aznavour qui conduisait la 15 CV.

Il conduisait bien, Charles, mais il n'a rien pu faire en arrivant à 130 dans le virage plein de gravillons. La bagnole a quitté la route pour s'arrêter dans un pommier au milieu d'un pré parmi les vaches. La caisse en avait pris un bon coup, mais nous, on n'avait rien. Pas une égratignure, juste une petite bosse qu'elle s'était faite, Édith. Je l'ai un peu charrié, Charles, mais ça m'a pas porté chance, et, si j'étais superstitieux, je dirais qu'il s'est vengé, le guéridon...

Deux jours plus tard, en quittant les Baux-de-Provence

pour aller à La Ciotat où Édith avait un gala, j'ai fait plus fort que Rémy Julienne, pour le deuxième accident.

Dans un virage, en voulant éviter un abruti qui roulait à gauche, j'ai envoyé la tire dans le décor. La vraie cascade de cinéma, avec la bagnole qui finit sur le toit après deux tonneaux. Là, c'était autre chose. Comme les ceintures de sécurité n'existaient pas, ça a fait mal. Sur les cinq passagers, il n'y avait qu'Aznavour et Juliette Figueras, Miss France 48, qui avaient eu du pot. Moi, j'ai eu les tendons de la main gauche sectionnés, Roland Avelys, le « Chanteur sans nom » et... sans voix, comme disait Piaf, en se moquant gentiment car elle l'aimait bien, s'est retrouvé avec une fracture au tibia, sept côtes cassées, ainsi que la clavicule.

Mais Édith, elle, c'était pas de la tarte : bras gauche fracturé et des contusions multiples. C'était plutôt lourd comme bilan...

A la clinique de Tarascon, c'était l'effervescence... c'était pas tous les jours que l'ambulance leur amenait une vedette de la chanson en urgence. Tout le personnel était aux fenêtres. Notre arrivée n'est pas passée inaperçue. Roland Avelys, malgré sa douleur, continuait comme d'habitude à faire dans l'humour. Pendant qu'on le montait en civière jusqu'au premier étage, il s'était mis à gémir comme un enfant en appelant sa mère :

— Maman, maman... oh, j'ai mal.. maman, j'ai mal...

Puis, arrivé en haut de l'escalier où je l'attendais, il m'avait pris à témoin...

— Et pourquoi je l'appelle, cette salope qui m'a mis à l'Assistance publique ?

Ma pogne me faisait vachement mal, mais j'ai quand même éclaté de rire avec les infirmiers. Bien sûr, j'ai demandé d'être avec lui dans la même chambre pour continuer à me marrer, j'ai pas été déçu.

Deux heures après, il était là dans son lit, Roland, avec

une jambe en l'air et une sorte de pneu... de chambre à air qui lui entourait l'épaule, et ça l'a pas empêché de déconner.

Quand l'infirmière s'approchait de lui, la seringue à la main pour lui faire ses piqûres, il se mettait à gueuler comme un officier de cavalerie...

— Sabre au clair... Chargez !

Puis il imitait la trompette : Ta... ta... ta... ta, etc.

Elle appréciait pas du tout, la dame. Comme il avait du diabète, en plus de la pénicilline, on lui injectait de l'insuline. Ça lui faisait une piqûre toutes les trois heures.

Le lendemain, il avait décidé de l'emmerder, la préposée aux soins.

— Je veux plus de piqûres, c'est fini les piqûres, et si vous insistez, je vais vous recommander à mon copain... vous avez vu sa gueule ? C'est un mac, mon copain, et il va vous mettre en maison à Clermont-Ferrand... ça va pas traîner.

Elle s'était barrée en courant, l'infirmière. J'étais encore écroulé de rire quand le patron de la clinique, l'air souriant, était venu nous voir... C'était pas un con, le chirurgien, mais il ne voulait quand même pas qu'on foute trop le cirque dans sa baraque. Qu'on fasse peur au personnel. Roland s'était expliqué...

— Mais j'ai dit ça pour rire, docteur... vous pensez bien... je croyais qu'elle avait de l'humour...

Il avait attrapé le revers de la veste en tweed du toubib...

— Ah, mais dites donc, c'est tout neuf, ça... on voit que Piaf est dans nos murs...

Édith, elle, ne rigolait pas. A Tarascon, le chirurgien n'avait pas osé l'opérer. Il l'avait fait transporter rapidement à Paris, à l'Hôpital américain.

Là, l'opération s'est mal passée... une nouvelle technique chirurgicale qui n'a pas fonctionné avec Édith.

Elle a longuement souffert malgré le Palfium.

En fait, elle ne s'en est jamais remise, de cet accident.

Pendant tout notre séjour à la clinique, Roland m'a raconté mille histoires. Il y en a de trop, je ne me souviens plus de toutes, sauf une qui m'a marqué, elle est carrément triviale, mais c'est une histoire vraie qui lui est arrivée à ses débuts à l'Alhambra.

Il avait dans son tour de chant un succès de l'époque qui commençait comme ça : « Je suis seul ce soir avec mes rêves... », créé par Léo Marjane. Ce soir-là, il attaque :

— Je suis seul ce soir...

Et là, un spectateur lui crie :

— Eh ben, branle-toi...

Il n'a pas pu aller plus loin, Roland, le fou rire l'a pris et il s'est barré en coulisses plié en deux, tandis que dans la salle c'était la grande marrade, tout le monde était écroulé. On a été obligé de baisser le rideau...

On s'est disputés souvent avec Édith, elle était pas toujours facile à vivre. Quand ça l'arrangeait, elle pouvait être stupide ou intelligente, gentille ou méchante, fallait faire avec... et tout ça était multiplié par cent.

Une fois, à propos de rien, on s'engueule et, en pleine dispute, je lui balance je ne sais plus quelle vacherie. Sans que je la voie venir, elle me fout une claque, je la lui rends aussitôt pour qu'on soit quittes. D'habitude, c'est pas mon truc de taper sur les dames, c'est trop facile. Il y en a qui aiment ça, je sais, mais Édith, elle, c'était pas le cas, elle aimait bien les engueulades, mais pas les coups. Elle se tire dans sa chambre. L'avantage avec Édith, c'est qu'elle n'a pas de rancune, dans la demi-heure qui suit une dispute, on est réconciliés, tout est oublié. C'est aussi ce qui se passe ce jour-là, on se fait la bise, tout est pardonné.

L'ennui, c'est sa joue, j'avais pas frappé très fort, peut-être même moins fort qu'elle, mais tout de suite l'hématome arrive, prend les couleurs de l'arc-en-ciel. En une demi-heure, sa joue est violette. Loulou avait appelé l'A.B.C. pour leur dire qu'elle était souffrante et qu'elle ne pourrait pas venir jouer pendant deux jours.

Le troisième jour, avec le maquillage, elle est présentable et je la conduis au théâtre. On est à peine arrivés dans sa loge que Mitty Goldin, le directeur de l'A.B.C., vient la voir pour prendre de ses nouvelles. Il voit tout de suite qu'elle a quelque chose de changé dans sa physionomie.

— Mais qu'est-ce qui vous arrive, Édith ?

Comme notre vie amoureuse ne le regarde pas, j'improvise en hypocrite.

— Ben oui, il faut qu'Édith aille chez le dentiste...

Elle a éclaté de rire.

— Il est gonflé, celui-là, c'est lui qui m'a foutu une baffe, j'ai cru qu'il m'avait arraché la tête...

Il m'avait regardé curieusement, Mitty Goldin. Ça n'a pas été la dernière fois qu'on s'est accrochés avec Édith, il fallait se la faire, elle pouvait être redoutable.

Une nuit, il devait être 3... 4 heures du matin, on revient de je ne sais où, ça a commencé dans la voiture... ne me demandez pas à propos de quoi. Arrivé dans la chambre, j'ai décidé d'arrêter les frais.

— Tu me fous la paix, Édith, c'est plus la peine de me parler, je ne te répondrais plus...

Et je me couche avec un bouquin. Je la vois encore qui marche au pied du lit en faisant des allers et retours, elle continue de jacter et, comme elle s'énerve parce que je ne lui réponds pas, à plusieurs reprises elle tire un coup sec sur la couverture. Moi, sans cesser de bouquiner, je la remonte, la couvrante, elle en a vite marre, et elle vient à ma hauteur pour m'arracher le livre et le balancer à travers la pièce.

— Ramasse-le, Édith... Ramasse-le vite...

Comme je la tiens par l'oreille, elle ne peut pas faire autrement, mais c'est pas fini pour autant. Elle se casse dans la salle de bains, puis revient trente secondes plus tard pour recommencer à me casser les burnes...

— N'oublie pas que je suis Édith Piaf, André... n'oublie pas...

Ça, c'est nouveau, elle ne me l'avait pas encore fait. Je ferme le bouquin et je lui dis que j'en ai vraiment rien à cirer qu'elle soit Édith Piaf, qu'elle a peut-être une voix bizarre qui épate les bonniches mais qu'à la maison sa voix m'ennuie, surtout à 4 heures du matin. Là, je marque un point. Folle de rage, elle sort de la chambre en claquant la porte. Je m'en veux un peu de lui avoir dit ça, c'est con ce qu'on peut dire quand on est en colère, quand on se dispute, c'est vrai qu'elle m'a mis à bout, mais j'en pense pas un mot de ce que je viens de lui balancer. Je l'aime, Édith, pas comme un fou, c'est vrai, mais je l'aime. Et c'est toujours désagréable de faire de la peine à la personne avec qui on vit. Pendant que je pense à tout ça, elle revient dans la chambre et elle remet le couvert, merde, c'est pas fini...

— Quand je pense à tous les cadeaux que je t'ai faits...

— Là, c'est trop, maintenant tu me fatigues...

Je m'éjecte comme un fou, j'arrache le tiroir d'une commode et je le retourne au-dessus du lit. Le briquet, la montre, les boutons de manchette, la gourmette, tous les trucs en or qui viennent de chez Cartier sont en vrac sur la couverture...

— Tiens, reprends-les, tes merdes... moi, je ne veux plus les voir...

— Mais garde-les, André, c'est à toi...

— Faudrait savoir ce que tu veux... tu me fais des cadeaux et tu me le reproches, et quand je te les rends, t'en veux plus, alors regarde... comme ça, il n'y aura plus de problème...

Et je jette tout par la fenêtre. Elle éclate en sanglots.

— C'était avec mon cœur que je t'avais offert tout ça... t'aurais pas dû les jeter, André, t'aurais pas dû...

Dans le fond, ça m'emmerde aussi d'avoir, sur un coup de colère, envoyé tous ces trucs par la fenêtre. Cela dit, personne ne passe dans cette rue à 5 heures du matin. Mais c'est encore la nuit, je suis obligé d'ouvrir les portes du garage et d'allumer les phares de la 15 CV. On voit pas grand-chose à cause des feuilles mortes. Je récupère le briquet qui en a pris un coup, et puis un bouton de manchette mais pas l'autre. C'est Édith qui est pourtant myope comme une taupe qui le retrouve.

— C'est un signe de Dieu, Dédé, t'as vu, ils ne sont plus séparés, tes boutons de manchette, ils sont réunis comme nous.

Sur ces bonnes paroles, on va se coucher pour essayer de dormir un peu, il ne doit pas être loin de 6 heures du matin, et le lendemain, moi, j'ai école, je vais à mon bureau faire l'imprésario tous les jours vers 10 heures, et ça aussi, ça l'emmerde, Édith...

— Moi, quand je vis avec un homme, c'est pour être avec lui, c'est pas pour le voir se tailler tous les matins...

— Ben oui, mais c'est comme ça... d'abord, je ne fais pas le mac et, si je le faisais, faudrait que tu gagnes beaucoup plus d'argent...

Et ça repartait, finalement elle aimait bien les disputes, c'était son truc.

De temps en temps, quand je décide de faire un peu de rangement dans le fouillis de mon bureau, chez moi, rue Balard, je retombe souvent sur le fameux briquet. Je ne m'en sers plus, mais je l'ai toujours gardé.

J'ai vécu aussi avec Édith une autre histoire de briquet, ça se passait au restaurant avec des amis à elle. A la fin du repas, je sors une cigarette et je cherche mon briquet. La nana qui est à côté de moi allume le sien et l'approche de ma cigarette. J'ai même pas le temps de tirer une bouffée, Édith lui arrache le briquet pour le balancer à la volée par la fenêtre...

— C'est moi et moi seule qui donne du feu à mon homme... O.K. ?

On avait été sidérés, son amie et moi...

Un soir, chez Carrère, qui à l'époque est la boîte la plus chic de Paris, nous sommes venus écouter Aimé Barelli qui se produit avec son orchestre. C'est un merveilleux trompettiste et un très bon copain. Édith l'aime beaucoup aussi. La soirée se déroule très bien jusqu'au moment où je dis à Édith : « Je trouve la chanteuse de l'orchestre ravissante. » J'aurais mieux fait de parler de Barelli, ou du premier saxo. En bref, j'avais perdu une belle occasion de me taire.

Entre deux chansons, la fille salue, et à la fin des applaudissements, Édith, vacharde, lui balance : « Si tu sais pas coudre, faut apprendre, ça pourra te servir. »

Comme elle allait enchaîner avec une autre réflexion du même ordre, je lui demande de se taire. On s'engueule à mi-voix, mais les gens commencent à nous regarder. L'arrivée de Jean Gabin avec Marlène Dietrich, « la Prussienne », comme il disait, nous a sauvés. Gabin nous dit bonjour et va à sa table.

Marlène, qui avait une immense admiration pour Édith, reste quelques minutes avec nous, jusqu'au moment où Jean, qui en a marre d'être seul, siffle discrètement Marlène.

— C'est une brute, fait Piaf.

Elle avait esquissé un sourire, Marlène.

— Mais, Édith, tu connais la douceur des brutes...

Finalement, nous avons fini la soirée à la même table.

Tous les jours, vers 17 heures, Édith répétait à Boulogne avec son pianiste et son accordéoniste, elle inscrivait les titres des chansons sur des petits bouts de papier qu'elle mettait dans un ordre sur la table. Au fur et à mesure de la répétition, elle changeait. La chanson numéro six venait en deux, la deux se retrouvait en quatrième position, etc. Après, elle s'occupait des lumières, elle s'arrangeait pour que les chansons qui se suivent n'aient pas le même éclairage, ne finissent pas de la même façon, sur un noir ou sur un plein feu.

Rien n'était laissé au hasard. C'était une grande professionnelle, Édith. Après la répétition, elle recevait des gens qui venaient lui proposer des chansons. C'est toujours difficile de savoir si une chanson va marcher ou pas. Il n'y a pas de règle, mais il ne fallait jamais dire à Édith : « Moi, j'aime pas beaucoup cette chanson... »

Automatiquement, elle l'inscrivait à son répertoire pour la retirer au bout de deux ou trois jours, parce qu'elle savait bien que c'était pas une bonne chanson ou que c'était pas pour elle. Cela dit, elle pouvait chanter le Bottin. Loulou et moi, on avait notre technique. Quand un truc ne nous plaisait pas, on lui disait :

— C'est une belle chanson.

Inévitablement, Édith tranchait :

— Vous n'y connaissez rien, c'est de la merde...

Une fois, elle se braque sur une chanson qu'elle ne veut pas chanter parce qu'on y parle de la mort, d'un couple qui se suicide. Je lui fais remarquer que dans *L'Accordéoniste* le gus se fait tuer à la guerre...

— Oui, je sais, Dédé, mais tout le monde n'est pas accordéoniste... c'est pas la même chose...

Elle avait sûrement raison.

Un jour, elle a une histoire amoureuse avec un acteur connu qui vit avec une star de cinéma de l'époque. Ils passent la nuit ensemble et, le lendemain matin, Édith qui est au lit prend son petit déjeuner. L'acteur, lui, se rhabille. Il est au pied du lit et finit de rajuster sa cravate en se regardant dans la glace au-dessus de la cheminée, puis, sans se retourner, il allume une cigarette et la questionne :

— Alors, tu ne me demandes pas quand est-ce que tu me revois ?

Comme je vous l'ai dit, le monsieur vit avec une star... une très jolie femme. Édith est au courant.

— Georges, tu sais bien que je ne suis pas prétentieuse, j'ai pas l'intention de lutter avec Viviane...

Et le Georges en question, très sûr de lui, avait laissé tomber...

— Tu peux quand même tenter ta chance, non ?...

Quand elle m'avait raconté ça, Édith, elle se marrait tellement qu'elle avait du mal à la finir, son histoire...

Une fois, j'avais organisé au Moulin-Rouge un gala au profit des « Petits Poulbots », avec Piaf en vedette. Le programme était superbe. En plus d'Édith, j'avais Jean Raymond, qui était à l'époque l'imitateur numéro un, Dany Dauberson, qui était très à la mode comme chanteuse de cabaret, et je me dis : si je pouvais avoir Montand en plus de Piaf, ça serait formidable. Je contacte l'imprésario de Montand. Il me demande qui est dans le programme. Je lui dis. Deux jours après, il accepte, à condition qu'Yves passe en vedette, c'est-à-dire derrière Piaf. Ça, c'était son problème, et tout content j'en parle à Édith en modifiant un peu l'histoire...

— Il est d'accord, Yves, mais il y a un os. Comme il chante le même jour au Casino d'Enghien, il ne peut venir qu'après son spectacle, vers 1 heure, 1 heure et demie, ce qui fait qu'il ne passera qu'à la fin, après toi...

Ça l'a fait beaucoup rire, Édith.

— Tu me racontes des bobards, Dédé, t'oublies que j'ai vécu avec Yves et aussi avec toi et que je vous connais bien tous les deux... il a sûrement une autre raison, Yves, pour vouloir passer derrière moi... toi, tu sais pourquoi, mais tu ne veux pas me le dire...

— Je t'assure, Édith...

— Eh bien, fais-le passer derrière moi si ça l'arrange.

C'est ce que j'ai fait, mais c'était une mauvaise idée qu'il avait eue, Montand, en voulant passer à la fin pour être en vedette...

Édith a chanté cinq chansons comme prévu et elle a fini par *L'Accordéoniste*. Le triomphe, avec des rappels à n'en plus finir. Et le cow-boy du Far West quand il s'est pointé après elle, avec aussi ses cinq chansons, il s'est ramassé. En sortant de scène, en coulisse, il s'est accroché avec Simone Signoret qui l'accompagnait. D'après ce que j'entendais, c'était elle qui l'avait poussé à faire le gala. Ils s'engueulaient sérieusement, on devait les entendre derrière le rideau, il était drôlement en pétard, Montand. J'ai dû les séparer.

— Ça va, arrêtez, allez continuer ça à la maison, mais pas ici... ici, vous êtes chez moi...

Je l'ai jamais revu, Montand, depuis ce truc-là. J'ai pas eu l'occasion.

Ça s'est pas passé comme je voulais, ma rupture avec Piaf. D'abord, Édith, en règle générale, ne supportait pas d'être larguée, et moi c'est le contraire, quand ça marchait plus avec une dame, j'essayais toujours d'être viré pour pas avoir d'emmerdes. Alors, dans ces cas-là, je deviens désagréable sept jours sur sept. Je me rends impossible, je renâcle sur tout, jusqu'à ce que la dame me dise que ça peut plus continuer comme ça. Là, je lui réponds que je suis bien de son avis et qu'à mon idée on ne devait pas être faits l'un pour l'autre. Alors, en principe, la dame dit qu'elle ne me retient pas et moi je me casse...

J'avais essayé cette technique avec Édith, mais ça n'avait pas marché. On continuait de vivre ensemble et je m'emmerdais de plus en plus. Alors, un jour, ça m'a pris comme ça, j'ai fait ma valoche et je me suis cassé en lui faisant un mot. Elle n'a pas dû avoir de mal pour l'apprendre par cœur. C'était du genre : « Tu n'y es pour rien mais je pars. » Je ne pouvais pas faire plus court. Si ça vous intéresse de connaître ma position dans le peloton des « Piaf's boys », comme disait Aznavour, j'ai le dossard n° 6, je suis entre Eddie Constantine et Jacques Pills.

Pendant que je chargeais mes valises dans ma bagnole, je l'ai justement croisé dans l'escalier, Aznavour.

— Qu'est-ce que tu fais, Dédé, tu pars ?

— Ben oui, je pars.

— Bon, ben moi, je partirai demain matin... t'aurais pas une valise à me prêter, c'est pour mettre mes disques ?

Je lui ai prêté une valise en toile toute neuve et il me l'a rendue un mois après. Il avait dû y mettre cent kilos de disques dans ma valoche, elle était toute défoncée... la poignée ne tenait plus que d'un côté.

S'il lit mon bouquin, le petit Charles qu'est devenu grand, maintenant que ses affaires marchent, il va peut-être m'offrir une Vuitton...

Édith, qui était une grande professionnelle, avait vu tout de suite qu'Aznavour avait du talent. Et comme il gagnait pas des mille et des cents à l'époque, il avait le gîte et le couvert dans son hôtel particulier. Je l'adorais, Charles, Piaf le prenait dans sa tournée, où il passait en première partie avec trois chansons.

Il chantait des trucs à lui. Pour l'époque, c'était un peu louf, son répertoire. Il chantait : « Il portait un feutre taupé, il parlait par onomatopées, il buvait des cafés frappés avec une paille... » ou encore : « On prend les cartes... on brasse les cartes... on coupe les cartes... on donne les cartes... »

Il y avait aussi « M. Jonas est un as au billard ». Tout en chantant, il faisait le tour du piano comme si c'était un billard. On aurait dit un joueur en train de faire une partie. Il en avait encore deux ou trois de ce calibre, en cas de rappel, mais on ne le rappelait jamais. Ça marchait pas du tout, son tour de chant.

Les spectateurs se parlaient à l'oreille et se tapotaient la tempe de l'index... ils le prenaient vraiment pour un dingue, Aznavour...

J'étais malade pour lui. Je le vois encore, assis dans un coin en coulisse, tandis qu'Édith attaquait sa première chanson. Ce soir-là, il n'avait pas l'air joyeux, mon pote, l'Arménouche...

— J'arrête, Dédé... je vais continuer à écrire mais j'arrête de chanter.

Je suis pas du tout d'accord avec Charles, moi j'aime bien ce qu'il fait... et puis ça m'emmerde qu'il soit dans cet état-là. J'essaie de lui remonter le moral, de lui donner quelques conseils, je lui dis qu'il devrait abandonner provisoirement ses trucs qui marchent pas et chanter les chansons qu'il écrit pour Édith, des grands succès comme « ... Plus bleu que le bleu de tes yeux... », et puis, en plus des paroles, il compose aussi de très jolies mélodies, Aznavour. Faut pas qu'il laisse tout tomber comme ça. Il est sceptique, Charles...

— Si je suis pas capable de m'imposer sur scène, faut que je fasse un autre boulot... t'as vu ce soir ? Ils étaient quatre à m'applaudir...

— Non, ils étaient cinq...

— C'est pas vrai, où il était le cinquième ?

— Dans le coin, près de la sortie de secours...

— Ah ! merde... je l'ai pas vu, celui-là...

On s'est revus l'autre jour avec Aznavour. Je lui en reparlais de cette histoire. Il s'est marré. A l'époque, c'était en 1951, il touchait trois sacs par jour en tournée... trente nouveaux francs. Vous me direz qu'il y a trente-huit ans de ça. Il faut un début à tout. Maintenant, ils sont beaucoup plus que cinq à l'applaudir, et, comme ça marche bien pour lui, il a augmenté ses prix...

Pendant les tournées avec Édith, on avait des rites, des trucs à nous. Quand on quittait une ville pour aller dans une autre, Charles montait à l'arrière avec sa guitare, Édith, elle, s'asseyait à l'avant à côté de moi et, avant que je mette en route, Piaf, accompagnée par Aznavour, fredonnait quelques mesures de la chanson, *La Rue Saint-Vincent*. Puis Charles, ça aussi c'était rituel, nous chantait un truc qu'il n'a jamais mis dans son répertoire... c'était un vieux poème persan, très joli, ça parlait de l'épine d'une rose qui avait percé le cœur d'un oiseau, d'un rossignol, et le sang qui coulait était plus beau, plus pur... C'était une belle chanson, et quand Aznavour reposait sa guitare, et là seulement, je mettais le moteur en marche...

Pendant tout le temps qu'on est restés ensemble avec Édith, elle buvait plus. Je lui avais fait jurer de ne plus toucher un verre pendant un an. Ça se passait devant la tombe de son père. Comme elle était croyante, elle a tenu le coup. Cela dit, elle était imprévisible, ça me revient comme ça...

Un soir, on avait décidé à plusieurs d'aller prendre l'apéritif avant de rentrer dîner à la maison. On était donc allés au Fouquet's et on rentrait en passant par le bois de Boulogne, les bagnoles se suivaient, Édith et moi, on roulait devant. A Boulogne, au moment où j'allais me garer, Édith me dit qu'elle n'a pas envie de manger à la maison.

— Ah bon, qu'est-ce que tu veux faire ?

— Je ne sais pas... tu veux pas qu'on aille au restaurant ?

Et on est tous repartis pour aller dîner au restaurant. Chez Édith, tout était prêt, on n'avait plus qu'à se mettre à table. Chang, le cuisinier chinois, allait être déçu. Du restaurant, j'ai téléphoné pour que le personnel ne nous attende pas. C'était plutôt duraille, avec elle, de l'empêcher de faire ou de pas faire ce qu'elle avait décidé...

Ce soir-là, chez Maxim's, au dessert, Édith ne sait pas quoi choisir. Le maître d'hôtel lui récite la liste des douceurs pour qu'elle fasse son choix. Elle refuse les trucs les uns après les autres et accepte finalement un ananas, mais elle n'en veut qu'une tranche. On lui apporte la tranche d'ananas, mais quelque chose la chagrine...

— Vous ne mettez rien dans le trou du milieu ?... C'est pas pour y mettre une cerise ?...

— Bien sûr, mademoiselle, excusez-nous.

Et le maître d'hôtel reprend l'assiette avec la tranche d'ananas. Elle l'arrête...

— Non, non, attendez... Robert, tu la veux ?

Le maître d'hôtel repose l'assiette devant Robert, puis revient avec une autre tranche et trois cerises dans le trou.

Édith n'est pas d'accord...

— Enfin, c'est ridicule, y a qu'un trou dans une tranche, mettez qu'une cerise...

— Bien sûr, mademoiselle, je vais le dire en cuisine... excusez-nous.

Et rebelote, il reprend l'assiette avec les trois cerises et la tranche... elle le stoppe encore une fois...

— Attendez... attendez... Roland, prends-la...

— Merci, Édith...

Imperturbable, le maître d'hôtel pose la deuxième assiette devant Roland et revient avec une troisième assiette...

Cette fois, ça y est, il n'y a qu'une cerise et elle est dans le trou, mais Édith n'en veut plus :

— Finalement, j'en ai marre de vos ananas, remportez-moi ça...

Je pleurais de rire. C'était pas son genre, à Édith, de se faire remarquer dans les restaurants. Mais je dois dire que, ce jour-là, si j'avais été à la place du maître d'hôtel, j'aurais eu des idées de meurtre...

Une autre fois, Loulou Barrier lui fait signer un contrat pour une tournée en Argentine, mais Édith change d'avis quinze jours avant le départ. Il était pas content, Loulou, parce que non seulement il était urgent qu'Édith fasse rentrer un peu de monnaie et qu'en plus il allait falloir payer le dédit. Un gros dédit. Édith, assise dans un coin du salon, fait la gueule. Loulou, un peu tendu, est à la fenêtre. Moi, je joue *Le bel indifférent* derrière un journal...

— Réfléchissez, Édith, c'est un beau contrat...

— Oui, je sais, Loulou, mais j'ai pas envie... et toi, Dédé, ça te dirait d'aller en Argentine?...

Loulou, qui attend ma réponse, ressemble à un chien d'arrêt un jour d'ouverture. Mais moi, comme je la connais bien, je sais ce qui va se passer et je me mouille pas trop...

— Oh... ça peut être marrant d'aller là-bas...

— Ah oui!... moi, je crois plutôt que je vais m'emmerder... Non, Loulou, vraiment, j'ai pas envie.

Il met le paquet, Loulou, pour qu'elle revienne sur sa décision, il lui reparle du dédit...

— Ben, demande une avance chez Philips ou chez Pathé Marconi...

— Et la banque, Édith, comment je vais faire avec la banque?

— La banque? Eh ben, t'as qu'à les payer...

Je me suis replongé dans mon journal, on n'est jamais partis en Argentine.

L'argent, elle ne savait pas ce que ça voulait dire. Un jour, on est aux Champs-Élysées pour voir *Le Troisième Homme* qu'elle avait vu au moins dix fois. Elle ne sortait jamais seule, Édith, il y avait toujours quelqu'un de sa cour qui l'accompagnait, mais, ce jour-là, ils avaient dû tous se défiler en hypocrites et c'est moi qui étais venu avec elle. Pendant que j'étais en train de me garer, Édith me demande de l'argent. Je lui demande combien elle veut...

— Je sais pas, moi... donne-moi ce que t'as sur toi.

Je lui ai filé une poignée de billets, quinze ou vingt sacs de l'époque. On sort de la voiture et, là, je la vois qui donne tout le pognon à un clodo qui venait de lui ouvrir la porte. J'étais scié...

— Mais t'es malade de faire ça... t'es folle ou quoi ?

— Non, je ne suis pas folle, ça lui fait un coin de ciel bleu...

— Un coin de ciel bleu... un coin de ciel bleu... mais il en a rien à foutre, de ton ciel bleu... c'est du rouge qu'il va se payer, et pas qu'un peu, par tonneaux... tu veux le faire crever ou quoi ?

J'étais fou de rage. Comme elle ne voulait pas s'occuper des questions d'argent, Loulou me filait du liquide chaque semaine pour que je règle à sa place. Elle faisait ce qu'elle voulait avec son fric, bien sûr, mais, merde, là je trouvais ça énorme. Je me suis un peu calmé et je lui ai expliqué que, si vraiment elle voulait faire l'aumône, on pouvait faire mieux, elle pouvait filer trente ou quarante sacs par mois à un couple de petits vieux nécessiteux pour les aider à vivre ou à un orphelinat pour des pauvres mômes. Elle l'a fait.

Une autre fois, c'était l'été, on passe devant le jardin du Luxembourg et elle me demande brusquement d'arrêter. J'arrête. Et Édith, le sourire aux lèvres, m'entraîne vers l'entrée où un type vendait des ballons. Il y en avait bien une cinquantaine, peut-être plus, attachés à un bâton. Elle les a tous achetés. J'ai eu un mal fou à les faire entrer dans la voiture. Il y en avait qui se taillaient par la portière ouverte, j'avais pas l'air d'un con... les gens qui avaient reconnu Piaf se marraient... Édith, elle, était aux anges. Pendant que je conduisais d'une main, en repoussant les ballons de l'autre, je l'ai questionnée :

— Dis-moi, Édith, t'en aurais acheté trois ou quatre à la rigueur, je comprendrais, mais là, excuse-moi, ça fait beaucoup.

— Je sais, Dédé, mais quand j'étais môme, j'ai jamais pu en avoir...

Comme j'ai vu qu'elle avait envie de pleurer, j'ai fermé ma gueule...

J'ai eu beaucoup plus de pot qu'Édith, question enfance. Bien sûr, on choisit pas ses parents, mais moi je peux dire que j'ai eu de la chance.

Mon père était un type formidable. Il était d'origine catalane, de Rivesaltes... Pyrénées-Orientales, ma mère, elle, était auvergnate. C'était un couple exceptionnel, jamais une dispute ni un mot de travers. Rien. Si, une seule fois. Ça devait être en 1940, au début de l'occupation. Mon père, de temps en temps, allait en fin de semaine dans un café de la rue Descartes jouer à la belote avec des copains. Ce soir-là, je l'avais retrouvé au café et on était rentrés ensemble à la maison avec une heure de retard. Je vois encore maman, l'air inquiet, qui lui avait demandé :

— Ben, qu'est-ce qui se passe ?

Papa lui avait expliqué qu'il s'était un peu attardé pour finir la partie de cartes. Maman avait souri :

— T'aurais dû me prévenir, François, que tu allais être en retard, je commençais à m'inquiéter.

C'est tout, ça s'était arrêté là.

C'est la seule scène de ménage qu'ils ont eue tous les deux. Vous vous rendez compte !

Il avait fait la guerre de 1914, mon père, comme beaucoup. D'abord deux ans de tranchées, dans la boue, dans la neige, pendant l'offensive Nivelle, Verdun, le Chemin des Dames... puis dans l'aviation. Il avait un beau palmarès : sept victoires homologuées, médaille militaire, croix de guerre avec plusieurs palmes et proposé pour la Légion d'honneur. Mais tout ça, je l'ai su plus tard par ma mère. Lui, il n'en parlait jamais, c'était des mauvais souvenirs pour lui. C'était un héros antimilitariste, mon père. Avec mon frère, quand on était mômes, on s'en était vite aperçus. Il n'aimait pas qu'on joue avec les soldats de plomb que ma mère nous achetait. Dès qu'on avait le dos tourné, il les foutait à la poubelle. Il était comme ça, mon père.

On a eu une enfance fantastique, mon frère et moi. Mon meilleur souvenir, c'est les vacances. On partait pendant six mois. Avril, mai, juin, chez ma tante en Auvergne. Juillet, août, septembre, à Langrune-sur-Mer, près de Cabourg en Normandie.

On allait à l'école communale du coin, sans avoir besoin de s'inscrire plusieurs mois à l'avance comme maintenant. Mon père, lui, qui avait une belle situation à la préfecture de police, venait nous retrouver tous les week-ends et puis, arrivés en octobre, on rentrait à Paris. Vous vous rendez compte, trois mois à la montagne et trois mois à la mer chaque année ! A l'époque, peu de mômes connaissaient ça. Nous, ça nous plaisait cette vie-là. Avec le recul, je me souviens aussi qu'ils avaient la bougeotte, mes parents...

Rien qu'à Paris, on a dû déménager dix-sept fois en vingt ans.

Pierre, mon aîné de vingt-huit mois, n'a pas été gâté par la vie. Il était de la classe 37, un très mauvais numéro. Il a fait deux ans de service militaire, maintenu sous les drapeaux, il a enchaîné en 1939, s'est fait blesser dans les Vosges, avant d'être prisonnier quatre ans. Puis en 1945, les cosaques l'ont libéré des Allemands, mais ils l'ont gardé près d'un an pour réparer leurs voies ferrées, par 30 ou

40 degrés en dessous de zéro. Ça l'a pas arrangé, mon frangin. Après avoir été pendant neuf ans un numéro matricule, il est rentré ruiné, tubard, avec le cœur d'un homme de quatre-vingt-dix ans. C'est un copain toubib qui m'a dit qu'il n'en avait plus pour longtemps. Il est mort complètement usé en 1963. Je l'aimais bien, mon frère, j'ai eu beaucoup de chagrin.

Moi, j'ai été mobilisé dans le 38e génie en mai 1940, juste quelques semaines avant que les Fritzs, torse nu et bronzés sur leurs panzers, foncent sur Paris, le sourire aux lèvres. Les Anglais se faisaient la malle, ils n'avaient pas attendu qu'on leur dise : « Go home... » Ils s'entassaient à toute vitesse dans leurs bateaux à Dunkerque... Ils n'avaient pas oublié Napoléon, les Anglais... Ils se tiraient encore les premiers... Et il n'était pas question que les Français profitent du voyage. Pour nous, c'était complet.

C'est vous dire que j'ai pas connu les « Sentiers de la gloire »... j'ai même jamais tiré un coup de fusil, j'aurais eu du mal d'ailleurs : à la caserne, on n'avait pas eu droit aux cartouches. Donc, avec des potes de ma classe, je me suis vite retrouvé sur une route qui menait vers le sud de la France. Le repli stratégique...

C'était foutu, quoi, on était en pleine débâcle. Les Chleuhs, qui étaient motorisés, avaient fait leur ville-étape à quinze kilomètres avant Montargis, où on était. Fallait plus s'attarder...

A 9 heures du soir, on venait de quitter la caserne. Un colonel monté sur son bourrin nous avait dit que la première étape qu'on allait se fader était d'une cinquantaine de kilomètres... on allait à Briare... à pied, bien sûr. Déjà, on en avait tous marre.

Avec tout le barda et la route encore chaude des 40 degrés au soleil qu'il avait fait ce jour-là, je ne me voyais pas dans les premiers à l'arrivée, il fallait que je fasse quelque chose...

On était habillés de bric et de broc dans la colonne. Il n'y avait plus de fringues kaki au magasin d'habillement, ceux qui étaient passés avant nous avaient tout raflé ou presque. Moi, j'étais en bleu horizon comme en 1914 avec des bandes molletières, un look pas possible comme on dirait maintenant. Seules mes pompes étaient toutes neuves, et ça n'arrangeait rien, bien au contraire. On avait les pieds en sang à cause de ces putains de godillots qui étaient soit trop petits, soit trop grands, je peux vous dire que ça ne venait pas de chez Weston. Les demi-pointures à l'armée, ils ne connaissaient pas. On touchait du 39 ou du 44 comme ça, au hasard. On attendait la prochaine halte pour faire des échanges.

Je suis sorti du rang et j'ai demandé à un lieutenant si je pouvais aller m'isoler dans un petit bois qu'on était en train de traverser, ça urgeait. Comme il n'était pas con, il m'a dit oui. Une fois dans le bois, je me suis planqué derrière un arbre et j'ai laissé la colonne s'éloigner. Il ne m'a jamais revu, le lieutenant.

Mon voisin de lit, Julien Pré, s'était mis dans ma roue. On a passé une nuit peinarde, roulés dans nos couvertures, mais, au petit jour, on a eu droit à un drôle de réveil, c'était comme une rumeur qui venait de la route. J'en croyais pas mes yeux, j'avais jamais vu ça, un déménagement gigantesque : des charrettes, des voitures à bras, des brouettes, des chariots de ferme tirés par des percherons, des bagnoles, des camionnettes de livraison croulant sous un bordel de bricoles entassées à la va-vite, avec des matelas ficelés sur le toit... Et puis, marchant lentement autour, en portant des valises, des baluchons, des gens de toutes sortes, des hommes, des femmes, des vieillards, des gosses dans des poussettes et des troufions comme moi... hallucinant... C'était l'exode... Je me suis fondu dans la masse avec mon pote, et personne ne s'est étonné.

Dans l'après-midi, nous sommes arrivés à la hauteur d'un camion-citerne de l'armée de l'air, qui était en panne. Le chauffeur était en train de changer une roue. Il avait crevé. Il avait du mal avec la colonne de réfugiés qui avançait en prenant toute la route, on le bousculait, je lui ai donné un coup de main. Il arrivait pas à tourner la manivelle du cric. Sans arrêt, les mecs qui avaient une bagnole venaient nous casser les pieds avec un bidon pour avoir de l'essence. On leur disait que c'était pas possible, que c'était de l'essence d'avion, qu'on pouvait pas mettre ça dans les voitures... que ça allait griller leur moteur... ils nous croyaient pas. Après, on est repartis assis sur la citerne. Ça s'était pas arrangé, le soleil, ça tapait de plus en plus fort. On roulait au pas... à quatre kilomètres à l'heure au maximum. Impossible d'aller plus vite avec tous ces gens qui marchaient autour de nous... On pouvait pas doubler à cause des charrettes qui prenaient toute la route, on pouvait que les suivre. On klaxonnait sans arrêt pour pas écraser les gens qui dégageaient en nous insultant. En fin d'après-midi, on a rattrapé un groupe de troufions qui sont montés sur le camion-citerne comme ça en marche, au moment même où j'ai aperçu les quatre avions de chasse qui sont passés très bas, juste devant nous au-dessus de la route. D'instinct, le chauffeur a arrêté et on est tous descendus pour admirer la chasse française qui ne se montrait pas souvent dans le ciel... Mais on s'était gourés sur les cocardes... Comme ça, en pleine vitesse, on avait mal vu... elles étaient pas bleu blanc rouge, les cocardes... elles étaient vert blanc rouge. C'était des Ritals, ah ! les salopes... j'étais déjà dans le fossé quand ils ont envoyé la sauce en remontant la colonne... les gosses hurlaient, le vrai cauchemar. Un des grivetons était resté comme un con sur la citerne, paralysé de trouille, tous ses potes l'appelaient pour qu'il descende. Il voulait pas, et puis d'un coup j'ai réalisé que, moi aussi, j'étais malade de rester là, que, si on prenait une balle incendiaire dans ces milliers de litres d'essence, on allait tous cramer. Juste avant le deuxième passage des avions, je me suis jeté derrière un des platanes qui bordait la nationale 7, la route des vacances...

Les avions se sont fait la paire, ça n'avait duré que quelques minutes, le temps de faire plusieurs morts comme ça... pour rien. Le camion-citerne, lui, était intact, il n'avait pas brûlé, mais je l'ai laissé repartir sans moi, c'était trop dangereux.

Et puis j'ai eu envie de rire, pourquoi ? Les nerfs, sans doute...

Après avoir fait une dizaine de kilomètres à pied avec mon pote Julien, au milieu de cette mêlée, on s'est arrêtés pour récupérer un peu.

Et tout à coup surgit, si je puis dire, une Matford avec deux demoiselles et plein de bagages. Je me plante devant la voiture sans grand risque, étant donné la vitesse réduite de l'auto.

— Nous allons dans la même direction...

Je ne me mouillais pas !

— Y a pas de place...

— Je connais la région, il y a des raccourcis, et puis en tassant un peu vos valises...

Nous sommes arrivés à Briare, où l'adjudant « Fantômas » — je l'avais baptisé ainsi à Montargis à cause de sa tronche sympathique — nous donna comme prévu le point de chute de la deuxième étape, et celui de la troisième qui était Chénérailles.

Le soir même, j'étais marié avec la jeune fille qui conduisait l'automobile. Elle était ravissante, gentille comme tout, et entraîneuse au Bœuf sur le toit. La cérémonie s'est passée à Chénérailles sans le maire et dans la paille... Mon copain Julien, lui, moins veinard que moi, est resté célibataire.

Le lendemain, j'étais au volant et, de fil en aiguille comme on dit, après une escale à Ussel qui s'est mal terminée... une altercation musclée avec un lieutenant de gendarmerie... j'ai été obligé de me faire la paire vite fait, tout seul !

J'ai atterri à Brive-la-Gaillarde, un nom qui m'a toujours fait marrer, et je me suis retrouvé avec les gens de l'exode dans un centre de réfugiés.

Avec les deux ou trois lascars qu'étaient là avant moi, on donnait un coup de main plutôt léger dans ce centre de réfugiés. Ça continuait à arriver de partout. Les responsables étaient un couple curieux, la femme, en uniforme de capitaine de l'Armée du salut, avait été barmaid à Pigalle. Son mari, lui, était un ancien séminariste qui s'était fait virer par les curés pour je ne sais plus quelle salade. C'est les autres qui m'avaient affranchi. On servait à table, on faisait la plonge et on draguait. Ça marchait souvent. Peut-être à cause des circonstances, c'est possible, mais nous, on n'avait pas à se plaindre de ce côté-là.

Je m'étais trouvé une petite blonde sympa, une Belge qui venait de Courtrai. Elle avait une piaule dans le centre de réfugiés. Comme on avait les mêmes horaires, on se retrouvait le soir pour la bagatelle. Elle devait avoir mon âge, peut-être un peu plus. Tous les matins, elle m'apportait un bol de café au lit et je la regardais faire sa toilette en fumant une cigarette. Il y avait pas de lavabo dans la carrée, juste une cuvette émaillée sur une petite table et un seau de flotte qu'on devait aller remplir en bas. Bref, elle est là en culotte Petit Bateau, en train de s'essuyer avec ma serviette, une serviette kaki et, comme tous les jours, elle se rhabille vite fait pour aller bosser et vient m'embrasser avant de se tailler. Elle avait des dents exceptionnelles, superbes, cette nana, des perles, bien alignées, l'haleine fraîche. C'est ça d'ailleurs, son haleine, qui m'étonnait parce que je l'avais jamais vue se servir d'une brosse à dents, jamais... ça m'intriguait.

— Comment tu fais pour avoir des dents pareilles ?... Je t'ai jamais vue te laver les dents ?

Je l'entends encore, la petite Belge, avec son accent marrant :

— Je me lave jamais les dents, moi, sais-tu ?... Je bouffe une pomme tous les matins...

Si elle vit encore, la petite Belge, et qu'elle a conservé toutes ses ratiches, faut croire qu'elle avait raison de croquer une pomme tous les matins, mais moi à l'époque ça m'avait étonné...

Il s'est passé plein de trucs dans ce centre de réfugiés. Un après-midi, on vient trouver l'ancienne barmaid, la capitaine de l'Armée du salut qui avait un dévouement exceptionnel. Elle s'occupait, un peu comme une infirmière, des malades, des gosses, des vieillards, elle lavait les femmes âgées. Bref, elle n'arrêtait pas de la journée. Et là on vient lui demander si elle peut venir veiller une petite fille qui est mourante. Au centre de réfugiés, ils ont une Peugeot avec un gazogène, d'habitude c'est son mari, l'ex-séminariste, qui la conduit, mais, comme il n'est pas là et qu'elle sait que j'ai mon permis, elle me demande de l'accompagner.

C'était pas très loin de Brive, on a pris une petite route avec plein de virages, je me souviens plus le nom du bled. C'était une petite bourgade et la maison plutôt cossue où on allait était juste sur la droite après un passage à niveau... je ne me souviens plus que de ça, c'est drôle, les souvenirs...

C'est la mère de la petite fille qui nous a fait entrer dans la chambre. Une môme, de douze, treize ans, avec le visage enflé par endroits. Elle est là dans un grand lit, moi je reste en retrait près de la fenêtre et la capitaine se penche pour lui parler doucement. La môme a les yeux grands ouverts, fixes, elle doit plus rien entendre. La mère auprès du lit pleure en se planquant dans son mouchoir, elle nous a expliqué quand on est arrivés que sa gamine a une septicémie, d'après ce qu'a dit le toubib du coin, et qu'il y a rien à faire, elle est perdue... condamnée.

Elle nous a dit aussi qu'elle a demandé à une guérisseuse de passer, elle doit arriver d'une minute à l'autre, la guérisseuse. Elle n'y croit pas beaucoup, mais elle veut tout essayer. Je suis descendu fumer une cigarette près de la bagnole, puis j'ai vu arriver la guérisseuse, une bonne femme quelconque qui était avec une gamine du même âge que la mourante, une petite brune... blanche de peau, qui avait des cernes très noirs autour des yeux, comme du charbon. Je les ai accompagnées dans la chambre et là-haut, surprise, c'était pas la bonne femme qui était guérisseuse, c'était la petite brune. La maman de la mourante le savait bien sûr, mais la capitaine et moi, on s'attendait pas à ça.

Par curiosité, je suis resté dans la pièce pour voir ce qui allait se passer. Au fond de moi-même, ça me plaisait pas beaucoup, cette mascarade. Ça me gênait plutôt de voir ces deux gamines ensemble, l'une qui allait mourir et l'autre qui jouait les fakirs, ça faisait malsain. La petite brune avec sa voix d'enfant a demandé tout doucement qu'on replie le drap et elle a commencé à poser ses mains sur le corps de la gamine, par-dessus sa chemise de nuit. Elle faisait ça lentement, puis elle s'est tournée vers nous pour nous demander de sortir. Elle voulait rester seule avec la petite malade.

On est descendus dans la cuisine, tous les quatre, boire un café que la maman de la petite nous a fait réchauffer. Il s'est peut-être passé trois quarts d'heure et on a entendu la petite brune descendre l'escalier. La capitaine et moi, on est remontés dans la chambre. La gamine avait l'air d'une morte. J'ai pensé tout de suite que la petite brune, en voyant que c'était impossible de la guérir, avait fait ce qu'elle pouvait pour l'empêcher de souffrir. Mais non, elle n'était pas morte, elle respirait tout doucement. Vers 10 heures, on nous a servi une soupe dans la cuisine et on est revenus dans la chambre avec la capitaine pour veiller la gosse. Elle continuait de dormir, la petite fille. Nous, on était chacun dans un fauteuil et je me suis endormi.

C'est le jour qui m'a réveillé, instinctivement j'ai regardé vers le lit, la môme, l'air ensommeillé, me regardait avec un petit sourire comme si je faisais partie de sa famille...

— J'ai faim... je peux avoir du café au lait avec des tartines ?...

— Ben oui, bien sûr... bien sûr...

Je répétais « bien sûr » comme un con, tellement j'étais étonné de ce que je voyais... méconnaissable, elle était, son visage était redevenu complètement lisse, la capitaine est allée réveiller la mère pour lui annoncer le miracle...

Avant d'avoir vécu cette aventure, j'étais plutôt comme saint Thomas, quand on me racontait ce genre d'anecdote, j'évitais de me fendre la gueule pour pas faire de peine, mais j'y croyais pas du tout. Je l'ai pas oubliée, cette petite fille qui était condamnée... c'est loin tout ça, j'avais vingt ans, mais ça m'a marqué, cette histoire... j'y pense souvent... très souvent.

Un matin, des affiches dans la ville nous font savoir que tous les militaires doivent se regrouper à la caserne de Brive. Les troufions arrivent de partout. Le vrai cirque... la désorganisation totale. Le quartier est consigné jusqu'à nouvel ordre. On s'était fait piéger.

D'après les bruits qui couraient, on attendait d'être affectés en Afrique du Nord pour reformer une armée et virer les Allemands. Vu l'avance qu'ils avaient prise, ça me paraissait pas très évident... ils continuaient de rêver à l'état-major.

La seule distraction à la caserne, c'était le soir. On se tassait aux fenêtres grandes ouvertes pour entendre un fantaisiste qui se permettait de jouer l'extinction des feux à la trompette et en jazz, un vrai sacrilège dans l'armée. C'était un grand moment pour nous parce qu'on voyait dans la cour un sous-off, un connard, qui courait dans tous les sens pour essayer de localiser le joueur de trompette. On le voyait brusquement s'arrêter de courir, mettre la main en cornet à son oreille et repartir comme un fou sous les rires des bidasses, parce que nous, on savait d'où ça venait... Ça venait de la plaque d'égout qu'était au milieu de la cour. Le trompettiste, un excellent musicien, avait trouvé un passage souterrain qui rejoignait la sortie d'égout, et là, par le trou de la plaque, il soufflait dans sa trompette. Ça a duré plusieurs soirs. Puis il en a eu marre, le sous-off, il s'est fait aider, et un soir, ils l'ont piqué, Louis Armstrong. Pendant qu'il tirait quelques jours en taule, ils ont trouvé un gus pour jouer l'extinction des feux réglementairement au clairon. Pour montrer qu'on n'était pas d'accord, toutes les lumières des chambrées s'éteignaient en même temps, cinq minutes avant. Comme ça, le type, qui jouait d'ailleurs comme une truffe, soufflait pour rien dans son instrument...

C'est là aussi à la caserne de Brive qu'un jour après la bouffe on vient me chercher pour que j'aille chez le commandant... il me demande. C'est un type sympa, il adore le vélo, il sait que je suis un des espoirs du cyclisme, que j'ai mon permis de conduire et il me bombarde chef du service auto...

— Mais, mon commandant, j'ai aucun grade, je suis même pas première classe...

— Faut pas mélanger, mon petit vieux, d'abord première classe, c'est pas un grade, c'est une distinction, et puis je vais vous faire nommer caporal, comme ça il y aura pas de jaloux. D'autre part, j'ai besoin d'un chauffeur, c'est pour ça que je voulais vous voir... Venez donc avec moi, on va choisir la voiture.

Et nous voilà partis. En traversant la cour, on croise l'adjudant de compagnie. Je le salue instinctivement, et lui salue le commandant qui en fait autant. On fait quelques pas et le commandant se marre en coin et dit pour lui-même, mais assez haut pour que l'autre entende : « Et moi aussi. » Il était louf ou quoi ? Comme il avait pas l'air vache, je le questionne...

— Je peux vous poser une question, mon commandant ?

— Bien sûr...

— Quand il est passé, l'adjudant, tout à l'heure, il vous a pas parlé, et vous avez dit : « Et moi aussi » ?

Ça le fait rigoler, le commandant...

André Pousse dans son restaurant *(Ph. Cinestar.)*

Au départ d'une « américaine » au Vel d'hiv aux côtés de Toto Gérardin (1949). *(Ph. Collection de l'auteur.)*

Les Six jours 1948 au Vel d'hiv : André Pousse propulse Daniel Dousset qui deviendra un grand organisateur de critériums. *(Ph. Collection de l'auteur.)*

Lorsqu'il composait les programmes du cirque Médrano, André Pousse s'était vu offrir un lionceau... qui termina sa carrière chez Pinder ! *(Ph. Collection de l'auteur.)*

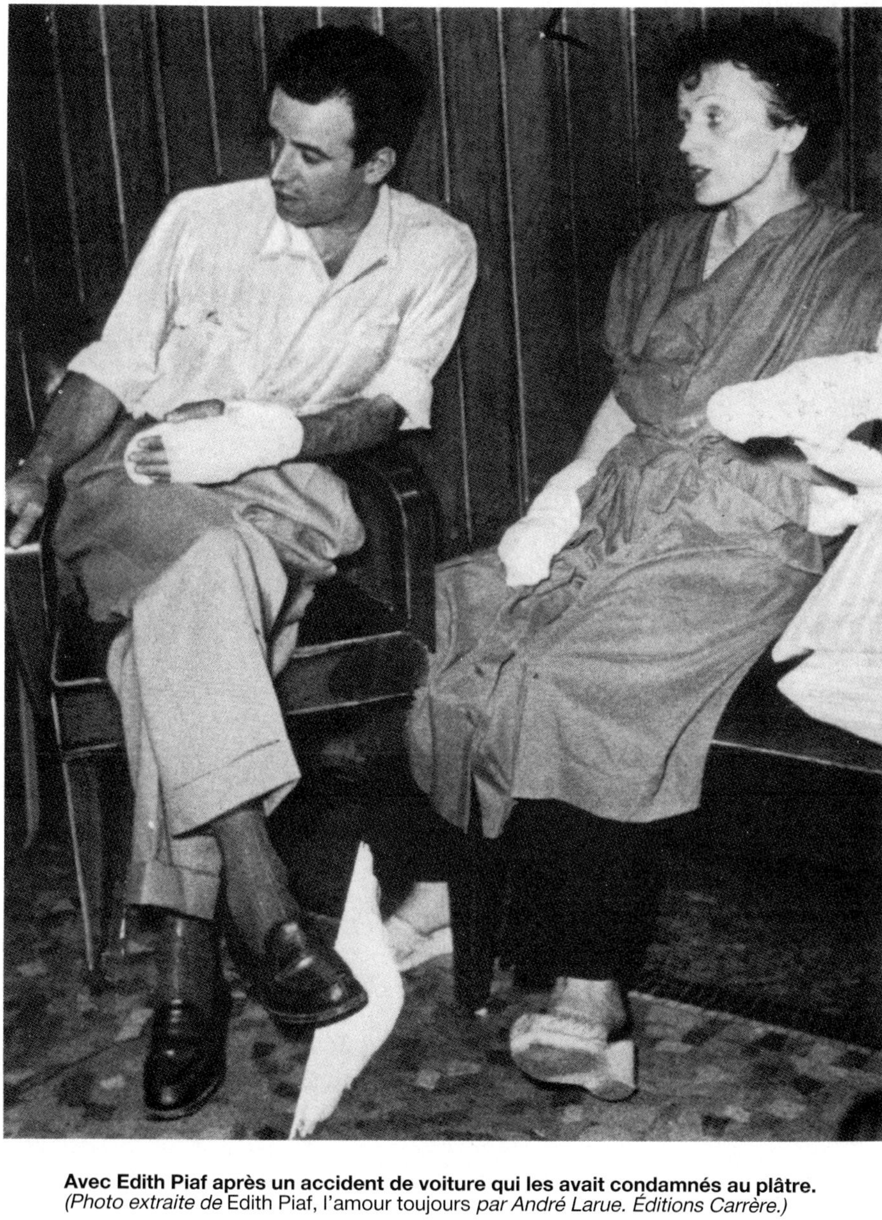

Avec Edith Piaf après un accident de voiture qui les avait condamnés au plâtre.
(Photo extraite de Edith Piaf, l'amour toujours *par André Larue. Éditions Carrère.)*

En compagnie d'Elvis Presley et de Nancy Holloway. *(Ph. D.R.)*

Avec Michel Audiard et Jean Gabin. *(Ph. D.R.)*

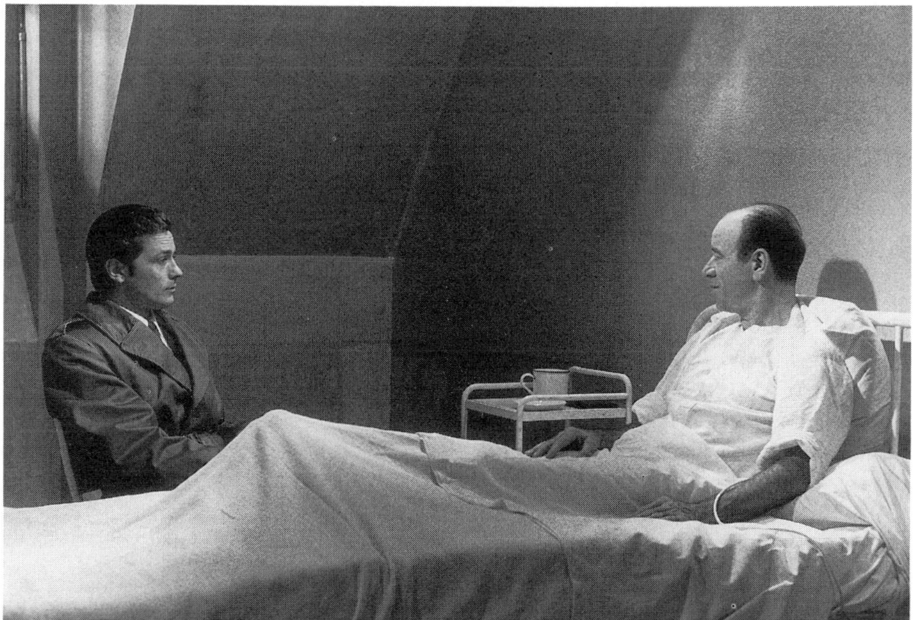

Face à Alain Delon dans *Flic Story*. *(Ph. D.R.)*

Avec Jean-Louis Trintignant et Maurice Barrier dans *Flic Story* de Jacques Deray *(Ph. D.R.)*

Avec Jean-Pierre Darras sur la scène du théâtre Saint-Georges dans *N'écoutez pas Mesdames* de Sacha Guitry. *(Ph. Bernard.)*

Tango avec Johnny Hallyday.
(Ph. Jean Aponte. Méditerranée photo.)

Relations publiques au Six jours de Paris. Jacques Anquetil et Marie-Christine Debourse ; assis, Didier Pironi, Jean-Claude Bouttier et Guy Drut. *(Ph. D.R.)*

Six jours toujours avec Bernard Vallet et Bernard Tapie. *(Ph. D.R.)*

Dans *La 7e compagnie au clair de lune* de Robert Lamoureux.
(Ph. Jean-Louis Castelli.)

— Non, il ne m'a rien dit, mais ici je les connais bien, les sous-off, l'adjudant de compagnie particulièrement, il ne peut pas me sentir, alors, quand il me salue, il dit tout bas : « Moi, je t'emmerde » et comme j'en pense pas moins, je fais comme lui et je lui dis : « Et moi aussi », vous comprenez ?

Ce que je comprenais surtout, c'est qu'on était commandés par de drôles de lascars en 1940. Dans l'armée, c'était toujours les « Gaîtés de l'escadron », ça n'avait pas beaucoup changé depuis Courteline. Je ne sais pas si c'était la même chose dans l'armée allemande, peut-être bien qu'ils s'amusaient aussi entre eux à se faire ce genre de truc, mais ça les avait pas empêchés de nous rentrer dedans et de gagner la guerre. Finalement, il y a eu contrordre, j'ai jamais fait le chauffeur du commandant et j'ai pas été nommé caporal non plus. Mais comme j'étais le seul à connaître un peu les automobiles, je faisais fonction de chef du service auto.

Un soir, on reçoit l'ordre du colonel d'aller chercher les camions en bon état qui étaient dans un parc à quatre ou cinq kilomètres de la caserne.

On a commencé le lendemain, au réveil, et le soir la manœuvre était terminée, les camions sains étaient garés dans la cour... Y en avait quarante-deux si ma mémoire est bonne.

Le jour d'après, la cour était vide. J'en revenais pas.

Je me demande encore si c'est pas le colonel qu'a fourgué tous les camions...

Après, ça s'est précipité. Hitler et le maréchal Pétain se sont entrevus à Montoire et l'armistice a été signé.

La riflette qu'on n'avait pas faite était terminée. Notre service militaire allait se passer dans ces fameux « Chantiers de jeunesse » qui venaient d'être créés par le « Sauveur de la France ». Travail... Famille... Patrie, c'était la nouvelle devise.

On a quitté la caserne peu de temps après et on s'est retrouvés dans un Chantier de jeunesse à Laval-sur-Luzège à côté de Lapleau, près du plateau de Millevaches, un coin paumé, où les corbeaux viennent avec des musettes de ravitaillement. C'était le bout du monde, ce bled. Ils vivaient pas dans des grottes et ils ne se sapaient plus avec des peaux de bêtes, mais, question mentalité, c'était encore préhistorique dans la région...

Un soir, on devait être en septembre, il pleut à verse et avec un pote on s'est abrités sous un arbre, un noyer, près de la route. Ça dure, on attend que ça se passe et, après un coup de vent, quelques noix tombent de l'arbre. J'en ramasse une et on entend :

— Touchez point à ça !... C'est point à vous, les noix...

On se retourne et on voit une vieille ferme avec un porche où se tient un paysan coiffé d'une casquette. Avec la pluie, on l'avait pas vu, celui-là, il était de la même couleur que les murs.

— Touchez point à ça !... C'est point à vous, les noix...

Vous vous rendez compte, j'en avais ramassé une et il nous parlait comme si on était des voleurs de grand chemin. Peut-être même que, s'il avait eu son fusil de chasse, il nous aurait plombé le cul. Comme il nous avait vexés, ce connard, le lendemain dans la nuit on est revenus à plusieurs... avec un sac.

Tous les matins, on se mettait en rangs devant les baraquements, on hissait les couleurs, puis, après avoir chanté *Maréchal nous voilà*, chacun partait bosser.

On avait trouvé, dans le patelin du coin qui était à quelques kilomètres du camp, un troquet qui faisait restaurant. Le patron, et ça nous avait un peu étonnés, mes potes et moi, était pédé comme un phoque. A l'époque, c'était pas trop voyant, un homosexuel, c'était discret, sauf peut-être quelques artistes à Paris ou dans les grandes villes. Mais là, dans ce bled perdu, il surprenait.

Dans ce troquet, on y allait souvent, d'un coup de vélo. Assis à la terrasse, on regardait passer la fin de l'exode. Il y en avait qui retournaient chez eux, d'autres qui préféraient prendre le large vers la côte. C'était plus la panique du début, mais c'était encore le bordel.

Quelquefois, une famille venait s'installer près de notre table pour bouffer, et comme ils nous voyaient fringués en troufion, ils nous questionnaient. Comme je vous l'ai dit, la guerre éclair, on n'avait pas eu le temps de la voir passer, et on n'avait même jamais vu l'ennemi. Mais, à la caserne de Montargis, ceux qui avaient fait la campagne du nord de la France, la retraite de Belgique, Maubeuge-Dunkerque à pied, deux cent quarante bornes, nous avaient tout raconté en long et en large. On connaissait le sujet par cœur : les Stukas qui piquaient sur notre colonne, les parachutistes allemands déguisés en bonnes sœurs qu'on avait fusillés. Sans compter nos emmerdes à Dunkerque, quand les Angliches nous tapaient sur les pognes à coups de crosse pour pas qu'on monte sur leurs bateaux.

Ils étaient pas déçus, les civils, on leur servait du Alain Decaux avant la lettre, et invariablement ils nous offraient l'apéro. Nous, hypocrites, on refusait poliment :

— Vous êtes gentil, monsieur, mais on préfère pas,

comme on a pas les moyens de manger, ça serait pas raisonnable...

Deux secondes plus tard, évidemment, on se retrouvait à leur table pour attaquer les hors-d'œuvre.

D'autres fois, on attendait qu'ils aient commencé leur repas et j'improvisais, après avoir repéré le numéro du département sur la plaque minéralogique de leur bagnole. Je m'arrangeais pour croiser le regard d'un des clients, j'esquissais un petit sourire entendu et j'attaquais :

— Vous n'êtes pas de Lyon par hasard ?

— Si, pourquoi, vous êtes de là-bas ?

— Ben, pas exactement, moi je suis de Paris, mais, quand j'étais môme, j'allais souvent en vacances chez mes grands-parents, ils tenaient une boucherie là-bas... près de la place Bellecour.

— Ah bon... ben, nous on y retourne à Lyon, maintenant que ça s'est un peu tassé... mais restez pas là... vous êtes de quel régiment ?

Et ça repartait, les Angliches avec leurs coups de crosse, les fausses bonnes sœurs qu'on avait fusillées, les Stukas qui piquaient à mort...

Pratiquement, on bouffait tous les soirs à l'œil. Les soirs de « fiasco », le taulier nous offrait le plat du jour.

Pour en revenir à cette « folle », il m'aurait pas fait payer pour la bagatelle, il me faisait une cour pressante, j'avais un sérieux ticket.

De temps en temps, il nous proposait de rester dormir chez lui. C'était rituel, on était habitués. Il venait s'asseoir à notre table avec une bouteille, et c'est toujours par moi qu'il commençait :

— Entre hommes on va pas se gêner, il y a de la place

pour deux dans mon grand lit et, pour vos camarades, il y a la petite chambre du rez-de-chaussée, on s'arrangera.

Tu parles, c'était surtout moi qu'il voulait arranger.

Comme il voyait qu'on sautait pas vraiment sur l'occasion, il se levait et commençait à empiler ses chaises, nous, on finissait sa bouteille en essayant de ne pas éclater de rire. Son boulot fini, il revenait à la charge :

— Alors, c'est d'accord ?

— Non, non, on vous remercie, monsieur, mais c'est pas possible, on vous l'a dit l'autre jour... c'est pas possible à cause des appels-surprises...

On racontait n'importe quoi pour se dégager et on se taillait.

Un soir, on n'a pas pu s'en tirer comme ça. Il a tenu à nous faire un brin de conduite. Il avait offert du champagne, c'était difficile de refuser. On était là, mes deux potes et moi, à marcher sur la route, en tenant nos vélos à la main, eux marchaient devant, le restaurateur et moi, on suivait à quelques mètres.

Comme j'étais bronzé, il me disait que je ressemblais à un acteur, à un Sud-Américain, il se souvenait plus du nom, mais que ça allait lui revenir. Je le laissais jacter, j'écoutais pas. Je cherchais comment lui faire comprendre encore une fois, sans le vexer, que j'en croquais pas, que j'en étais pas, de la jaquette, que c'était pas ma discipline.

— Allez, salut, Dédé, à demain... Au revoir, monsieur, et merci...

Et les deux autres, ces enfoirés, histoire de déconner, avaient enfourché leur vélo et ils s'éloignaient en se marrant, à grands coups de pédales.

Moi, question pédale, j'étais servi. Ça l'arrangeait drôlement, mon amoureux, que les autres nous aient laissés en tête à tête. On a fait quelques pas en silence. Je regardais droit devant moi, tandis que lui me zieutait en coin, l'œil trouble. Puis j'ai senti qu'il me prenait par la taille, sans trop appuyer... j'avais pas l'air con ! J'ai fait encore trois ou quatre pas, puis je me suis arrêté. Presque en même temps, il a retiré sa pogne, l'air gêné. Il fallait que je trouve quelque chose, que j'invente un truc, pour m'arracher sans trop lui faire de peine.

J'étais partagé entre deux sentiments, lui mettre une tarte dans la gueule, et alors fini la gamelle, ou alors continuer l'idylle... je tergiversais... Pendant que je réfléchissais, il s'enhardissait, mon amoureux... il voulait m'embrasser... Brusquement, un souvenir :

— Pas le premier jour, je lui balance.

C'est une jeune fille qui m'avait dit ça un an plus tôt. Il est sidéré, le restaurateur...

Bien des années plus tard, une grande dame de la chanson me l'avait balancée aussi, cette réplique !... Mais avec elle on a eu une belle idylle.

Après les Chantiers de jeunesse, je suis remonté à Paris, c'était le début de l'occupation. Le chien, celui que j'avais trouvé sur la route en revenant un jour de Laval-sur-Luzège, je l'avais donné à un copain, je l'avais pas pris avec moi, parce qu'on m'avait dit que les Allemands tuaient les chiens à la ligne de démarcation. On racontait n'importe quoi à l'époque. J'ai retrouvé l'appartement de la rue Gay-Lussac où j'habitais avec ma mère, et j'ai recommencé à faire du vélo.

J'étais en première catégorie amateur, je suis rapidement passé « pro » et je faisais tous les jours cent, cent vingt kilomètres pour m'entraîner. J'en profitais évidemment pour aller dans les fermes chercher du ravitaillement que je ramenais dans ma musette.

En général, j'allais m'entraîner avec mon équipier. On n'a jamais été contrôlés sur les routes, rien... sauf par les gendarmes français. Les Chleuhs ne nous emmerdaient pas. Quand on croisait une de leurs bagnoles, ils nous balançaient peut-être des vannes, mais, comme on comprenait que dalle, on prenait ça pour des encouragements. On a appris plus tard qu'ils avaient des instructions pour donner une bonne impression, la belle image de marque... les soldats gentlemen si l'on peut dire. Ça n'a pas duré très longtemps...

Un coureur professionnel dans ces années-là, ça se voyait tout de suite. Maintenant, c'est plus la même chose. Il y a plein d'amateurs de la « petite reine » déguisés en coureurs qui se promènent sur des vélos de vingt mille balles. Mais pendant l'occupation, ce genre de vélo, ça ne courait pas les rues.

A part ceux qui venaient me voir courir au Vél'd'hiv', je les voyais jamais, les Allemands.

Malheureusement, tout a une fin. J'avais l'âge de partir au S.T.O., le Service du travail obligatoire, et j'ai reçu une convocation pour une visite médicale à l'Hôtel-Dieu. Là, je ne rigolais plus. Si je partais en Allemagne, c'était sûrement pas pour faire du vélo sur les autostrades, je me voyais plutôt manœuvre dans une usine d'armement. Chez Messerschmitt par exemple, où j'aurais pu copiner avec Georges Marchais qui devait déjà s'y trouver à l'époque...

Bref, pour passer à travers, c'était pas de la tarte, fallait être mineur de fond, donneur de sang universel, ou, allez savoir pourquoi, fabriquer du charbon de bois...

Je connaissais le médecin-chef du service de radiographie du Val-de-Grâce, le docteur Ramona qu'il s'appelait, comme la chanson du même nom. C'était un ami, le docteur Ramona, on jouait au bridge ensemble au Ludo. Je lui ai raconté mon histoire et il m'a fourni la radio d'un type qui avait un ulcère à l'estomac, qui lui avait été fatal deux semaines plus tôt. « Ne la perds pas, qu'il m'avait dit, Ramona, c'est une pièce de collection ! » Il m'a donné aussi quelques conseils que je devais suivre avant de me présenter devant ses confrères allemands. D'après lui, ça devait marcher.

Moi, c'était la radio qui m'inquiétait. J'aurais préféré quelque chose de plus discret comme ulcère.

Un peu inquiet, le jour dit, je me suis présenté à la commission de contrôle, ma radio à la main, après avoir passé une nuit blanche avec une copine qui était une véritable voleuse de santé. Comme on avait aussi un peu forcé sur la boisson, je leur ai fait plutôt peur à la commission avec ma tronche pas rasée.

Je les vois encore en train de se passer ma radio qu'ils examinaient rapidement en faisant la grimace. Ils jactaient en allemand, à voix basse, tout en me lorgnant en coin. Visiblement, je les étonnais d'être encore en vie. Moi, la tête rentrée dans les épaules, je regardais mes godasses en attendant le verdict. Ça n'a pas traîné, j'étais reconnu inapte. Et ils ont appelé le suivant.

J'ai repris ma radio et, sans trop me presser, je suis ressorti de la salle... Ils ne devaient pas aller souvent au Vél'd'hiv', ces cons-là...

A Paris comme dans toute la France, il y a eu à cette époque-là des héros, des vrais, mais il y a eu aussi beaucoup de lascars qui ont attendu que les Américains et l'armée Leclerc arrivent aux portes de la capitale pour entrer dans la Résistance. Comme les Allemands étaient tous barrés ou presque, ils en ont profité pour régler leurs comptes personnels, et je peux vous dire que ça n'avait rien à voir avec le patriotisme...

Au 25 de la rue Gay-Lussac, à côté de chez moi, un groupe de résistants avec des brassards F.F.I. tout neufs sont venus chercher une bonne femme qui habitait au troisième étage. Comme le mari s'interposait, ils lui ont vidé un chargeur dans le ventre et ils lui ont fait descendre l'escalier, à la dame, à grands coups de lattes dans le cul.

Arrivés en bas, ils lui ont rasé les tifs, dessiné une croix gammée sur le crâne avec un bâton de rouge à lèvres et ils l'ont baladée à poil dans la rue devant tout le monde, dans une charrette à bras.

Je vois encore ça de ma fenêtre. Les gosses qui se marraient en courant autour. Beaucoup de passants, les femmes surtout, quittaient le trottoir pour venir cracher à la gueule de cette pauvre femme qui avait eu le malheur, soi-disant, de s'envoyer en l'air avec les Allemands. Je dis « soi-disant », car ils sont revenus le lendemain, les vengeurs tricolores. Ils sont revenus au même numéro et, là, ils sont montés directement au quatrième étage. Ils s'étaient gourés. C'est là qu'habitait la nana qu'ils cherchaient.

Avec elle, ils n'ont pas pu renouveler leur cirque de la veille, elle s'était déjà tirée. Dans un sens, elle a eu du pot, la professionnelle...

J'ai su par ma mère qu'ils étaient retournés, une semaine après, chez la dame du troisième pour s'excuser de la méprise, et qu'ils avaient organisé une collecte dans le quartier pour lui acheter une perruque. Elle a dû être contente, la dame, de retrouver ses tifs après avoir perdu son mari. On croit rêver.

Moi aussi, un jour, j'ai eu de la visite : des F.F.I. ou des F.T.P., des vrais ou des faux, allez savoir, sont venus chez moi, tout ça parce qu'ils avaient appris que j'avais connu Abel Danos, un redoutable truand qui fréquentait le Vél'd'hiv', et qui était à l'époque en cavale...

Donc, ils sont là à plusieurs, derrière ma porte. Je les entends chuchoter sur le palier. Il y en a un qui sonne comme un fou depuis cinq minutes. Ça commence sérieusement à m'emmerder, les coups de sonnette, d'autant plus qu'ils ne veulent pas me dire ce qu'ils sont venus foutre...

— Ouvrez, on a à vous parler.

— Dites-moi d'abord qui vous êtes, j'ouvre pas à n'importe qui.

— Ouvrez, on a à vous parler.

— J'ouvre pas à n'importe qui, je viens de vous dire.

Un dialogue de sourds, ça risquait de durer longtemps. Fallait que je prenne les devants sans prendre de risques. A l'époque, je vous le rappelle, tout était possible, et j'avais pas envie de me faire allumer, comme le mari de la dame du 25, par un de ces excités.

D'un seul coup, j'ai ouvert la porte, un 11.43 à la main, une grenade dégoupillée dans l'autre. Ils s'attendaient pas à ça, ça leur a fait tout drôle de voir que j'avais des outils qui venaient aussi d'Angleterre. Comme j'avais rien à me reprocher ni de comptes à leur rendre, je me suis pas éternisé à leur faire la conversation, je leur ai dit de se casser vite fait, sinon je les laissais jongler sur le palier avec la grenade. Ils n'ont pas insisté.

C'est tout à fait par hasard que j'ai débuté dans le cinéma. Le metteur en scène Noël Howard, qui a collaboré entre autres à la réalisation de *Lawrence d'Arabie* et *Terre des pharaons*, me téléphone un jour à mon bureau au Moulin-Rouge. Je le connais depuis un bon bout de temps, Noël Howard... à Saint-Germain-des-Prés, on fréquente les mêmes endroits... le Montana, le Flore et le Bilboquet. Bref, comme il sait que je m'occupe d'une agence de variétés, je pense tout de suite qu'il va me demander un jongleur, un équilibriste ou un lanceur de couteaux pour doubler une vedette dans un film.

Ça m'est déjà arrivé ce genre de truc, pour Gene Kelly, par exemple, qui cherchait des acrobates. Je lui en avais présenté plusieurs, mais cela ne lui convenait pas, il m'avait montré lui-même les acrobaties qu'il voulait pour son film. J'avais été surpris de ce qu'il savait faire, Gene Kelly.

Pour en revenir à Noël Howard, c'est pas du tout un professionnel du spectacle qu'il veut, non... ce qu'il cherche, lui, c'est quelqu'un pour jouer un patron de boîte de nuit, un peu trafiquant de drogue sur les bords. Je lui rappelle que je m'occupe pas d'une agence de cinéma, mais il insiste pour qu'on déjeune ensemble le jour même, et qu'il va m'expliquer.

Au restaurant, il est pas seul, Noël Howard, il y a là Christian Plume, Ray Ventura et Yvan Audouard. Je salue tout le monde, je m'assois à leur table, on boit un verre, puis Ray Ventura me dévisage en souriant et hoche la tête en s'adressant à Noël Howard :

— T'as raison, Noël... c'est toi qu'as raison...

Comme je suis sur la sellette, je leur demande de m'expliquer ce qui se passe, et Noël me dit qu'il m'a fait venir parce qu'il pense que c'est moi qui peux jouer le rôle du patron de boîte de nuit. Je me marre... je les crois pas... je ne suis pas comédien... ils se foutent de moi ou quoi ?... Non, je vois qu'ils sont sérieux et, à la fin du repas, ils m'ont convaincu. Ils m'ont convaincu parce qu'ils m'ont dit qu'on allait se marrer et qu'en plus le film se passe en Camargue. Moi, quand on me dit qu'on va rigoler, je suis toujours partant ; qui plus est, comme j'aime le soleil, j'ai plutôt tendance à prendre l'avion pour aller en dessous de la Loire, plutôt qu'au-dessus.

J'ai donc tourné pendant une semaine en Camargue en faisant un patron de boîte de nuit. Ils avaient raison, on ne s'est pas embêtés. C'était Johnny Halliday qui était la vedette de ce film, lui aussi c'était la première fois qu'il tournait. *D'où viens-tu Johnny ?* ça s'appelait... faut bien dire qu'on s'était pas trop cassé la tête pour le titre.

Voilà comment ça a commencé, mes débuts au cinéma. Puis après j'ai continué mon boulot d'agent comme avant, et un soir je vais dîner chez Moustache, dans son restaurant avenue de Breteuil, et au bar je tombe sur Michel Audiard que je connaissais du Vél'd'hiv', à l'époque où il venait s'entraîner en amateur avec nous plusieurs après-midi par semaine. On bavarde, il me dit que ça lui ferait plaisir si je pouvais jouer un petit rôle dans un film qu'il vient de dialoguer pour Lautner. Je me renseigne...

— Où ça se passe, votre truc ?

— On tourne dans le Midi, à Nice... C'est avec Lino Ventura, Michel Constantin et Jean Lefebvre... viens, on va se marrer.

Et rebelote, comme je vous l'ai dit, j'aime bien rigoler au soleil et j'ai pris l'avion, ça s'appelait *Ne nous fâchons pas*, le film. Deux mois plus tard, Michel Audiard me rappelle pour me proposer un rôle de chauffeur de taxi colérique dans un film de Serge Korber, *Un idiot à Paris*. Je lis le scénario et ça m'amuse, parce que ce chauffeur dans le film, c'est un cas... un louf mal embouché qui en veut au monde entier : « Avance, connard... Et le rouge ! tête de con, c'est fait pour qui ?... Ta gueule, pédé », etc. J'accepte bien sûr, tout en continuant entre-temps à diriger mon agence.

En plus des spectacles que je montais, je m'occupais aussi de galas de fin d'année, celui de la Banque de France entre autres. Et un jour, précisément, les gens de leur comité d'entreprise, que je connaissais bien, viennent me voir pour leur gala annuel, pour qu'on se mette d'accord sur les dates, et au cours de l'entretien dans mon bureau, il y a un des responsables qui me balance :

— Je voulais vous poser une question, monsieur Pousse, c'est bien vous que j'ai vu dans un film au volant d'un taxi en train d'insulter la terre entière... très grossièrement d'ailleurs... je vous ai vu aussi dans je ne sais plus quoi avec un revolver où vous tuez plein de personnes... franchement, vous faites peur, avec ma femme, ça nous a étonnés...

Visiblement, ça lui plaisait pas, mes prestations cinématographiques. Ça l'inquiétait plutôt de me voir sur la pellicule avec ma gueule de tueur en train de m'expliquer à coups de calibre. Il devait avoir peur que je foute la trouille aux mômes des employés de la Banque de France s'ils me voyaient à leur arbre de Noël que je leur organisais chaque année.

Il trouvait ça incompatible, mes fonctions d'organisateur

et de voyou. Ce qui fait que j'ai failli refuser à Michel Audiard de tourner dans *Fleur d'oseille* par peur de perdre mes clients. C'était tentant parce que c'était un très beau rôle, un personnage important. J'hésitais quand même. Finalement, il m'a persuadé, Michel, et je ne regrette rien, comme dans la chanson, parce que c'est grâce à lui et à Georges Lautner que tout a commencé pour moi avec ce film...

J'avais de très bonnes relations avec Gabin, que je connaissais avant d'être dans le cinéma. Quand j'étais coureur cycliste, il lui arrivait de faire du vélo avec moi. Il venait de temps en temps avec les pros, faire quelques tours au bois de Boulogne. On roulait pas trop vite. Tout le monde était content d'être avec Gabin.

Un jour, au studio, pendant le tournage du *Drapeau noir flotte sur la marmite*, je sors de ma loge qui était en face de celle de Gabin et je le croise dans le couloir. Je lui tends la main.

— Bonjour, Jean, ça va ?

En guise de réponse, il m'évite et s'éloigne tout en grommelant :

— Oh ! la la ! toujours les pognes en avant !

J'étais vexé. Comme je vous l'ai dit, j'étais en très bons termes avec lui, on se tutoyait, ce qui était rare, car Jean disait « vous » à tout le monde pour ne pas qu'on le tutoie. Je ne comprenais pas ce qui lui avait pris.

Le lendemain, j'arrive sur le plateau et, ostensiblement, je salue tout le monde, sauf Gabin qui était assis dans un coin. Quelques secondes se passent, puis Jean m'interpelle :

— Dédé !

Je m'approche, très décontracté.

— Alors, tu ne me dis pas bonjour ?

J'avais toujours pas digéré la scène de la veille.

— Faudrait savoir ce que tu veux, Jean. Quand on te tend la main, c'est : « Oh ! la la ! toujours les pognes en avant ! » Et quand on te dit pas bonjour, ça ne te plaît pas non plus.

Et je m'éloigne de sa chaise. Tout le monde s'était tu sur le plateau. On était stupéfait de mon audace..., de la façon dont je parlais au Vieux. C'est Gabin qui a rompu le silence.

— J'ai dit à tout le monde : « On se serre la pogne le premier jour et le dernier jour du tournage, un point, c'est tout... » Sans ça, c'est quatre-vingts mecs que je dois saluer deux fois par jour : « Bonjour, Jean... Bonjour, monsieur Gabin, comment ça va ?... Comment vont vos filles ?... Comment vont vos chevaux ?... Comment vont vos vaches ?... » Et le soir, ça recommence, alors, moi, ça m'emmerde, tu comprends ?

Bien sûr que je comprenais, mais je lui ai fait remarquer que j'étais pas là lorsqu'il avait décidé ça et que, pour les jours à venir, je ne savais toujours pas comment il fallait que je lui dise bonjour...

Un peu agacé, Gabin avait levé sa main droite à la hauteur de sa tête.

— Eh ben, t'as qu'à faire comme ça, et tu dis « Salut »... d'accord ?

— D'accord.

Le lendemain, j'arrive sur le plateau, je serre la main à toute l'équipe, puis je me tourne vers Gabin, toujours assis dans son coin, et je lui fais rapidement un petit geste de la main, comme il me l'avait montré la veille...

— Salut !

Et je lui tourne le dos en attendant la suite des événements. Ça n'a pas tardé.

Conscient du ridicule de la situation, Gabin a tout de suite réagi.

— Dédé !

— Oui ?

— Ça va durer longtemps, tes singeries ? Allez, viens t'asseoir...

Son habilleuse, qu'on appelait « la grosse Micheline », m'a laissé sa place, un peu à regret. Et pour me montrer qu'il avait oublié l'incident, il a souri, Gabin, tout en me questionnant :

— Dis-moi, je te parie que t'es pas capable de me dire les noms des quinze derniers champions du monde de boxe poids lourds...

C'était ça aussi, Gabin.

Pour en revenir à « la grosse Micheline », son habilleuse, c'était pas du tout un cadeau, et ça datait pas d'hier. Ça faisait bien trente piges qu'on était obligés de se la farcir sur les plateaux. Évidemment, elle avait une passion pour Gabin. C'était son idole, elle voulait le protéger. Elle s'arrangeait toujours pour faire le vide autour de lui. Lorsqu'on la questionnait discrètement sur l'humeur du Vieux, elle répondait invariablement :

— Oh ! la la ! aujourd'hui il est pas de bon poil, c'est pas le moment d'aller lui parler.

On la croyait sur parole et en règle générale on suivait son conseil, ce qui faisait que, de temps en temps, Gabin, qui n'était au courant de rien, s'étonnait d'être laissé à l'écart...

— Alors, qu'est-ce qui se passe ? Pourquoi on me parle pas ?... J'ai rien fait à personne, moi !

Un après-midi où il faisait moins 10 moins 12 degrés, on tournait dans les environs de Paris, dans une sucrerie désaffectée. Tout était cassé là-dedans, il y avait plus une vitre, plus rien, le vent sifflait de partout, des courants d'air pas croyables. Gabin avait pris froid d'ailleurs, c'était *Le Pacha* qu'on tournait. Dans la séquence qu'on était en train de faire, je joue le personnage de Quinquin, un truand... Gabin vient de me tirer dessus et je suis là, au sol, en train de crever. J'ai un blouson, un truc d'été, plutôt léger, et j'attends que Georges Lautner finisse de régler le plan.

Ils ont fait un trou dans le sol pour mettre la caméra et c'est long, ça dure, je pèle de froid malgré les projecteurs. Je suis de mauvaise humeur, parce que je viens d'avoir des mots avec la scripte, qui vient de me demander, cette conne, d'arrêter de trembler. C'est facile pour elle, avec ses gants et sa canadienne, de dire ça. Donc, je suis allongé au sol, mortellement blessé comme on dit, par Gabin qui vient de m'envoyer un coup de calibre, sans faire les sommations d'usage, et, tout truand que je suis, je lui reproche de m'avoir tiré dessus comme ça...

« Vous n'aviez pas le droit, commissaire... — Tu vois, Quinquin, c'est plus facile à distribuer qu'à recevoir, les bastos... », puis Jean Gabin s'éloigne après avoir balancé sa réplique. Comme Lautner filme cette scène au ras du sol, on me voit le visage et le haut du corps, tandis que Gabin, lui, est cadré à mi-cuisse. On ne voit que son froc et ses godasses.

N'importe qui de sa corpulence peut le remplacer, pas pour le texte bien sûr, mais, comme on voit pas sa tête, il le fera plus tard avec l'ingénieur du son. Pour l'instant, c'est Claude Vital, le premier assistant, qui va parler à sa place. Et Lautner, qui sait que Jean a pris froid, ne le dérange pas pour ce plan-là, il le laisse dans sa caravane qui est dehors sous la neige au milieu de la cour de la sucrerie. On passe le pantalon et les chaussures de Gabin à Claude Vital et on commence à tourner. On fait une prise, on recommence et tout à coup on entend : « Coupez... »

Lautner est furieux, au cinéma il y a que le metteur en scène qui peut dire ça...

— Qui a dit : « Coupez » ?

Et on voit Gabin en peignoir, une cigarette aux lèvres, qui sort de l'ombre...

— C'est moi...

— Qu'est-ce qui se passe, Jean ?

— Il se passe que je suis dans ce plan-là et qu'on m'a pas appelé.

— Mais, Jean, je voulais pas vous déranger... on voit que votre pantalon et vos chaussures...

— Peut-être bien, mais André, quand il va entendre ton guignol jacter à ma place, il aura pas le même regard... allez, donnez-moi mon futal et mes pompes... c'est mon boulot, c'est à moi de le faire, je suis payé pour ça...

Lorsqu'un second rôle devait dialoguer avec Jean Gabin, c'était pas l'assistant ou la scripte qui lui donnaient la réplique comme ça se fait souvent, il restait sur le plateau, Jean, pour aider le comédien, il tolérait pas qu'on fasse autrement. Même dans une scène où il avait rien à dire, Jean Gabin venait près de l'appareil pour que le comédien puisse parler à la caméra en le regardant, lui et pas un autre. C'est une belle leçon de professionnalisme.

Cela dit, il n'était pas toujours facile, Jean Gabin. Dans *Le drapeau noir flotte sur la marmite* de Michel Audiard, il joue le rôle d'un marin qui veut faire croire à son petit-neveu qu'il a été un grand navigateur, alors qu'en réalité il a été cuisinier sur un torpilleur pendant la dernière guerre. Alors, comme il veut épater son petit-neveu, il parle comme un ancien marin : « Bon maintenant il faut que je me tire... parce qu'on m'attend... je prends le cap sud... sud-ouest... » Mais au lieu de dire « sud... sud-ouest », il dit « sub, sub-ouest »... « Coupez ! » fait Audiard... on la retourne tout de suite...

Gabin envoie le début de sa réplique et se plante encore avec « sud » qu'il prononce *sub*... « Coupez... — Merde, alors », fait Gabin.

Profitant de la pause, le chef opérateur rectifie rapidement les lumières, il modifie l'éclairage sur Gabin qui fait la grimace...

— Heureusement que je me suis planté, sinon j'étais mal éclairé.

Sur le plateau, c'est le silence...

— Moteur... ça tourne... annonce...

— « Parce qu'on m'attend... je prends le cap sub sub-ouest... »

— Coupez.

Et là, avant qu'on attaque une autre prise, Gabin se tourne vers les machinistes...

— Dites-moi, les machinos, quand c'est à vous, je ferme ma gueule, alors, quand c'est à moi, vous en faites autant, d'accord ?

Bien sûr, personne n'avait parlé pendant la prise, c'est Gabin qui cherchait une raison pour justifier qu'il se plantait avec son texte. Ils connaissaient bien sa mauvaise foi à Gabin, les machinos, mais, contrairement à ce qu'on a beaucoup dit, ils l'aimaient bien, j'ai vérifié. Bref, le tournage reprend, Audiard est un peu tendu...

— Allez, Jean, on la refait tout de suite...

— Moi je veux bien qu'on la refasse tout de suite, mais c'est tout de suite, c'est pas dans une heure... et puis d'abord, pourquoi t'écris des trucs qu'on peut pas dire...

— Eh bien, change, dis autre chose... t'as qu'à dire « nord... nord-est », si tu veux...

On se remet à tourner. Jean Gabin dit « nord... nord-est » sans se gourer. C'est dans la boîte. Tout le monde est content. Avant de quitter le plateau, Jean Gabin allume une cigarette et s'approche d'Audiard...

— Tu vois, Michel, quand t'écris des trucs qu'on peut dire, je suis pas plus con qu'un autre...

Quand il était de mauvaise foi, Gabin, c'était pas qu'un

peu, avec Audiard, on a attendu qu'il se casse pour éclater de rire...

Toujours pour le même film, on tournait à l'extérieur au bord de la Marne, il est midi, on arrête, et au moment où j'entre dans ma bagnole, il y a Jean Gabin qui m'appelle...

— Dédé, qu'est-ce que tu fais à midi, tu déjeunes ?

— Ben oui...

— Où ça, tu remontes à Paris ?

— Pas forcément.

— Ben, bouffe avec nous, je suis avec le petit cycliste...

On prend sa voiture et Jean nous emmène, Michel Audiard et moi, dans un petit restaurant sympa qu'il connaît du côté de Chennevières.

Le « petit cycliste », c'était le surnom qu'il avait donné à Michel Audiard parce qu'il baptisait tout le monde, Jean Gabin, moi j'étais le « môme Pousse », ça datait du Vél' d'hiv', mon blaze. Il appréciait beaucoup les Six Jours, Jean Gabin, et comme j'étais quand même plus jeune que lui, il m'appelait comme ça le « môme Pousse ». Sa femme, c'était la « mannequine », sa fille la plus grande, il l'appelait « l'engin », Marlène Dietrich, elle, c'était « la Prussienne », Jean-Paul Le Chanois, le réalisateur, de son vrai nom Dreyfus, comme l'affaire du même nom, il l'appelait « le Chafus ».

Arrivé au restaurant, il commande d'autorité des rollmops.

— Je veux pas vous forcer, mais je vous les recommande, les rollmops, vous verrez, c'est très bien, j'en ai bouffé l'autre jour, j'ai pas regretté... Après, je prendrai un sauté d'agneau...

Pour lui faire plaisir, on fait comme lui, Michel et moi. On commande des rollmops et du sauté d'agneau comme plat de résistance. Jean regarde la carte des vins...

— On prend un petit peu de bordeaux pour le sauté d'agneau ?...

On est d'accord, Audiard et moi. La serveuse apporte les rollmops. Jean relève la tête vers moi, l'air gourmand...

— Qu'est-ce que vous diriez d'un petit coup de vodka avec ça ?

Personne n'est contre et je commande une demi-bouteille de vodka qu'on nous apporte dans un seau à glace.

Michel et moi, on n'en a pas bu beaucoup de vodka, c'est Gabin qui s'est tapé les trois quarts de la bouteille. Sacré Jean... on se marrait avec Audiard... on le connaissait bien, Gabin. Comme ce jour-là il avait envie de boire de la vodka, il nous a fait becter des rollmops pour justifier la commande d'une demi-bouteille.

Je ne l'ai jamais vu bourré, Jean Gabin, mais il aimait bien picoler comme tout le monde.

Un jour, j'étais avec lui au bar du studio, je commande un scotch et lui un jus de tomate...

— Oui, c'est plus raisonnable, à mon âge, faut pas rigoler avec sa santé, avant tu sais bien que je me faisais de temps en temps un petit whisky en arrivant à la maison, deux à la rigueur, mais, d'après le toubib, c'est encore trop...

« Je me faisais un petit whisky... » j'y suis allé plusieurs fois chez Gabin et ses petits whiskys, c'était plutôt des bien tassés, des scotchs maison sans doseur. Nous, on aimait bien sa mauvaise foi, à Jean, ça faisait partie de son personnage.

On en a dit des conneries sur lui, que c'était un sale mec, que c'était ceci, que c'était cela, on a dit aussi qu'il lisait jamais les scénarios, tu parles...

Un jour, il avait demandé à Michel de modifier quelque chose dans le dialogue d'un film qu'il allait tourner. Une semaine plus tard, Michel, qui n'a rien changé dans le dialogue, histoire de se marrer, lui a rendu le truc, il s'en est vite aperçu, Gabin, il l'avait drôlement engueulé, Michel Audiard...

— Tu me prends pour un con ou quoi ?...

En fait, il était très facile, Jean Gabin, il vous aimait ou il ne vous aimait pas. S'il vous aimait pas, il ne vous parlait pas et ne vous répondait pas, même si vous lui disiez bonjour, à peine un petit signe de tête pour rester poli. Quand on passait devant lui dans les studios, bien souvent il fumait une cigarette en regardant dans la direction du sol, il semblait gamberger, en fait il regardait vos pompes, il reconnaissait les gens d'après leurs pompes. Si vous faisiez partie des privilégiés, il relevait la tronche avec un sourire :

— Ça va, toi ?...

Un jour, un copain à moi, Norbert Saada, qui commençait dans le métier de producteur, me dit :

— Dédé, il y a Sergio Leone qui est à Paris et il m'a demandé de voir un film de Jacques Deray. Il connaît pas Jacques Deray, il sait qui c'est, bien sûr, mais il n'a rien vu de lui. Et comme il veut un metteur en scène français pour un film qu'il va faire comme producteur, ça serait bien qu'il voie quelque chose.

— Ben, appelle-le, je vais te donner son numéro.

— Ça me gêne un peu, Dédé, de l'appeler pour ça. Je connais Lautner, Verneuil, Molinaro, mais lui, je l'ai jamais vu. Tu peux m'arranger ça ?

Je me suis occupé de ce que me demandait Norbert. Et le lendemain, Sergio Leone, que j'avais déjà rencontré plusieurs fois, Norbert Saada et moi-même, on avait été déjeuner dans un très bon restaurant avant de venir aux studios de Boulogne sur les coups de 3 heures, 3 heures et demie pour la projection d'un film de Jacques Deray.

On entre dans les studios de Boulogne, et sur la droite je vois au loin un acteur habillé en président de cour d'assises. On s'approche et je reconnais Gabin. Il était en train de tourner *Le Juge* avec Sophia Loren et, entre deux plans, il était sorti fumer une cigarette dans le couloir, assis sur le banc en face de la cantine.

— Bonjour, Jean, comment vas-tu ?

— Ça va et toi ?

— Ça va...

Comme il voit que je suis accompagné, il jette un bref coup d'œil sur Sergio Leone et Norbert.

— Bonjour, messieurs...

Et il se lève après avoir écrasé sa cigarette pour retourner sur le plateau. Là, je me marre et je désigne Sergio Leone à Jean Gabin.

— Vous vous connaissez !

— Ben non, excusez-moi.

Sergio Leone, évidemment, connaissait Jean Gabin en tant qu'acteur qui lui-même savait qui était Sergio Leone, mais ils ne s'étaient jamais rencontrés, c'était la première fois. J'ai dû faire les présentations.

— Jean Gabin, Sergio Leone.

Ils se sont serré la main et Sergio Leone avait attaqué le premier :

— J'ai lu que vous alliez arrêter de faire du cinéma. C'est dommage et je le regrette beaucoup, parce que, pour moi, vous êtes le plus grand, et j'aurais aimé faire un film avec vous.

— Compliment pour compliment, je peux vous dire une chose, s'il y a un metteur en scène qui peut me faire changer d'avis, c'est bien vous, parce qu'avec vous on a très peu de texte et beaucoup de gros plans...

Il ne manquait pas d'humour, Jean Gabin.

Sergio Leone me disait un jour qu'on parlait métier :

— J'ai fait cent trente-huit films comme assistant, alors quand il y a des jeunes qui viennent me voir en me disant : « Je veux travailler avec vous pour apprendre, même si je suis pas très bien payé », je leur dis : « Allez plutôt travailler avec des mauvais metteurs en scène, vous apprendrez beaucoup plus vite... »

Je lui disais, à Sergio, que j'avais lu quelque part que Roman Polanski avait dit : « Les artistes, c'est comme les singes, on leur donne une banane et on leur fait faire ce qu'on veut. » Il n'était pas d'accord, Sergio Leone...

« On peut pas dire ça, parce que les artistes avec qui tu travailles, tu dois les aimer. Celui qui a dit ça, c'est un comédien frustré.

« Moi, j'aime les comédiens avec qui je travaille, et des fois, si je les aime pas avant, je les aime pendant. Pour le film *Il était une fois la Révolution*, je ne voulais pas de Rod Steiger, parce que je trouvais que, pour le rôle, il risquait d'en faire trop. Les producteurs, eux, le voulaient et finalement ils sont arrivés à me convaincre que c'était l'homme qu'il fallait parce qu'il était bien, qu'il avait un public, etc. Et j'ai pris Rod Steiger, mais, le premier jour du tournage, j'ai vu tout de suite qu'il allait en faire beaucoup plus que je ne le voulais, parce que c'est sa nature, il fallait trouver quelque chose, une astuce, pour l'aider. Je ne lui ai pas donné de banane, à Rod Steiger. Je faisais tourner la caméra à vide, je faisais plusieurs prises pour rien, lui ne le savait pas bien sûr, et quand il était fatigué, vers la sixième ou septième prise, on tournait vraiment avec de la pellicule. On est maintenant de grands amis... c'est un grand acteur, Rod Steiger, je l'aime beaucoup. »

J'ai des souvenirs avec Delon, c'est un personnage... Un jour, j'avais besoin de cinq briques pour faire une affaire. J'en avais déjà vingt, il m'en fallait vingt-cinq, c'était un tableau qui était à vendre et, moi, je voulais l'acheter pour le revendre en prenant deux ou trois briques au passage. Dans ces années-là, je faisais de temps en temps dans la peinture pour arrondir les fins de mois. Donc, il me manquait cinq briques et je me dis que je les trouverais peut-être plus rapidement si j'appelle cinq potes à moi en leur demandant à chacun une brique. Ça me paraissait évident comme raisonnement. Le premier que j'appelle, c'est Alain Delon, je tombe sur Mireille, on bavarde un peu et elle me le passe.

— Il faudrait que je te voie très vite, Alain... c'est possible ?

— Ben, viens maintenant, André... Il n'y a rien de grave ?

Je le rassure et je me pointe rue François-Ier, où il habitait encore à l'époque. On prend un verre et on parle.

— Qu'est-ce qui t'arrive ?...

— Ben voilà... j'ai besoin d'une brique... ancienne, évidemment.

Il a l'air surpris, Alain.

— Une brique, t'en es à ce point-là...

— Non, c'est pour faire un achat, une toile qu'il faut que

j'achète en vitesse. Et je lui explique mon histoire de tableau, les cinq briques qui me manquent et mon idée d'emprunter une brique à cinq personnes.

— Tu vas quand même pas faire le tour de Paris pour trouver cinq bâtons, moi je vais te les passer, tu rigoles ou quoi ?...

Et il l'a fait instantanément. Il est comme ça, Alain, pour lui l'amitié, ça veut dire encore quelque chose. Je dis ça parce qu'on peut les compter, les amis qui se précipitent pour vous dépanner. La plupart du temps, pour se défiler, ils vous racontent n'importe quoi. Il y a souvent un rappel d'impôts, ou le remplacement de la chaudière de leur maison de campagne... de toute façon, vous tombez toujours mal.

Je courais souvent en automobile à l'époque avec Moustache, on faisait les prologues des grands prix de formule 1, on se marrait, et un jour, je ne sais plus si c'est à Dijon ou à Reims, je suis assis dans le hall d'un hôtel avec Jean-Louis Trintignant qui courait lui aussi, et on parle cinéma.

Il me demande comment je suis avec Alain Delon. Je lui dis que c'est un ami et Jean-Louis trouve que ça tombe bien, parce que, d'après lui, il y a un rôle pour moi dans *Flic Story*, celui du frère d'Émile Buisson, l'ennemi public numéro un, qu'il allait interpréter dans le film. Rentré à Paris, je reçois un coup de fil d'Alphonse Boudard qui en écrivait les dialogues.

— Dis-moi, Dédé, j'ai pensé à un truc, t'es comment avec Alain ?

— Avec Alain, je suis bien, pourquoi ?...

Et Alphonse, lui aussi, me dit que je pourrais faire le frère de Trintignant dans le film. Il me voit bien dans le personnage, il veut savoir si je connais bien Jacques Deray, le metteur en scène. Jacques Deray, j'avais jamais tourné avec lui, mais je le connaissais bien, on s'était déjà rencontrés plusieurs fois dans les studios, d'ailleurs on se tutoyait. Quinze jours se passent, et Roger Borniche, qui a écrit le livre *Flic Story*, me téléphone.

— Comment t'es avec Alain ?...

Ça devenait une blague, tous mes potes qui me demandaient comment j'étais avec Alain avant de me dire qu'ils me voyaient très bien dans le rôle du frère de Trintignant. Et, un jour, l'assistant de Jacques Deray m'appelle pour me dire qu'il veut me rencontrer. Je me pointe à 17 heures, aux studios de Boulogne, dans le bureau de Jacques. Il y a là aussi son directeur de production. Tout sourire, je tends la pogne à Deray.

— Comment vas-tu ?

— Et vous ?...

Ça commençait pas bien...

— Je croyais qu'on se tutoyait.

— Oh, vous pouvez continuer à me tutoyer.

Et il vide son sac :

— Je vais vous dire quelque chose, monsieur Pousse, quand trois personnes me disent : « Il n'y a que ce comédien-là qui peut jouer ce rôle », eh bien, moi, j'ai plus envie de le prendre.

C'était curieux comme réaction. Je lui ai quand même glissé que, quand trois personnes que je connais bien me disent d'acheter une Citroën, j'achète pas une Toyota. J'ai ajouté aussi que j'étais pour rien dans cette histoire, qu'il était le patron, qu'il faisait comme il voulait, et je me suis barré. Après, ça c'est arrangé. Grâce à Alain Delon, j'ai eu le rôle.

Pendant le tournage d'un film de Melville, je tue un caissier de banque, mais le type avant de mourir réussit à me descendre d'un coup de calibre. Le soir même, je dîne avec Melville et je lui dis que le caissier de la banque aurait dû me rater, ce qui m'aurait permis de tourner quelques jours en plus. Il s'était marré, Melville, il m'aimait bien. J'ai d'ailleurs failli jouer dans *Le Cercle rouge,* mais, pour des raisons de coproduction avec l'Italie, on a donné le rôle à Gian Maria Volonte.

— Vous verrez, André, on fera de grandes choses ensemble.

Il est parti trop vite, Jean-Pierre Melville, c'était un personnage hors du commun.

Un jour, pendant un tournage qui se passait à Saint-Jean-de-Mont, on déjeune pour la première fois dans le restaurant de l'hôtel avec trois autres comédiens du film, deux Ricains et un Italien. Je remarque dans la carte des vins de très grands crus. Des bordeaux, vendus pour trois fois rien. Si ça se passait maintenant, ça serait une bouteille de 1 200 ou 1 500 francs qu'on vous vendrait pour 70 francs. On en boit trois et, après le repas, on s'éternise un peu dans le restaurant, parce que ce jour-là on avait fini le tournage.

Vers 3 heures et demie, Jean-Pierre Melville, qui n'avait pas encore déjeuné, vient s'asseoir en face de nous. Il demande si on peut encore lui servir à manger et remarque tout de suite l'étiquette de la bouteille.

— Vous ne vous ennuyez pas, André. Vous avez fait très fort...

— Avec ces prix-là, Jean-Pierre, on aurait tort de s'en priver...

Il en a commandé une et il a déjeuné tout en me faisant

un cours sur les bordeaux et les bourgognes, il était connaisseur, Jean-Pierre. Brusquement, je regarde ma montre, moi j'avais fini de bosser, mais pas lui.

— Jean-Pierre, il est 6 heures...

Comme il était son propre producteur, il faisait ce qu'il voulait.

— Ah oui, en effet, mais on est bien là... je n'ai plus envie de tourner aujourd'hui.

Et il a recommandé une autre bouteille qui nous a amenés jusqu'au dîner.

Dans le premier film de Michel Audiard comme réalisateur, *Faut pas prendre les enfants du Bon Dieu pour des canards sauvages,* une comédienne avait fait faux bond à Michel, et il en cherchait une autre. Il m'en parle, moi j'en ai vu une à la télé, dans un feuilleton, « Allô Police », pas très grande avec des taches de rousseur. Mais je ne connais pas le nom de la fille. Michel se renseigne, et la trouve, elle s'appelait Marlène Jobert...

— Comme tu lui mets un peu la main aux fesses dans le film, autant que vous vous connaissiez...

Le film est déjà sorti depuis quatre jours et il marche très bien, quand de Gaulle, dans une conférence de presse, dit aux journalistes : « Certains voudraient nous faire prendre les canards sauvages pour des enfants du bon Dieu. » On était tous morts de rire. On disait qu'Audiard avait pris de Gaulle comme attaché de presse.

Sur ce même tournage, je suis dans un champ de colza avec un manteau de fourrure noir et un chapeau melon. Je mets une pièce de monnaie dans une espèce de machine bizarre, une sorte de juke-box où on gagne rien. On met la pièce, et puis il y a plein de trucs qui s'allument. Ça fait du bruit, il y a une bille qui tombe dans un trou et ça déclenche un ressort qui libère un pigeon qui s'envole. On tourne le plan, le pigeon se taille et, après la première prise, Michel me fait :

— Faudrait que tu parles là-dessus... que tu dises quelque chose, t'as pas une idée ?

Et il m'entraîne par le bras. On marche tous les deux sur la route le long du champ de colza, il gamberge, Michel, mais il n'a pas d'idée... moi non plus d'ailleurs. Et puis je pense aux dauphins, on en parlait beaucoup, des dauphins, à l'époque, de leur intelligence, j'ai sauté sur le truc :

— Et si je disais : « C'est plus con qu'un dauphin, mais ça vole » ?

Il l'a gardé comme réplique, Michel, il était ravi. Ce qui fait que, pour rigoler, je disais que j'avais écrit les dialogues avec lui.

Une fois en direct, à Europe n° 1, un journaliste lui demande :

— Michel Audiard, comment avez-vous connu André Pousse ?

Il réfléchit pas une seconde, Michel.

— André ?... je l'ai connu à Pigalle quand il faisait le mac comme moi.

Voilà le genre de connerie qu'il pouvait balancer, Michel. Fallait voir la gueule des journalistes et des techniciens...

A Dourdan, chez Michel, le week-end, il y avait souvent beaucoup d'invités. Il avait un copain à lui qui venait de temps à autre avec sa femme et sa gosse, une môme de cinq ans qui était chiante comme la mort. L'emmerdeuse en herbe, très mal élevée. Michel aimait bien les enfants, mais celle-ci, il ne pouvait pas la supporter, faut dire que c'était un cas. C'est grand à Dourdan, elle a de l'espace pour jouer, mais il n'y a rien à faire, on peut pas discuter peinards,

Michel et moi, elle nous retrouve toujours et vient nous emmerder en nous posant des questions imbéciles...

— Sois gentille, laisse-nous, va jouer ailleurs...

Comme elle s'en foutait complètement de ce que Michel lui disait, il avait trouvé un truc. Il la pinçait pendant que les parents faisaient pas gaffe, la môme, surprise, sursautait en poussant un cri... « Qu'est-ce que t'as ? » qu'il lui demandait en hypocrite, et l'emmerdeuse s'en allait en courant. Il se marrait, Michel, et, enfin débarrassés, on pouvait continuer à jacter.

— Les mômes emmerdants, faut les pincer, comme ça ils te foutent la paix, tu comprends...

Souvent dans les dîners, le mec qui recevait se croyait obligé, pour faire plaisir à Michel, de le placer à la droite de sa femme...

— Je vous place à côté de ma femme, comme ça vous pourrez faire la causette, ça vous convient ?

— Bien sûr...

Il ne faisait pas ça à chaque fois, mais bien souvent je l'ai entendu demander au mari, simplement pour choquer :

— Est-ce que je peux aussi la tripoter ?

Avec Michel Audiard, on faisait de temps à autre un « dîner de cons ».

C'est un jeu que j'avais expérimenté avec Jean Castel, sur une idée à lui.

On se réunit à cinq ou six, et chacun d'entre nous invite le type le plus con qu'il connaît.

Au premier abord, c'est un jeu qui semble méchant et prétentieux. Mais, si on réfléchit un peu, on s'aperçoit bien vite que ce n'est pas méchant, pour la bonne raison que les cons ne savent pas qu'ils le sont ! Le jeu n'est pas non plus prétentieux, car on est toujours le con d'un autre.

Il faut de préférence inviter des cons riches. Ça existe, et bien plus qu'on ne le pense. Ce sont les meilleurs, puisque c'est bien connu qu'on n'est pas un con bien sûr parce qu'on est riche, mais il n'empêche que les riches pensent souvent qu'ils sont riches parce qu'ils ne sont pas cons... en tout cas moins cons que vous.

Or, il est évident qu'on peut être riche et con.

Dans ce genre de dîner, le con riche est le partenaire idéal.

Chacun doit mettre son con en valeur... le faire parler... le mettre en situation pour qu'il brille, alors, là, on peut atteindre des sommets.

Ce qui est regrettable, c'est que je ne vois pas comment on pourrait commercialiser le jeu, et c'est dommage.

Je l'aimais bien, Michel, on se marrait bien tous les deux.

Et puis, un jour, le coup de téléphone, je suis à La Garde-Freinet, je vais partir débroussailler et ça sonne, il est 8 heures, 8 heures et demie du matin, je décroche. Une voix plutôt enjouée d'une nana que je ne connais pas :

— Allô, monsieur Pousse ?

— Oui, c'est moi...

— Bonjour... j'étais l'autre soir au dîner chez Jean-Marie... j'étais assise à côté de vous... vous ne voyez pas ?

C'était un dîner qui avait eu lieu quelques jours plus tôt chez un copain à moi, entrepreneur, à La Garde-Freinet, on était une vingtaine à table, je ne voyais vraiment pas qui c'était... fallait abréger.

— Oui, oui, je vois.

Et cette nana, on dirait presque qu'elle est contente, m'apprend la mort de Michel Audiard. Elle vient d'entendre ça aux informations...

— Alors, je me suis dit tout de suite que ça allait vous intéresser, vous le connaissiez ?...

— Oui, oui, je le connaissais...

Et j'ai raccroché, sinon j'aurais été désagréable.

Je joue dans *La 7e compagnie au clair de lune*, un film de Robert Lamoureux, et j'arrive sur le lieu de tournage. Je remarque tout de suite que Robert Lamoureux, que je connaissais bien, mais avec qui j'avais jamais travaillé, est aux petits soins pour moi. Je savais comme tout le monde qu'il était un pétardier, un râleur. Et, là, je ne comprenais pas, il prenait des gants pour me parler. J'en touche deux mots à Jean Lefebvre, qui se marrait en coin avec sa gueule de faux cul, et il m'explique que c'est lui qui a fait peur à Robert Lamoureux un jour qu'il s'était accroché avec lui :

— Oh... mais me parle pas comme ça, Robert, t'en profites parce qu'André Pousse n'est pas encore arrivé, mais tu vas voir, c'est mon copain, André, et j'aime mieux te dire que t'as pas intérêt à lui parler comme ça, parce que tu vas avoir des surprises avec André... il est encore plus pétardier que toi...

Dans ce même film, je jouais un chef de la Gestapo, un affreux.

On tourne la scène où j'ai quatre subalternes devant moi. Je les engueule, je me fâche et il y en a un qui me fait :

— Oui, mais vous comprenez...

Je le laisse pas finir sa phrase et dois lui filer une tarte dans la gueule. Une gifle de cinéma, bien sûr... Il est midi moins dix, il faut faire vite, avant la pause pour le déjeuner. Il nous reste plus qu'à tourner ce truc-là. On fait une prise, et le gars baisse la tête avant que je bouge la main. « Coupez. » Avant la deuxième prise, je le rassure, je lui dis qu'il n'a pas à avoir peur, que je lui toucherai à peine la pointe du menton du bout des doigts.

Robert Lamoureux demande le moteur, et le cascadeur qui joue le rôle rebaisse la tête avant que je bouge. On risquait d'y passer la journée. C'est vrai qu'au cinéma il n'y a pas besoin que la claque soit vraie pour qu'elle fasse vraie, mais celle que je lui ai donnée à la volée, elle était pas bidon... C'était la bonne prise.

Toujours pour *La 7ᵉ compagnie au clair de lune*, je tournais en Normandie, et comme je devais passer le week-end chez les parents de ma femme avec mes deux filles, à quelques kilomètres de là, je demande à Robert si elles pouvaient venir voir le tournage. Comme il adore les mômes, il est d'accord, Robert. Mes filles sont là, on est en train de régler un plan où je suis dans un chantier sous une trémie, je dois tirer un coup de calibre en l'air, ça déclenche le mécanisme de la trémie et je me retrouve sous douze tonnes de gravier...

C'est truqué bien sûr, mais quand elle voit ça, Marfa, la plus jeune de mes deux filles, se met à hurler comme une folle, puis elle éclate en sanglots, on peut plus l'arrêter. Elle croyait que j'allais rester enseveli là-dessous pour toujours.

Maintenant, elles rigoleraient, mes filles, enfin je suppose parce que, déjà toute jeune, Marfa n'a jamais vraiment été intéressée par la télévision ou le cinéma. Ça a changé maintenant parce qu'elle a seize ans, mais, quand elle en avait dix, c'était pas son truc.

De temps en temps, à l'époque, Joss et moi, on s'installait le soir devant la télé avec Pénélope et Marfa. Je vérifiais bien sûr qu'il n'y avait pas ce jour-là de film porno. Parce que faut quand même se méfier avec les enfants. On zappe, on zappe... et on tombe sur des choses étonnantes. N'allez pas croire que je suis contre les cours d'éducation sexuelle, mais je ne sais pas si c'est souhaitable, pour les débutants, d'apprendre ça comme ça, sur le tas, si l'on peut dire.

Il y a aussi les films d'épouvante, mes filles, ça leur filait des cauchemars. Bref, faut se méfier de la télé. Donc, ce soir-là, on est là tous les quatre, je devrais dire tous les trois parce que Marfa, allongée sur le tapis, tourne le dos au poste. Comme je vous l'ai dit, elle s'en fout complètement du film qui passe. Brusquement, on entend un coup de calibre, et dans le film qu'on est en train de regarder, on voit un malfaisant s'écrouler avec une balle en plein front. Marfa lève la tête vers moi...

— Papa, c'est toi qui as reçu un coup de revolver ?

— Non, c'est pas moi...

— Alors, qui c'est qui fait le mort ?...

Elle est marrante, Marfa.

L'aînée, Pénélope, qui a dix-huit ans, est venue au monde tout à fait normalement, sauf qu'elle me ressemblait en arrivant, alors là j'ai eu très peur, je me suis dit : pourvu que ça change. Et ça a changé, elle est devenue très belle, c'est-à-dire qu'elle ressemble à Joss, ma femme. Je les aime bien, mes trois femmes... Marfa, ça s'est arrangé complètement maintenant, mais, comme elle est née à six mois, elle a eu des problèmes. Et puis, vers l'âge de sept ans, elle était entièrement sortie d'affaire. On a respiré, Joss et moi. Ce qui clochait encore, c'était un petit problème de vue, et on allait avec elle régulièrement à l'hôpital des Quinze-Vingts.

L'ophtalmo, une femme très gentille, lui passait des diapos montrant divers trucs de grandeurs différentes pour qu'elle les identifie...

— Qu'est-ce que c'est que ça, Marfa ?

— Une maison...

— Et ça ?

— Un canard...

Ça durait dix à quinze minutes, ces séances, Marfa, petit à petit, progressait visiblement, mais un jour il y a eu un os...

— Qu'est-ce que c'est que ça, Marfa ?

— Un éléphant...

— Et ça ?

— Une casserole...

Après la casserole, l'ophtalmo lui envoie une diapo représentant un petit lapin...

— Et ça ?

— Un vélo...

Merde... un vélo, on était consternés, ma femme et moi. Là-dessus, l'ophtalmo sort de la pièce et on reste tous les trois avec Marfa, qui se marre...

— Mais, Marfa, c'est pas un vélo, ça... c'est pas comme ça un vélo...

— Je sais bien que c'est pas un vélo... c'est un petit lapin.

— Mais pourquoi que tu as dit au docteur que c'était un vélo ?

— Ben, pour rigoler...

On a raconté ça à l'ophtalmo quand elle est revenue, elle pleurait de rire...

Le Café des Arts à Saint-Tropez était un endroit assez exceptionnel, c'était bourré tous les jours. Tout le monde voulait voir le show complètement dingue de Jean-Marie Rivière, et c'était très difficile d'avoir une table. Comme j'étais très ami avec Jo et Yvette avant même qu'ils fassent restaurant, ils me trouvaient toujours une place. Et, un soir, avec Kiki Chauvière, mon associé de La Locomotive, on invite à dîner Philippe Bouvard. On l'invite d'abord parce que c'est un ami, et puis on veut le remercier de ses articles sympas qu'il fait pour nous dans la presse. On est donc là à la terrasse, à une table avec chacun une dame à côté de nous, et on dîne tranquillement en attendant le spectacle. Passe à côté de nous Michèle Mercier que je connais bien. Elle sourit en me voyant et s'approche de notre table. Je me lève, on s'embrasse...

— Bonjour, André, comment vas-tu ?...

— Très bien et toi...

J'allais faire les présentations, mais Michèle, toujours souriante, ne m'en laisse pas le temps... elle se tourne vers Philippe...

— Vous êtes bien Philippe Bouvard ?

Je le vois encore, Philippe, qui regarde Michèle Mercier avec un petit sourire modeste sur son visage poupin.

— Eh oui, mademoiselle...

— Eh bien, moi, je suis Michèle Mercier...

Et Bouvard se prend une claque dans la gueule à la volée. Merde alors, il a failli tomber de sa chaise, Philippe. Tout le monde se retourne, commente, ricane. Je me lève d'un bond et rattrape Michèle Mercier au moment où elle entre à l'intérieur du Café des Arts retrouver son mari qui l'accompagnait. Il était président de la Fédération française de sport automobile. J'étais drôlement en pétard, et je lui envoie pas un télégramme, à la Mercier, pour lui dire ce que j'en pense de ce qu'elle vient de faire...

— Mais enfin, Michèle, t'es dingue, je dîne tranquillement avec Bouvard... tu viens me saluer, m'embrasser et à lui, tu lui fous une claque dans la gueule, mais qu'est-ce que c'est que ces manières ?...

— Il a écrit des insanités sur moi dans son journal...

— Et alors, qu'est-ce que j'ai à voir là-dedans, moi ?... c'est pas mon problème... t'es complètement louf.

Son mari s'interpose, je l'envoie balader, le ton monte. Barclay, qui dînait à quelques mètres, vient nous séparer, je me calme et retourne à ma table. J'étais bien emmerdé pour Bouvard, je lui dis que je suis désolé, il se marre, Philippe... il me met à l'aise tout en m'envoyant un vanne :

— On choisit pas toujours ses relations, André...

On s'est tous remis à dîner en silence, mais moi, je voulais en savoir plus...

— Dis-moi, Philippe... qu'est-ce que tu lui as fait, à Michèle Mercier ?...

— Rien... je lui ai rien fait...

Et Bouvard nous raconte que, quelques mois plus tôt, il a interviewé Francis Caune, le producteur du dernier film de Michèle Mercier, et qu'il a fait son papier pour *Le Figaro* avec ce que lui avait dit Francis Caune. Si l'article ne lui avait pas plu, elle n'avait qu'à le joindre au journal, Michèle Mercier, ils se seraient rencontrés et Philippe aurait fait un autre article, en disant qu'elle n'était pas d'accord avec ce que disait son producteur. Les polémiques, ça l'intéressait toujours, Bouvard, par contre, les gifles, il aimait moins. Le lendemain, dans *Le Figaro,* elle a eu droit à un nouvel article, Michèle Mercier... il l'avait pas oubliée, Philippe.

« Hier au soir à Saint-Tropez, je dînais paisiblement à la terrasse du Café des Arts avec mon ami André Pousse, qui est propriétaire de La Locomotive, l'endroit bien connu place Blanche où tous les grands groupes de rock et de pop music se donnent rendez-vous, quand une " personne du sexe ", comme on disait jadis, s'est livrée sur ma personne à des voies de fait. Renseignement pris, il s'agit d'une comédienne, dont j'ai oublié le nom. J'avais quelques mois plus tôt interviewé le producteur à son sujet. Il m'avait dit qu'elle n'avait pas de cervelle. Après ce qui s'est passé hier soir, je peux vous préciser que c'est une manuelle... »

J'ai eu la chance de tourner avec Charles Vanel, une figure exceptionnelle du cinéma, dans le premier film de long métrage réalisé par Roger Pigault, *Comptes à rebours.*

Une distribution remarquable : Charles Vanel, Simone Signoret, Jeanne Moreau, Michel Bouquet, Jean Desailly, Marcel Bozzuffi, Serge Reggiani, Serge Sauvion, et beaucoup d'autres excellents comédiens.

Nous tournions certaines séquences à Conflans-Sainte-Honorine dans une jolie villa.

Entre deux plans, je lisais *L'Équipe,* assis sur une marche du perron.

Charles Vanel, qui sort de la villa, me demande si j'ai du feu pour allumer sa pipe.

Nous échangeons quelques mots. Il vient de tourner son dernier plan. Il attend qu'on lui confirme qu'il a terminé pour aller se faire démaquiller et rentrer chez lui.

— Deux semaines à Paris, c'est bien... mais je suis content de rentrer chez moi...

A quelques mètres de là, dans le jardin de la villa, j'aperçois une voiture immatriculée 06.

— C'est votre voiture, monsieur Vanel ?

— Oh ! tu peux me tutoyer, ça m'empêchera de m'apercevoir que je suis un vieux con... Oui, oui, c'est ma voiture.

— Vous la mettez au train ?

— Comment ça, au train ? Avec l'autoroute Paris-Nice, c'est de la rigolade, je fais ça dans la journée en fumant ma pipe.

A ce moment-là, il avait largement dépassé les quatre-vingts berges... quelle santé ! Il a attendu d'en avoir quatre-vingt-dix-sept pour la casser, sa pipe.

Le producteur de *Comptes à rebours* s'appelait Eugène Lépicier. Malgré son nom qui fait un peu marrant pour un producteur, c'était un très brave mec. On l'appelait tous Gégène, bien entendu. Il s'en formalisait pas. Il avait produit de très bons films comme *Le Samouraï* entre autres. On le charriait des fois, parce que sa femme était fonctionnaire...

— Dis donc, Gégène, tu es producteur de films et tu laisses ta femme travailler aux P.T.T. ?...

— Oh, elle est si près de la retraite, ça serait idiot qu'elle arrête !

Ça nous faisait marrer, sa réponse. Il était près de ses sous, Gégène. On était trente-sept personnes à avoir une feuille de service sur ce tournage, et un soir on ne me la donne pas, je vais voir Christine, la secrétaire de production, pour en réclamer une.

— Dis-moi, Christine, j'ai pas eu ma feuille de service.

— C'est normal, André, tous les soirs il y a quelqu'un qui n'en a pas... vous êtes trente-sept, mais moi j'en fais que trente-six...

Et elle m'explique qu'elle a des ordres précis de Gégène à ce sujet. Sa machine à écrire, une vieille merde, ne peut faire avec des carbones que quatre feuilles à la fois, pas plus, alors elle, Christine, elle tape neuf fois le truc, ce qui fait en tout trente-six feuilles de service. Pour en avoir trente-sept, faudrait qu'elle en tape quatre de plus, c'est-à-dire trois pour rien, et Gégène, lui, il n'est pas d'accord, Christine me dit qu'elle lui a fait remarquer qu'il allait en manquer une tous les soirs, de feuille de service, mais c'était pas un problème pour Gégène : « Eh bien, tous les soirs, il y aura quelqu'un qui se démerdera avec un copain, c'est pas grave... »

Ce qui l'intéressait, Gégène, c'était tout ce qui concernait le côté financier d'un film. C'est lui qui montait l'affaire, mais quand c'était lancé, que la distribution était choisie et qu'il avait confié la réalisation à quelqu'un de compétent, ça l'intéressait moins, le film. Le côté artistique, c'était pas trop son rayon.

Il venait rarement sur un tournage. Dans *Comptes à rebours,* pour résumer le scénario, Reggiani, qui vient de tirer dix ans pour un casse, sort de taule et règle ses comptes parce qu'il pense qu'il a été balancé par ses complices. Dans une séquence, il vient demander un arbitrage à Charles Vanel, un vieux truand à la retraite, qui vit dans sa villa à moitié paralysé, cloué dans un fauteuil roulant. Il n'est pas sourd, Charles Vanel, mais il ne peut plus parler, et c'est Simone Signoret, sa femme dans le film, qui fait l'intermédiaire entre Reggiani et lui. Comme elle a l'habitude, elle lit couramment sur les lèvres de Vanel. Elle comprend ce qu'il demande et pose les questions à sa place. Vanel se fait raconter l'histoire.

Reggiani avec ses potes, ayant décidé d'attaquer un fourgon de banque, s'étaient adressés à un « pro », le « pro », c'était moi, et l'affaire avait mal tourné. La police avait été prévenue. Elle lui dit aussi qu'après le casse un inspecteur d'assurances, qui était joué par Michel Bouquet, était venu sur les lieux pour enquêter, puis elle s'adresse à Reggiani pour lui demander le nom de cet inspecteur d'assurances. Et c'est au moment où on va tourner cette scène que Gégène était entré sur le plateau.

— Comment s'appelait-il déjà, cet inspecteur d'assurances ?

Serge lui dit le nom de l'inspecteur d'assurances, puis on fait une deuxième prise.

— Comment s'appelait-il déjà, cet inspecteur d'assurances ?

Reggiani lui répond comme précédemment, et comme ça arrive souvent au cinéma pour de multiples raisons, on refait plusieurs prises de ce plan, six ou sept en tout ce jour-là. Puis on passe à autre chose. Gégène, lui, dans un coin du plateau, est visiblement atterré d'avoir entendu Simone Signoret répéter plusieurs fois la même question. Vers midi, on arrête et on va déjeuner dans un petit restaurant du coin. Comme c'est pas très loin de la villa, on y va à pied. Pendant le trajet, Gégène, qui marche à côté de moi, me glisse à mi-voix :

— Dis donc, André... t'as vu ça tout à l'heure, la Signoret... elle lui a posé six fois la même question à Reggiani, elle perd la mémoire ou quoi ?...

Sur le moment, je crois qu'il plaisante, puis je réalise qu'il est sérieux, Gégène, qu'il ne sait pas que c'est dans le dialogue du film, la question que Simone Signoret pose à Reggiani, comme je vous l'ai dit, le côté artistique, il s'en fout un peu, Gégène, alors j'en rajoute pour me marrer :

— Aujourd'hui, c'est rien... mais si t'étais venu hier... on lui a rappelé plusieurs fois son texte qu'elle avait complètement oublié, à mon avis, je crois qu'elle avait peut-être trop picolé.

— Merde alors, il faut que je lui en parle...

— T'as raison... dis-lui... parce que, si t'interviens pas, ça risque de te coûter cher.

Puis, avant d'entrer au restaurant, je rejoins Simone et je lui raconte l'histoire en deux mots. On se marre tous les deux, parce qu'elle aimait bien rigoler, Simone Signoret, et on décide de faire quelque chose, de monter un bateau à Gégène.

Dans le restaurant, je me place à côté de lui et, pendant que tout le monde s'assoit, je lui glisse discrètement à l'oreille :

— Dis-lui de pas trop picoler, à Simone...

C'est ce qu'il fait indirectement, en s'adressant à tout le monde :

— Les enfants... vous faites ce que vous voulez, mais faut pas trop boire, parce que après on perd la mémoire...

Tout le monde se regarde un peu surpris et moi, en connivence avec Simone Signoret, je précise :

— Faut bien dire, Simone, que t'étais pas très claire ce matin...

— Oh ! faut pas charrier, André...

Puis on passe la commande au loufiat qui attend avec son carnet. Tout le monde choisit un plat, Simone prend un lapin moutarde. Un peu plus tard, le loufiat revient. Il distribue les plats et se retrouve comme un con avec le lapin moutarde qui n'a pas été réclamé...

— C'est pour qui le lapin moutarde ?

Simone, indifférente, allume une cigarette. Personne ne répond, moi en hypocrite, je file sous la table un petit coup de genou à Gégène qui s'adresse, l'air gêné, à Simone :

— Simone... je crois que c'est vous qui avez commandé un lapin moutarde.

— Écoutez, Gégène, je ne suis pas encore gâteuse... si j'avais commandé un lapin moutarde, je le saurais, c'est pas du tout ça que j'ai commandé... j'ai commandé un steak-frites.

Il me regardait en coin, Gégène. Comme il devait penser à ce qu'allait lui coûter le dépassement du film, il a pas beaucoup bouffé ce jour-là. Il s'est barré sans prendre de dessert. Dans l'après-midi, on ne l'a pas revu à la villa.

Dans les tournages de film, il y a plein de trucs qui se passent, les anecdotes fourmillent. Il y a Bourvil un jour qui tourne en dehors de Paris, il arrive une demi-heure avant l'équipe, ils doivent tourner à 8 heures, il est 7 heures et demie du matin. Il se balade sur la place du village et une brave femme s'approche pour lui dire, comme on dit toujours dans ces cas-là aux comédiens :

— Oh, je suis bien contente de vous voir en chair et en os... vous êtes bien M. Bourvil ?...

— Oui, oui, bien sûr.

Et elle le questionne gentiment.

— Qu'est-ce que vous venez faire dans notre village ?

— Ben... je viens faire du cinéma.

Toujours gentille, elle croit utile de le prévenir.

— Oh ben, à cette heure-là, vous n'aurez personne...

Dans un film de Verneuil, il y a Belmondo qui doit faire une cascade sur le toit d'un wagon de métro. Pour ce genre de chose, on va au Pré-Saint-Gervais où la R.A.T.P. a fait construire une boucle fermée d'un kilomètre, pour la formation de ses conducteurs. C'est comme dans un train électrique de môme, la rame tourne en rond. Bebel, qui touche, je crois, cinq cents ou six cents briques par film, fait sa cascade et, quand il a fini, il descend du toit du wagon devant le chef de station, soufflé de ce qu'il vient de voir.

— Eh ben, monsieur Belmondo, vous êtes drôlement courageux, parce que c'est dangereux ce que vous faites, moi je ne le ferais pas pour cent briques...

— Moi non plus, qu'il lui a dit, Belmondo.

Le métier de comédien est un métier fantastique. Quand on tourne un film ou quand on joue une pièce de théâtre, c'est souvent une aventure avec des gens qu'on connaît, bien sûr, de réputation, mais qu'on n'a jamais rencontrés. Alors, on part en tournée ou on tourne ensemble et on fait connaissance. La plupart du temps, on se fait des copains, quelquefois des amis, et puis, une fois que le film ou la pièce est terminé, on ne se revoit plus pendant des années.

Un de mes bons copains cultivé et déconneur, Francis Blanche, adorait faire des farces. Dans une pièce qu'il jouait en tournée, un comédien dont j'ai oublié le nom, qui faisait partie de la troupe, était perpétuellement inquiet... angoissé. Il avait peur d'avoir un trou de mémoire, d'oublier son texte, et, tous les soirs, dans sa loge, avant le spectacle, il relisait la pièce pour être sûr de bien connaître ses répliques par cœur, de pas rester en carafe au milieu d'un acte.

Un soir, Francis, qui passe dans sa loge, le voit prendre de l'aspirine en faisant la grimace...

— Ben, qu'est-ce que t'as ?

— Oh, rien, j'ai un peu mal à la tête... Ça me fait ça tous les soirs... avec de l'aspirine, ça passe.

Cette histoire de mal de tête, ça lui donne l'idée, à Francis, de lui faire une blague. Le lendemain, Francis arrive plus tôt au théâtre, prend le chapeau que le comédien porte dans la pièce et glisse à l'intérieur entre le cuir et le feutre une feuille de papier hygiénique, pliée en trois dans le sens de la longueur. Plusieurs soirs de suite, Francis ajoute une feuille. Et un soir, peu de temps avant d'entrer en scène, il croise le comédien qui sort de sa loge en costume avec son chapeau sur la tête... ils se saluent, puis Francis, hypocrite, prend des nouvelles de sa santé.

— Alors, t'as toujours mal à la tête ?

— Ben oui, comme je t'ai dit... il y a que l'aspirine qui me soulage...

— Fais gaffe quand même, c'est pas normal d'avoir la tête qui grossit...

— Comment ça, la tête qui grossit ?... Tu veux dire que j'ai la tête enflée ?

— Non, non, je déconne pas, j'ai vraiment l'impression que ta tête a changé, qu'elle a grossi... l'aspirine, c'est bien beau, mais moi, à ta place, je verrais un toubib... Faut pas rigoler avec ces trucs-là.

Et il se taille, Francis, parce que la pièce commence. Il lui a fait ça encore plusieurs soirs, Francis, toujours en ajoutant une feuille de papier hygiénique. L'autre, il se doutait de rien, de plus en plus angoissé, il continuait à prendre de l'aspirine en se regardant dans la glace. Puis, un soir, Francis, il les a toutes retirées les feuilles de papier. Ce soir-là, quand le comédien a mis son chapeau, il a cru que c'était pas le sien...

Pendant les années où j'assurais la programmation du Casino du Liban à Beyrouth, j'ai engagé beaucoup de vedettes de la chanson. Je n'ai jamais pu avoir Jacques Brel. Ça ne s'est jamais goupillé pour. Soit il n'avait pas de date libre quand j'aurais pu l'engager, soit c'était moi qui pouvais pas.

Finalement, j'apprends qu'il fait une semaine au Paon Rouge, la boîte de nuit de l'hôtel Phénicia à Beyrouth. J'aimais beaucoup Jacques. Je vais l'entendre plusieurs fois, et puis, le soir de la « dernière », nous restons ensemble à boire des coups.

Mon ami, le peintre Robert Helman, qui exposait ses toiles dans la galerie du Casino, était avec nous. Je ne suis pas un « alcoolo », mais je ne suis pas contre ce genre de « dégagement », comme disent les légionnaires.

Vers 3 heures du matin, Jacques devait en être à sa quinzième bière et moi à mon quinzième whisky.

Helman, lui, après un ou deux scotchs, s'était mis à l'eau minérale.

Il y avait environ une heure qu'on avait commencé à refaire le monde, et puis très vite nous sommes passés de la Révolution française et de la Déclaration des droits de l'homme à la chanson, aux courses cyclistes et aux bonnes femmes...

— Je suis un raté, j'écris des chansons de merde... j'aurais voulu être un grand écrivain...

— Et moi, si j'avais moins baisé, j'aurais gagné davantage de courses, peut-être même le Tour de France, alors que j'avais choisi la piste dès le début de ma carrière...

— Oui, mais toi t'as passé la ligne d'arrivée le premier, moi, jamais.

— Oui, mais toi t'étais pas coureur cycliste !

— Et alors, c'est pas une raison...

— Ça c'est vrai...

Robert Helman nous a raccompagnés difficilement dans nos appartements respectifs.

Il y a quelques jours à la T.V., j'ai reconnu l'hôtel Phénicia. On dirait un morceau de gruyère. Quel malheur !

Si j'ai joué des voyous au cinéma, j'en ai aussi connu des vrais. Abel Danos, je l'ai rencontré avant la guerre, dans un café, au numéro 1 de la rue Descartes, Chez Ozanne, derrière le Panthéon, en haut de la rue de la Montagne-Sainte-Geneviève, où les mômes de l'Union vélocipédique du Ve arrondissement, dont je faisais partie, se réunissaient le soir pour parler vélo devant un Vittel-cassis. Il venait avec un autre lascar, Michel Chaves, dit « Nez rouge » ou « Nez de braise ». On savait bien sûr que c'étaient des voyous... mais de quel genre, de quel niveau ? Abel Danos avait couru amateur, étant jeune, et il avait conservé l'amour du vélo.

Et puis, un soir, on a su... Un petit vieux, tous les jours, apportait *Paris-Soir* dans le bistrot.

Sur cinq colonnes à la une, un titre énorme :

LES ASSASSINS DE DEUX ENCAISSEURS DE BANQUE DE LA RUE DE LA VICTOIRE ENFIN ARRÊTÉS.

En dessous du titre, les tronches de nos deux « supporters ». Quelle surprise !

Abel Danos, dit « le Pointu », « le Mammouth » ou « le Sanguinaire », et son associé, Michel Chaves, ont innové : ils tuent d'abord et détroussent ensuite. Comme ça, il n'y a pas de témoins.

L'article, qui relate une partie de leurs palmarès, nous

laisse pantois. Au cours de leurs activités, ils auraient tué un gardien de la paix à Pantin, un encaisseur de la banque quai de Javel et deux gendarmes à Troyes.

Condamnés à mort, ils sont tous les deux à la Santé quand les Allemands arrivent à Paris.

La Gestapo, ayant besoin de personnel pour des besognes difficiles, délicates et particulières, fait appel à leurs services... n'est pas flingueur qui veut.

Depuis, ils ont été imités question massacre, mais à l'époque ça étonnait encore un peu, ce genre de prestation...

Pendant la guerre, rue Descartes, on les a revus de temps en temps. Ils étaient revenus comme si de rien n'était.

Ils allaient souvent au Vél'd'hiv' nous voir courir et continuaient à nous payer le coup comme avant.

Et c'est là, dans le petit bistrot, qu'un jour Abel Danos, qui m'aimait bien, m'avait dit avec son accent du terroir :

— Si t'as besoin d'un service, te gêne pas, gamin.

J'avais noté son téléphone et je n'y pensais plus, mais en 1943, si ma mémoire est bonne, un soir après l'entraînement, j'arrive à la brasserie Cluny, un café où j'allais jouer au bridge. Les copains font une gueule épouvantable.

— Qu'est-ce qui se passe ?

— Pardovitch a été arrêté.

C'était un copain et mon partenaire habituel, Pardovitch... nous on l'appelait Pardo... Deux secondes plus tard, j'étais au téléphone.

— Abel, j'ai quelque chose à te demander...

— Viens déjeuner avec moi demain, tu m'expliqueras, viens vers 2 heures.

Le lendemain, j'arrive à l'adresse indiquée, un restaurant rue de l'Université, avec un quart d'heure d'avance. J'enchaîne mon vélo devant la porte et je rentre.

Je m'approche du bar et je dis au patron que j'ai rendez-vous avec Abel Danos.

— C'est son heure, il devrait pas tarder.

Je jette un coup d'œil dans la salle... l'opulence. D'après ce qu'on voit dans les assiettes, ils ont pas l'air sous-alimentés, les clients. Ils doivent pas faire partie des Parisiens qui font la queue aux boucheries pour toucher, quand il y en a, leurs quatre-vingt-dix grammes de viande par semaine. Ici, on demande pas les tickets de rationnement... l'addition compense.

Il n'y a que des hommes. Beaucoup me reconnaissent... toujours le Vél'd'hiv'. Il fait chaud... Tout le monde est en bras de chemise, la veste sur le dossier de la chaise.

Ils ont tous leur outil de travail... le calibre, glissé dans la ceinture ou dans le holster... l'ambiance Chicago !

Abel arrive et on s'installe à sa table.

C'est un habitué. On boit un verre, on commande et je me penche au-dessus de la table pour lui parler à mi-voix :

— Voilà, j'ai un de mes potes qui s'est fait emballer...

— Parle normalement, ici on est entre nous !... Il s'est fait cravater par les flics français ou par les Fritz ?

— Par les Fritz !

— Juif ou résistant ?

— Juif.

— Où il est ?

— Au Cherche-Midi.

— Depuis quand ?

— Hier matin.

— C'est un bon pote à toi ?

— Ben oui...

— T'inquiète pas, on va manger un morceau tranquillement... je donnerai un coup de fil et tu reviendras le chercher à 6 heures...

A 5 h 30, j'étais devant la porte de l'immeuble de la Gestapo, juste en face du restaurant.

Une 11 CV est arrivée à 6 heures pile, avec trois feldgendarmes et mon pote Pardovitch.

Abel est sorti et a échangé une poignée de papiers plein

d'aigles, de croix gammées, et des signatures contre mon pote, qu'il a poussé dans mes bras.

— Planque-le, qu'on le revoie pas tout de suite...

J'ai fait appel deux autres fois à ses services, à Danos... à chaque fois, ça a marché.

Vu ses origines, à Pardo, et les raisons pour lesquelles mes deux autres potes s'étaient fait piquer, ils étaient tous les trois bons pour l'Allemagne. Ils avaient tout prévu, là-bas, question camp de vacances, c'était même drôlement bien organisé. Ils en connaissaient un rayon, les Chleuhs, dans ce domaine. Le voyage surtout était simplifié. Ils faisaient comme Landru avec ses gonzesses, quand il les emmenait à Gambais... ils vous donnaient qu'un billet simple... un aller... jamais d'aller retour.

Pardo est mort dans son lit en 1967, je crois.

Mes deux autres potes, on s'est perdus de vue. S'ils me lisent, ils peuvent me téléphoner. Ce sera l'occasion de boire un coup de champ.

Un jour, je traversais Paris, à vélo bien sûr, pour aller chercher un de mes vélos de piste qu'était à la Cipale, à Vincennes. On devait être en 1943. J'arrive à la place de la Nation, je pédalais tranquille, quand une traction avant, une 15 CV, me double, et, au passage, je vois le conducteur qui me fait signe de ralentir. Dans ces années-là, à part quelques flics français et surtout la Gestapo, il y avait pas grand monde qui circulait dans des 15 CV à essence, sans gazogène. Je commence à m'inquiéter, je ralentis et j'arrive à la hauteur de la bagnole, qui s'est arrêtée. Là, je reconnais Abel Danos qui me demande où je vais. Je lui raconte que je dois aller à la Cipale chercher un vélo.

— Ben, monte... je t'emmène...

Moi, je ne suis pas contre. Aidé par Abel, j'enlève la roue avant de mon vélo, je le fous à l'arrière sur la banquette, puis je m'assois à côté d'Abel qui se remet au volant. Il va démarrer quand il voit un café-tabac, au coin de la rue, il ressort aussitôt de la bagnole en laissant le moteur tourner...

— Attends-moi là, j'en ai pour une minute.

Et il se taille pour aller au café-tabac. Presque aussitôt, il y a un flic, un brigadier, qui se pointe de mon côté, et qui frappe à la glace de la portière... je la baisse.

— Vous savez pas que c'est interdit de laisser tourner le moteur d'un véhicule à l'arrêt?...

— Si, je sais, mais la batterie recharge plus, si on coupe le moteur on peut plus repartir... on est dans la Résistance, mon copain et moi, il est parti acheter des cigarettes, vous inquiétez pas, on s'en va tout de suite...

— C'est pas une raison, on n'a pas le droit de laisser un véhicule à l'arrêt avec le moteur en marche...

C'est un vrai con, ce flic.

— Premièrement, la voiture n'est pas à moi, secundo, je vous dis qu'on s'en va, tenez, le voilà, mon copain, expliquez-vous avec lui, c'est à lui la voiture...

Abel s'approche, et tout de suite le flic l'agresse :

— C'est à vous la voiture?... Vous avez un Ausweis?

Abel lui sort une carte...

— Police allemande, ça va?

Il la regarde même pas, la carte, il suit son idée, le brigadier :

— C'est pas ça que je vous demande, c'est votre Ausweis que je veux voir...

Là, il s'énerve Abel, brusquement il sort son calibre et lui en fout un coup à la volée sur la gueule...

— Va te faire enculer, ça te promènera.

Les passants s'arrêtent, interloqués, moi je me fais tout petit. Je le vois encore, le flic, les mains en l'air avec son pif en sang. Abel a démarré tranquillement et on s'est cassés. Il n'était même pas énervé.

— J'aurais dû prendre son numéro, à ce con-là... t'as vu,

André... on est vraiment pas aidés avec des guignols pareils...

Je sais pas s'il était pour Pétain ou pour de Gaulle, le poulet, mais, dans les deux cas, il a dû se poser des questions.

Peu de temps avant le tournage de *Flic Story,* Auguste le Breton, François le Grec et quelques amis viennent déjeuner dans mon restaurant. Jean-Baptiste le Buisson, dit « le Nuss », les accompagne.

A la fin du repas, je vais prendre le café avec eux et « le Nuss », qui a un peu plus de quatre-vingts balais, m'entreprend. Comme on lui a dit que je vais tourner son personnage, ça l'arrangerait que je passe un petit coup de fil à Alain Delon, que je lui arrange un rendez-vous pour qu'ils se rencontrent. Parce qu'il n'est pas d'accord du tout, « le Nuss », qu'on fasse un film sur son frère, qu'on remue les vieilles histoires...

— Tu comprends, Dédé, il a payé, Émile, il y a été du gadin... on lui a coupé la tronche, il n'y a aucune raison de rejacter de tout ça... d'abord y a plein de trucs faux dans le bouquin... moi je le sais... Borniche, lui, il peut pas savoir...

C'est possible, mais c'est pas mes affaires, et puis je ne vois pas ce qu'il peut faire, « le Nuss », il peut surtout pas interdire que le film se tourne. Je crois qu'il veut quand même marquer le coup, montrer qu'il ne l'a pas oublié, Émile, qu'il a encore, même à son âge, l'esprit de famille. J'ai téléphoné à Alain et ils se sont vus, avec « le Nuss ».

Quelques jours plus tard, Delon est venu dîner et en souriant il m'a raconté l'entrevue. Alain lui a expliqué plusieurs fois qu'il a acheté les droits du bouquin de Borniche... qu'il n'est pas auteur... qu'il ne peut rien changer à l'histoire, pour ça, il faut que lui, « le Nuss », voie Roger Borniche pour s'arranger avec lui. « Moi, je ne parle pas aux poulets », qu'il lui a dit, à Alain... Finalement, il s'est calmé, le frère d'Émile Buisson. J'ai su que Delon, qui n'est pas radin, lui a refilé un petit chèque, au « Nuss ». Je l'ai appris comme ça par hasard plusieurs mois plus tard, parce que Alain, lui, il m'a rien dit...

C'est vrai que c'était un mec hors série, Émile Buisson. Pour les flics, la presse, depuis 1949, il était devenu l'ennemi public numéro 1. Il avait une trentaine de meurtres à son actif et un nombre incroyable d'agressions, plus de quatre-vingts, je crois, c'était du sérieux comme palmarès. C'est Roger Borniche, quand il était flic, qui l'a finalement arrêté en 1950. Plus tard, il s'est mis à la littérature, Roger Borniche, et il a fait un bouquin sur l'histoire de Buisson, ça s'appelle *Flic Story*, dont a été tiré le film du même nom.

Alphonse Boudard, mon copain, a fait les dialogues et Jacques Deray l'a réalisé. Moi, dans ce film, comme je vous l'ai raconté, je faisais le frère d'Émile Buisson, « le Nuss », comme il était surnommé. Drôle d'engin, cet Émile Buisson. En fin de parcours, cerné de partout par les poulets, il ne prenait plus de risques. Un jour, il est sur une affaire avec deux équipiers... ça se passe pas très bien... les lardus sont au rendez-vous et ça se met à tirer des deux côtés. Au moment où il s'engouffre dans la bagnole pour s'arracher vite fait, un de ses équipiers prend une bastos dans la jambe. Émile, d'après ce qu'on a raconté, l'a laissé sur place et, pour être sûr qu'il ne parle pas, il lui a mis une balle dans la tête, puis il s'est tiré avec celui qui restait.

C'est peut-être une légende, mais on a dit aussi qu'à la suite de ça il avait beaucoup de mal, Émile Buisson, à trouver des mecs qu'étaient partants pour monter sur des coups avec lui.

Pour en revenir à l'esprit de famille, « le Nuss », au

moment de ces événements, entre dans un bar de voyous et s'approche d'un groupe en train de jacter. On parle de son frère et, bien qu'il ait vu « le Nuss » arriver, il y en a un qui lance :

— Moi, j'ai pas peur de le dire... Émile Buisson, c'est un enculé...

C'est vrai qu'il a pas eu peur, le mec, d'envoyer ça devant « le Nuss », mais il a rien ajouté, il a rien dit d'autre... il s'est pris un chargeur dans le ventre. « Le Nuss », lui, c'est vingt ans qu'il a pris. En réalité, il les a pas faits entièrement, mais ajoutés à ce qu'il avait écopé avant, ça lui a fait quand même quarante-cinq années de taule en tout, au « Nuss ». Comme je vous l'ai dit, il avait un peu plus de quatre-vingts ans quand il me racontait ça en sirotant son verre de poire. Merde alors, quarante-cinq ans de ballon, sans jeu de mots... faut avoir la santé... ou alors ça conserve.

Je ne sais plus s'il jactait aussi une langue étrangère, Fernand Trignol, mais en dehors de l'argot qu'il connaissait parfaitement, le français n'avait pas de secret pour lui. C'était comme on dit un éminent grammairien. Question syntaxe, on pouvait pas le coincer. Un jour, je ne courais plus à l'époque, je suis allé au Vél'd'hiv' pour voir mes copains dans les coulisses, là où les coureurs se font masser ou mangent un morceau pendant que l'équipier tourne sur la piste. Et Fernand, qui était chez lui au Vél'd'hiv', se pointe. On bavarde, puis un soigneur vient dire à Trignol que quelqu'un le demande. On se retourne et je vois arriver un drôle de lascar, une tête de voyou, pas très grand, les oreilles taillées en pointe, une bouche sans lèvres, l'œil perçant. Fernand fait les présentations :

— Tiens, Dédé, je te présente Claudius le Nantais.

Je lui fais un signe de tête et le voyou me répond en

faisant un vague grognement, puis Trignol lui pose une question :

— Alors, Claudius, il y a longtemps que tu l'as vu, Raoul le Sournois ?

Il hoche lentement la tête, Claudius le Nantais :

— Hier soir.

— Ah oui, où ça ?...

— A la Casita...

— Il t'a parlé ?

— Non.

Visiblement, ça l'emmerde de jacter, cézigue, faut lui arracher les mots...

— Vous êtes toujours en rif alors ?

— Ouais, je te l'ai déjà dit, s'il me parle, le Sournois, je le roue de coups de couteau...

— Crible...

— Quoi ?

— Oui, avait fait Fernand, « on roue de coups et on crible de coups de couteau »...

— Si tu veux... avait répondu Claudius le Nantais...

Je vous l'ai dit, on pouvait pas le coincer, Fernand Trignol. Pour en revenir à Claudius le Nantais, c'était un cas, celui-là. Il avait deux nanas qui bossaient pour lui à Londres. Deux Françaises, mariées légalement avec des clodos anglais, ce qui fait qu'elles étaient devenues anglaises, les deux putes, et qu'elles pouvaient avoir un *flat* dans Londres, elles avaient aussi le passeport *british* et on pouvait pas les virer d'Angleterre. Elles pouvaient tapiner, *without* problèmes ou presque, sans être emmerdées par Scotland Yard. Claudius le Nantais, qui avait au grand maximum, question voyage, fait en chemin de fer, une fois dans sa vie, le trajet Nantes-Paris, décide de monter à Londres parce qu'il a reçu une bafouille d'une des gonzesses qui lui dit qu'elles ont des emmerdes avec les Maltais qui veulent les racketter.

Les Maltais à Londres, c'est pas des enfants de chœur, ils

ont toujours fait la loi là-bas. C'est une tradition, ils contrôlent beaucoup de choses dans la voyoucratie, la prostitution entre autres, et comme ils ont leurs hétaïres et leurs julots, ils aiment pas beaucoup la concurrence étrangère. Donc, Claudius le Nantais met deux flingues dans un baise-en-ville, s'achète un billet aller retour, prend le train à Saint-Lazare, franchit la Manche en ferry-boat et se retrouve un après-midi à Londres. Et là, il perd pas de temps, Claudius. Ses gonzesses qui l'attendaient lui filent une adresse sur un morceau de papelard. Il saute dans un taxi et arrive devant le pub où se trouvent les Maltais qui font des misères à ses nanas. Il faut que je vous rappelle, avant d'aller plus loin, qu'à l'époque les armes à feu, les flingues, les poulets, ils aimaient pas en Angleterre. D'ailleurs, leurs flics n'étaient pas armés, et les voyous à Londres, quand ils avaient envie de s'expliquer, c'était souvent à coups de couteau, ou de rasoir, ou encore à coups de casquette. Je devrais plutôt dire... à coups de visière de casquette. Je ne plaisante pas... Un jour, à Londres, j'ai assisté à une bagarre de rue entre deux malfrats. Je les voyais, à travers la glace du pub où j'étais, en train de se taper dessus à grands coups de casquette à la volée. On aurait dit des gosses en train de déconner. Eux, en revanche, ils ne déconnaient pas. Parce que, sous la visière de leur deffe, il y a des lames de rasoir cousues tout autour. Ce qui fait qu'au bout de quelques secondes ils avaient tous les deux la gueule en sang.

Tout ça pour vous dire que, si on se fait piquer avec un calibre, ça vaut deux ans ferme en Angleterre. Mais ça, il ne le sait pas, Claudius le Nantais. Donc, il est devant le pub, il balance un coup de latte pour ouvrir la lourde et, ses deux flingues en pognes, il braque les Maltais :

— Les mecs, j'ai fait le voyage pour vous prévenir, mes gonzesses, vous touchez pas... si je suis obligé de revenir vous voir, j'enverrai la sauce, ça va ?...

Et il est ressorti peinard, Claudius le Nantais, pour

reprendre son taxi qui l'attendait. Les Maltais dans le pub se regardaient entre eux, l'air surpris... qu'est-ce qu'il leur voulait au juste, ce Frenchie... ce louf qui venait les braquer chez eux avec deux calibres. Comme ils avaient rien compris, *of course* ils s'interrogeaient, les Maltais. Claudius le Nantais, lui, complètement inconscient, avait repassé les deux frontières le jour même avec ses flingues au fond de son baise-en-ville. Ni la douane ni la police des deux pays ne lui avaient demandé d'ouvrir sa petite valoche. Dans ces années-là, les contrôles n'existaient pratiquement pas. C'est vrai qu'à l'époque on avait pas encore banalisé le terrorisme. Il avait fait ça, lui qui voyageait jamais, comme s'il était allé voir un pote dans un troquet de Saint-Ouen ou de Courbevoie.

— Je crois qu'ils ont pigé, mais s'ils recommencent à les faire chier, mes gonzesses, j'irai les allumer, les Maltais...

Voilà ce qu'il avait ajouté, Claudius le Nantais, en racontant son voyage éclair à Fernand Trignol...

J'en ai connu des personnages de légende. Léon « le Manchot », pour ne pas le nommer, c'était pas du tout un handicapé comme vous allez voir. Il était marié légitime avec un pickpocket, je devrais dire *une* pickpocket, Marie « la Tireuse » qu'on l'appelait, c'était une des plus grandes de Paris. Il n'avait pas toujours été voyou, Léon « le Manchot ». Il avait fait des études, c'était pas un con. Dès qu'il allait en cabane, c'était rituel, il devenait bibliothécaire. Le directeur le convoquait...

— Je vous mets à la bibliothèque, Léon, comme d'habitude...

— Merci, monsieur le Directeur...

C'était un cas, Léon « le Manchot ».

En 1942, durant l'occupation, il avait braqué en plein jour, avec son associé, un camion allemand qui transportait la paie de la Luftwaffe... beaucoup de millions de l'époque, je ne sais pas si vous vous rendez compte de la prestation. Et il a fait ça d'une main, Léon « le Manchot », parce que son bras, il l'avait paumé en 1940.

On était là, lui et moi, dans un rade et je lui en reparlais de cette affaire, il restait modeste, Léon. C'est pas un truc qui l'avait marqué...

— Y a pas de quoi pavoiser, Dédé, c'était pas un coup duraille, on savait avec le Chilien qu'ils passaient vers midi, les Chleuhs avec le pognon, alors on les a attendus et dès qu'on les a vus s'enquiller dans l'avenue de l'Opéra, on a démarré avec la traction. On a roulé devant eux à une distance normale, puis on s'est arrêtés. Les Chleuhs qui étaient derrière ont fait comme nous, ils se méfiaient pas. Moi j'ai soulevé le capot comme si on était tombés en panne, et puis, tranquille, je me suis approché du camion comme pour leur jacter. J'avais une Schmeisser sous mon imper, j'avais coincé la crosse avec mon moignon. Il avait aussi une mitraillette, le Chilien, on a braqué tout le monde, après on a pris l'oseille et on s'est arrachés. Ça a duré deux ou trois minutes au maximum.

Faut quand même avoir de l'estomac pour faire un coup pareil à l'Opéra à midi en pleine occupe. Je vous rappelle que, dans ces années-là, ça fourmillait plutôt, les Allemands à Paris... surtout dans ce quartier. C'est vrai qu'il y en avait qui étaient là en touristes... qui faisaient des photos, mais ce qui est sûr, c'est que beaucoup étaient enfouraillés. Il me racontait ça, Léon « le Manchot », en finissant son verre de « champ ». Pour lui, c'était pas un fait d'armes. A l'entendre, il avait fait ça sur une jambe, si j'ose dire...

C'est un pote qui m'a raconté ça, quand il était en taule juste après la guerre. Il a connu un louf qu'avait tué plein d'Allemands pendant l'occupation, dans la région de Nancy, un chiffre impressionnant, j'ose même pas l'écrire, ça devrait figurer aussi dans le livre des records. C'était pas un résistant, pas du tout, il faisait plutôt dans la charcuterie clandestine. Son truc, c'était tout ce qui concernait le cochon. Il livrait discrètement sa production à la demande. Il fabriquait surtout du pâté qu'il mettait dans des petites boîtes de cent grammes en fer-blanc qui se vendaient sous le manteau au prix du caviar. Sur les boîtes, il n'y avait pas d'étiquette, bien sûr. Je ne vois d'ailleurs pas ce qu'on aurait pu y imprimer dessus... parce que vous l'avez compris... Tous les Allemands qu'il avait butés étaient transformés soit en rôtis, soit en pâtés « pur porc »... « pur schwein », je devrais dire... Son avocat l'avait fait passer pour un résistant. Comme il était fêlé, je ne me souviens plus s'il a été condamné à mort ou à perpète... faudrait ressortir les journaux de l'époque. Bref, c'était un drôle de lascar, pas commode, la cinquantaine passée, il tricotait toute la journée dans sa cellule. C'était difficile de jacter avec lui, sauf si on s'intéressait à son tricot. Pour se marrer, et quand ils voyaient qu'il était de bon poil, les matons le questionnaient...

— Ça avance ?...

— Ça va...

— Qu'est-ce que tu fais ?...

— Je tricote des bas pour maman...

Ça surprend, des lascars comme ça... Fallait se méfier avec cézigue, il pouvait rester plusieurs jours peinard puis, d'un seul coup, ça le prenait. Souvent, ça se passait pendant la séance de cinéma qu'on faisait aux taulards de temps en temps. Tout le monde était habitué. Pendant le film, il se levait dans le noir et allait rallumer la lumière avant de gueuler : « Les matons, c'est tous des enculés », puis il éteignait et revenait tranquillement à sa place. Ils en avaient peur, les matons, quand il se mettait à déconner. Une fois, pour le calmer, ils avaient dû s'y mettre à plusieurs, ils lui avaient même cassé une jambe à coups de barre de fer. Mon pote, qui était en taule avec lui, avait attendu plusieurs mois pour qu'il lui raconte son histoire de A à Z. Il travaillait pas seul, le charcutier, il avait un associé. Ça a duré jusqu'en 1945, le carnage infernal. Comme il n'y avait plus d'Allemands, ils ont continué avec les Ricains. Leur matière première, c'était les déserteurs, « made in U.S.A. ». Ils leur filaient rancard dans un endroit tranquille, pour leur acheter de la came volée... des pneus, de l'essence ou des cartouches de cigarettes. Ils transvasaient le matériel du G.M.C. dans leur camionnette, et lui, le louf ou l'associé, suivant le cas, s'arrangeait pour se trouver derrière l'Amerloque et lui filer un coup de hache à la surprenante sur la tronche...

C'était efficace, la hache, d'après lui, et puis surtout ça faisait pas de bruit. Un soir, ça a mal tourné... Ils sont dans une cave. Son associé, qui était un peu bourré, arrive en hypocrite derrière l'Amerloque, un grand Noir, et là il se prend le pied dans un casier à bouteilles, l'autre se retourne brusquement, fait un écart... le coup de hache n'est pas décisif... Le Noir, tout en sang, l'épaule éclatée, s'était arraché de la cave en hurlant comme un fou, puis il s'était écroulé dans la rue devant le Dodge où l'attendait un pote à lui.

— Nous, on croyait qu'il était venu seul, le négro, on pouvait pas savoir...

C'était pas un enfant de chœur, l'autre Ricain... il avait allumé l'associé dans l'escalier de la cave à coups de 11.43. Lui, le louf, le charcutier, il s'était déjà taillé dans la nature par le soupirail. Trois jours après, il s'était fait piquer par les pandores. Bien qu'il soit mort et enterré, il lui en voulait encore, à son associé alcoolo...

— Tu te rends compte, dans l'épaule, le meilleur morceau... faut être con quand même...

J'ai fait à Europe n° 1, dans les années 60, une émission qui s'appelait « La Musique à papa », je passais des disques, des succès qui avaient été créés entre 1900 et 1960. C'était une bonne émission, on passait entre 12 et 13 heures tous les dimanches. L'idée que j'avais eue était de faire un commentaire sur l'interprète et non pas sur la chanson. Au début, ça marchait bien, mais je me suis vite aperçu que je m'étais piégé moi-même. Évidemment, c'était difficile, une fois que j'avais parlé de Tino Rossi et envoyé *Marinella,* de repasser quinze jours plus tard un autre disque de Tino, parce que j'avais tout dit ou presque sur lui. Alors, dans une librairie spécialisée, j'ai acheté quelques bouquins, j'ai repéré les événements importants qui coïncidaient avec la sortie d'un disque, et j'en parlais dans mon commentaire, pas toujours, parce que, des fois, ça se mariait mal. Les titres des chansons n'illustraient pas vraiment la situation internationale... C'était difficile de mélanger l'invasion de l'Autriche, de la Tchécoslovaquie et de la Pologne par Hitler, avec Charles Trenet qui triomphait à l'A.B.C. en chantant *Boum... La Route enchantée* et *Y'a d'la joie !*

Je me souviens aussi d'avoir passé beaucoup de disques de Fréhel qui avait débuté dans le métier sous le pseudonyme de « Pervenche ». Elle avait été très jolie, Fréhel, elle a vécu un moment avec Maurice Chevalier. Après, ils se sont séparés. Pour pouvoir parler d'elle, je me renseigne et j'apprends qu'elle s'est taillée en Russie, à Saint-Pétersbourg, après que Maurice l'a larguée pour Mistinguett. Qu'est-ce qu'elle est partie foutre à Saint-Pétersbourg ? D'après les on-dit, elle a été invitée par la grande-duchesse Anastasia, la tante du tsar... On parle de liaison, allez savoir ? Ce qui est sûr, c'est que là-bas elle fait la fête tous les jours, Fréhel... elle croule sous les bijoux et les fourrures. Puis, d'un seul coup, tout s'arrête. C'est la guerre, la révolution russe de 1917. C'est le début de sa dégringolade, à Fréhel. Elle se casse à Bucarest. C'est plus à la cour impériale qu'elle chante, c'est dans des beuglants... des boîtes à matelots. Après Bucarest, on la voit à Constantinople. Puis, en 1923, elle revient à Paris. La came et la picole ne l'ont pas arrangée. Avec ses trente kilos en trop, elle est méconnaissable.

Quand je fais l'émission, elle nous a déjà quittés, mais c'est pas une raison pour dire n'importe quoi. J'ai pas envie de raconter qu'après sa rupture avec Maurice Chevalier elle se casse en Russie pour se maquer avec je ne sais trop qui... ni qu'elle a chanté dans des boxons roumains et turcs, avant de revenir en France faire exploser sa bascule. Et pourquoi d'ailleurs a-t-elle grossi comme ça ? Elle s'est mise à picoler en Roumanie ?... Non, me dit-on, là-bas, elle se camait. La picole, ça a commencé avant, en Russie... merde, c'était compliqué son histoire, à Fréhel.

J'ai eu du mal à faire un commentaire convenable. Je pouvais quand même pas envoyer sur l'antenne tous ces ragots, ça ne regarde personne.

Ça pose souvent des problèmes, la vie privée des artistes. Un dimanche, je passe un disque de Suzy Delair, le fameux *Avec son tralala*, et, dans la semaine qui suit, elle me téléphone...

— J'ai écouté votre émission dimanche dernier. Pourquoi avez-vous passé *Avec son tralala* ?

— Ben... c'est vous qui l'avez créé...

— Oui, bien sûr, mais je tiens à vous dire que j'aime aussi Offenbach, d'ailleurs j'ai déjà chanté Offenbach.

Je pouvais tout de même pas savoir qu'Offenbach était dans son répertoire, à Suzy Delair, en plus elle était pas aimable du tout au téléphone. J'ai écourté. Elle commençait à m'emmerder et je lui ai promis de lui passer son Offenbach le dimanche d'après. En fait, ce qui la gênait, c'était d'avoir été célèbre du jour au lendemain en chantant *Avec son tralala* dans le film de Clouzot, *Quai des Orfèvres.* Elle aurait préféré que ça se fasse avec quelque chose de plus sérieux... de plus classique. Moi, j'y étais pour rien. Bref, à la sonothèque d'Europe n° 1, l'assistant ne le trouve pas, le disque de Delair, par contre, il a trouvé un autre truc d'Offenbach, c'est une parodie, chantée par Roger Pierre et Jean-Marc Thibault. Ce qui fait que, le dimanche d'après, j'ai dit à l'antenne que Suzy Delair m'avait téléphoné en me reprochant d'avoir passé *Avec son tralala,* parce qu'elle préférait, et de loin, Offenbach, donc pour lui faire plaisir et à sa demande je lui faisais entendre de l'Offenbach... et j'ai passé le disque de Roger Pierre et Jean-Marc Thibault.

La plupart du temps, je faisais pas « La Musique à papa » en direct. Je l'enregistrais deux ou trois jours à l'avance, ce qui est quand même plus confortable. Je me souviens encore d'un enregistrement qu'on avait fait sur Joséphine Baker, un vendredi, je parlais d'elle au présent évidemment et, le samedi, on apprend qu'elle vient de mourir. Je la connaissais bien, Joséphine, j'ai été son imprésario et je l'aimais beaucoup. J'avais raconté des conneries, des trucs marrants... on peut se permettre de raconter des conneries sur des gens vivants qu'on aime bien. J'ai donc foncé le dimanche matin, vers 11 heures, à Europe n° 1 pour préparer et refaire l'émission en direct, pauvre Joséphine, on peut pas prévoir des trucs comme ça... ça marchait bien, « La Musique à papa »...

Après « La Musique à papa », je me suis occupé de musique yéyé. C'était la pleine époque. Avec Kiki Chauvière et Jacques Petitjean, j'ai ouvert une boîte place Blanche qu'on a baptisée « La Locomotive ». C'est Moustache qui a eu l'idée de l'appeler comme ça. Comme j'étais très ami avec Maurice Siegel d'Europe n° 1, très souvent il nous envoyait Hubert, leur animateur vedette, qui faisait chez nous leur fameuse émission « Salut les copains », que tout le monde avait transformée en « Ça pue les colins ». Ça marchait fort, notre truc. Beaucoup de chanteurs sont passés chez nous... Polnareff, Johnny Halliday, Eddy Mitchell, Claude Nougaro, Charles Trenet, Pierre Perret, Tom Jones et j'en passe. Il y a même Godard qui est venu tourner je ne sais plus trop quel truc chez nous et qu'on a été obligés de virer, lui et son équipe, pour pouvoir ouvrir à l'heure. Le contrat de location de la salle précisait qu'il arrêterait son tournage à 6 heures, et à 8 heures passées, il était encore là. Je lui ai coupé la lumière.

Beaucoup de groupes se sont succédé à La Locomotive, des connus et des moins connus. Ils n'étaient pas tous sympathiques, ces groupes, on a eu souvent des problèmes avec eux. Les Rolling Stones, par exemple, c'était pas des cadeaux... mal élevés, vulgaires, désagréables, prétentieux. Les Kink's, aussi, c'étaient des cas. Un jour, leur manager, un British, un grand rouquemoute, arrive à La Locomotive, on avait rendez-vous. Et sans me dire bonjour ni rien, d'entrée, il me demande à voir les loges, parce que, comme il me dit : « Si les loges ne sont pas impeccables, ils chanteront pas, les Kink's. » Comme on vient de faire tout repeindre, je suis pas inquiet. On revient des coulisses et apparemment les loges lui conviennent. Moi, je les connais un peu de réputation, les Kink's, et je le préviens que s'ils arrivent en retard, ce qu'ils faisaient un peu partout, moi je les paierais pas. D'abord parce que c'est stipulé dans le contrat et que j'ai un impératif : ma clientèle. C'est tous des mômes qu'ont pas les moyens de prendre un taxi, certains habitent la banlieue ou plus loin. Ça veut dire qu'ils doivent pas rater leur dernier métro, leur dernier bus ni leur dernier train. Il se marre, cézigue, il est d'accord, *don't worry...* « ne vous inquiétez pas... ». Il va leur transmettre, aux Kink's. Il n'y a pas de problème, ils seront à l'heure. Évidemment, le soir même, c'était un samedi, ils se sont pointés en retard, plus d'une heure. Dans la salle, c'était l'émeute. Les mômes qui avaient payé un peu plus cher, parce que c'était les Kink's, n'appréciaient pas.

Kiki et moi, on avait peur qu'ils cassent les sièges. On a dû en rembourser quelques-uns, parce qu'ils ne pouvaient pas, question transport, comme je vous l'ai dit tout à l'heure, rester jusqu'à la fin. Le lendemain, dimanche dans l'après-midi, ils repassaient, les Kink's, et rebelote, ils sont encore à la bourre. J'étais nerveux. En fin d'après-midi, je lui avais préparé une surprise, au manager. Quand il est venu se faire payer, je lui ai dit que, pour des raisons comptables, j'étais obligé de faire deux chèques. Un pour le cachet, et un autre pour les voyages. Il était d'accord, le rouquin, il ne se méfiait pas. Je le vois encore dans le bureau, ce grand con, attendant son pognon en fumant un cigare. J'ai rempli un seul chèque, celui des voyages, et je lui ai tendu en lui disant :

— *Goodbye*...

Il était pas content, le manager, que je lui étouffe le chèque des cachets. Il allait me faire un procès, il gueulait debout dans le burlingue avec son chèque à la main. Je lui ai conseillé de le ranger vite fait dans son portefeuille sinon j'allais lui reprendre, il commençait à m'emmerder, l'Angliche.

— Chez nous, on dit que l'exactitude, c'est la politesse des rois. Alors, ça tombe bien avec vos Kink's, vous leur direz d'acheter des tocantes s'ils veulent toucher leurs cachetons...

Je me suis levé pour lui ouvrir la porte, mais j'ai pas eu le temps de le faire, il l'avait déjà claquée. Pour rester dans les citations et les proverbes, faut pas oublier que *Time is money*, comme ils disent, les Angliches, et avec les Kink's on a pu vérifier que c'était vrai, parce que le fric de leur cacheton, je l'ai partagé avec mes deux associés.

Ils sont pas tous comme ça, les groupes, il y a quand même des exceptions. Le manager des Kink's m'avait dit qu'avec le turbin que je lui avais fait j'avais plus aucune chance de voir chez moi un groupe de rock anglais... qu'il allait s'occuper de ma publicité. Bref, j'ai eu tout ce que je voulais après, question groupes, dont les Moody Blues. Des garçons adorables, de vrais professionnels. Et un dimanche après-midi, vers 5 heures, ils viennent nous inviter à dîner, Kiki et moi. On est bien emmerdés parce qu'on n'est pas libres ce soir-là.

On leur demande de nous excuser, et comme ils nous plaisaient bien, les Moody Blues, on leur offre un verre et on leur explique qu'en règle générale on dîne rarement avec les groupes qu'on engage. Eux, c'est différent bien sûr, c'est avec plaisir qu'on aurait bouffé avec eux. Mais avec les autres groupes on préfère pas, on n'a pas envie, parce que, souvent, ils nous ont fait des embrouilles, comme les Kink's par exemple. Ils sont un peu déçus, les Moody Blues et, comme ils sont bien élevés, ils ne le montrent pas.

— *Well*... une autre fois peut-être... mais comme vous nous parlez des Kink's, *we're sorry*, mais faut pas les confondre avec nous... Nous, nous sommes des vrais musiciens...

La musique, moi j'aime bien, mais l'éducation, c'est encore plus important.

Un jour, ayant invité à dîner une jolie femme fort bien élevée, et même un peu « snob », je m'efforce d'être brillant. Je surveille mon vocabulaire, gomme mes expressions argotiques. Je sens que j'ai mes chances, je la fais rire...

Elle commande une douzaine d'huîtres... des spéciales. A l'époque, six huîtres, c'était mon maximum. Par politesse, j'en commande douze moi aussi. Les six premières... ça fonctionne bien. Malheureusement, la septième est très fatiguée. Je la recouvre avec une autre, j'avale un grand coup de muscadet et, dès que la serveuse passe près de moi, je lui demande d'enlever mon assiette.

— Vous les trouvez pas bonnes ?

— Si, mais j'ai eu les yeux plus grands que le ventre !

— Elles sont peut-être trop grasses pour vous ?

— Vous avez le nez bouché ou quoi ? Celle-là est pourrie, alors emportez-moi tout ça !

Je m'étais un peu énervé... levé le ton aux environs de cent décibels... Silence dans le restaurant. La fille va au guichet qui sépare la salle de la cuisine. Le patron la questionne :

— Qu'est-ce qu'il y a ?

— Y dit qu'il y en a une de pourrie...

— C'est son nez qu'est pourri...

Je n'apprécie pas. Je me lève d'un bond et me plante devant la petite porte.

— Et ton nez à toi, il est comment ?

A travers le guichet, cet abruti m'attrape par le revers de ma veste et me gifle... Je lui tire une droite. Il ne me lâche pas. Furieux, j'enjambe le guichet et on continue à se battre dans la cuisine. Il est fort, ce con-là !

Un coup de chance me donne un avantage, il glisse et tombe. Me souvenant d'un vieux principe : « Ne jamais laisser se relever un homme à terre », je lui glisse un coup de savate et il est hors de combat. Tout ça s'est déroulé très vite, et je réalise que j'ai complètement oublié la dame que j'avais voulu épater par ma bonne éducation. Je reviens vers elle.

— Prends tes « hardes », on se casse...

Dans la voiture, je lui ai expliqué que l'on pouvait être un gentleman et échanger à l'occasion des horions avec un manant ! J'ai tout de même passé une très bonne soirée... dans un autre restaurant, puis dans une boîte de nuit... chez Castel, et on a pris le dernier verre à la maison.

Je ne tourne jamais le dos à la porte quand je suis dans un restaurant. Tout ça à cause d'une histoire qui m'est arrivée pendant la guerre, mais c'est pas du tout une histoire de résistance, ou de fait d'armes héroïque, non, c'est plus simple. Un jour que je déjeunais tout seul, peinard, en tournant le dos à la porte, j'ai pris à la volée un coup de gourdin sur la tête. Un coup à assommer un cheval. Je suis d'ailleurs tombé dans les pommes en entraînant la nappe, et quand je suis revenu à la surface en nageant dans les carottes, les navets et le pot-au-feu qui m'avaient suivi sur le plancher, j'ai vu un type, l'air con, qui s'est excusé. C'était un mari trompé qui m'avait pris pour le mec qui se tapait sa femme. Depuis cette aventure, quand je suis forcé de m'asseoir dans un restaurant le dos à la porte, je ne suis pas à l'aise, ma femme le sait, et d'autorité elle me laisse la banquette. Depuis cette histoire-là, je ne bouffe plus de pot-au-feu non plus.

J'ai oublié de vous dire qu'il était complètement bourré, le cocu qui m'avait à moitié assommé. En parlant de poivrot, je pense tout de suite à Antoine Blondin que j'ai bien connu. Je dis j'ai « bien connu » parce que je ne le fréquente plus, je le regrette, mais il est devenu infréquentable. Quand il est dans son état normal, c'est-à-dire quand il a picolé, il devient agressif, fait des scandales pas possibles. Son truc favori est de gifler des personnes qu'il ne connaît pas. En règle générale, il choisit les plus costauds. Une fois, en sortant de chez Castel à 3 ou 4 heures du matin, j'ai dû intervenir pour lui arranger le coup...

— Faites pas attention, c'est un ami, il est un petit peu bourré.

— Oui, mais c'est pas une raison pour qu'il me foute une tarte dans la gueule !

— Oui, je sais, excusez-le.

Et pendant que vous parlementez pour limiter les dégâts, il y a Antoine qui arrive en douce et qui essaie de lui en remettre une. Alors, vous avez bonne mine : vous en maintenez un... vous repoussez l'autre...

— C'est Antoine Blondin, il est un peu fatigué, vous voyez bien.

— Qu'est-ce que j'en ai à faire, moi, que ce soit Antoine Blondin ?

J'ai vécu ça plusieurs fois. Maintenant je l'évite comme la peste bubonique. Je me casse quand je le vois.

Après la guerre, à Saint-Germain-des-Prés, j'ai rencontré Sidney Chaplin, avec qui je suis resté très ami. C'est pas un triste, Sidney, toujours en train de raconter des trucs marrants, c'est un personnage hors du commun parce qu'il a un nom quand même lourd à porter. Quand vous vous appelez Chaplin et que vous travaillez dans le cinéma, faut se faire un prénom, c'est pas évident. Après quelques scotchs, il racontait plein d'histoires sur son père, qu'il appelait « le petit Anglais ». C'est lui qui nous a appris que Charlie Chaplin était une bête question bagatelle, il ne pensait qu'à ça. Cinq ou six fois par jour, ça lui faisait pas peur, à Charlot, et même quand il n'était plus très jeune. Quelquefois, il s'arrêtait de picoler, Sidney, parce que dans le genre il pouvait faire fort. Nous aussi, du reste. A l'époque, chez Castel, c'était le whisky, notre discipline. Donc, quelquefois, Sidney commandait un Perrier ou un Coca-Cola en nous disant :

— Je suis sur le wagon...

— Ah bon, t'es sur le wagon... depuis combien de temps ?

— Ça fait deux semaines déjà...

Et nous, quelquefois, on l'imitait, on faisait comme lui, on se mettait aussi sur le wagon... on buvait plus d'alcool, on buvait que de la flotte ou des jus de fruits. Mais d'où ça venait, cette expression : « Je suis sur le wagon » ? C'est Sidney qui nous a affranchis... ça remontait à l'époque du Far West, quand les Ricains construisaient leurs lignes de chemin de fer. Pour poser les voies, ils venaient avec une locomotive qui tirait quatre, cinq wagons de matériel, des rails, des traverses et un wagon-citerne rempli de flotte. La flotte, c'était indispensable pour la locomotive et aussi pour que les gars se lavent, fassent leur cuisine et boivent, évidemment. Parce qu'ils bossaient en plein soleil, 40 degrés à l'ombre, et dans les grandes plaines qu'ils traversaient il y avait pas encore de distributeurs de Coca-Cola. Bref, un jour, ils posaient cinquante ou cent mètres de rail, la loco avançait, et le lendemain ça recommençait. Le problème, c'était les fermiers, ça les emmerdait, ça leur plaisait pas du tout le chemin de fer, ça plaisait pas non plus à leur bétail qui s'affolait. Alors, dès qu'ils avaient une minute, ils venaient en bande avec leurs flingues et de loin ils tiraient comme des fous pour transformer le wagon-citerne en passoire, ça pissait de partout, et les types du chemin de fer étaient obligés de repartir se ravitailler en flotte cinquante ou cent bornes en arrière. A force, ils en ont eu marre de faire sans arrêt des allers retours. Ils ont trouvé une parade. Le soir, quand ils avaient fini de bosser, juste avant de se poivrer pour se changer les idées, ils tiraient au sort, et celui qui sortait prenait son flingue, montait sur le wagon et s'installait tout en haut à cheval sur la citerne. Il était de garde. Ce qui fait que, quand il voyait des fermiers s'approcher d'un peu trop près, il faisait une petite sommation pour le principe et il leur tirait dessus, jusqu'à ce qu'ils se cassent. Mais, ce soir-là, le type de garde, pour être opérationnel, comme on dit, ne buvait pas une goutte d'alcool. Il était « sur le wagon ». Voilà ce qu'il nous avait raconté, Sidney, avec son accent inimitable.

Il parlait couramment français, mais il avait quelques expressions bien à lui. Par exemple, il disait jamais : « J'en ai rien à foutre » ou « je m'en fous », il disait : « Ça m'en fous. » Mes potes et moi, on l'a jamais repris, ça nous faisait trop marrer. Dans le cinéma, il a fait pas mal de rôles, surtout dans les westerns. A une époque, on l'a fait beaucoup tourner. « J'étais bien payé, parce que sur l'affiche il mettait toujours Chaplin en grand et Sidney en tout petit... mais ça m'en fous. » Il est gentil, Sidney, pas prétentieux. Un jour, il va en tourner un en Espagne parce qu'à une époque on en a tourné des masses là-bas, c'était beaucoup moins cher. Bref, il arrive là-bas, et tout de suite le réalisateur l'entreprend :

« Voilà l'histoire, monsieur Chaplin. Des voleurs de chevaux viennent de tuer le frère d'un fermier, il laisse sa ferme, les recherche et commence à les tuer les uns après les autres, en même temps, le shérif apprend que... »

— J'ai été obligé de l'arrêter, le réalisateur, je lui ai dit que c'était pas la peine qu'il me raconte la suite. La fin de son film, je la connaissais par cœur... c'est toujours la même...

Y'en a un qui s'y met pas souvent sur le wagon, c'est Robert Mitchum. Ce jour-là, j'étais au bar d'Europe n° 1 avec lui, Claude Agnely et Maurice Siegel. Comme on a commandé du scotch, une nana en blouse blanche, il n'y avait pas de barmaid au bar d'Europe n° 1, ouvre une bouteille de scotch et nous sert comme ça au jugé, sans doseur, dans des grands verres droits, comme des verres à bière, des demis. Arrivée à Robert Mitchum, elle commence à le servir... s'arrête au tiers du verre et le regarde en souriant, l'air interrogatif...

— Oh !... fait Mitchum.

Puis il met son doigt sur le verre et le monte tout doucement, la fille continue de verser et s'arrête à cinq millimètres du bord. Il se retrouve donc, Mitchum, avec un demi de scotch pur, sans flotte, presque sans faux col. Nous, on s'attendait à ce qu'il se tape ça en plusieurs fois. Eh bien, pas du tout, on avait à peine touché au nôtre que lui avait tranquillement bu le sien. Maurice Siegel fait signe à la fille de nous remettre ça, elle nous sert un nouveau whisky pardessus l'autre, mais Mitchum, lui, avec son doigt lui refait le même coup et il se tape un deuxième demi de whisky. Pour être poli, on l'accompagne, mais on a du mal à le suivre. On boit pas à cette allure-là. Bref, la fille ouvre une deuxième bouteille et Mitchum continue son truc toujours avec son doigt, ce qui fait qu'en dix minutes il n'y a plus de deuxième bouteille, elle est vide, il y a même plus de whisky du tout, nous dit la fille. A cette heure-là, la réserve est fermée et elle n'a pas les clés. Mitchum, qui parle un peu français, comprend qu'il y a un problème et, pour arranger le coup, il désigne une bouteille de Pernod sur l'étagère.

— Ça, très bien...

La fille lui change son verre et avec le Pernod, sans eau évidemment, il a recommencé son truc. Nous, on avait décroché, lui, il en a encore bu un deuxième pour la route et on est sortis du bar. Au déjeuner, il s'est tapé du bordeaux, une bouteille, plus une demie. Après tout ça, il était encore clair, Robert Mitchum, il s'exprimait normalement, nous, on était soufflés, parce que pour lui la journée venait à peine de commencer, il y avait encore l'apéritif du soir, le dîner, et la tournée des bars jusqu'à 4, 5 heures du mat'. Ça m'étonne toujours un peu, ce genre de performance.

Dans ma famille, on a eu un phénomène dans le genre, c'était mon oncle Georges... Georges Charbonnier, un Auvergnat, costaud, sanguin, un peu le physique de Raimu. Il était lieutenant de louveterie, c'était un chasseur, un très grand fusil. Cet oncle avait un café-tabac à Saint-Maur, près du pont de Bonneuil, et, derrière la boutique, il y avait un très grand jardin avec au milieu une grande allée, large de deux ou trois mètres et, de chaque côté, c'était comme au zoo en plus petit. Il y avait plein de grandes volières les unes à côté des autres. Dès qu'on arrivait à Bonneuil, j'allais tout de suite voir les coqs de combat indiens, les faisans dorés, les poules naines, il y avait même une buse et un perroquet. Il avait aussi, mon oncle, plein de chiens, une bonne douzaine, moi, ça me fascinait quand j'étais môme.

C'est sa femme, ma tante Christine, une Luxembourgeoise, elle avait gardé un petit accent, qui tenait le bureau de tabac. Lui, tous les jours, dès l'aube, il partait avec quelques chiens. A l'époque, dans le port de Bonneuil qu'il louait à l'année pour la chasse, ça fourmillait de lapins. Il revenait vers 9 heures, cassait une croûte, se recouchait jusqu'à midi, lisait les journaux, puis il descendait s'installer dans le café-tabac pour attaquer l'apéro avec ses copains. Il fonctionnait exclusivement au Byrrh-cassis, mon oncle. Quand il voyait un client au comptoir qui tardait un peu pour choisir une consommation, il lui disait :

— Buvez du Byrrh, c'est du vin cuit, ça fait pas de mal...

Il s'en tapait, tous les jours, vingt à trente à midi avant de passer à table et autant le soir, c'était fantastique... à inscrire aussi dans le livre des records. L'après-midi, c'était rituel, on m'a raconté ça plus tard, il allait pas à la chasse, il voyait une dame. Ma tante n'était pas jalouse et il revenait vers 6 heures pour l'apéritif. Bref, avec toutes ces overdoses de Byrrh-cassis, soixante à soixante-dix par jour, comme je vous le disais, il a explosé, mon oncle Georges... une très jolie cirrhose d'après les toubibs, du jamais vu. Comme il n'a pas souffert, il avait peut-être raison, mon oncle, quand il disait que le vin cuit, ça fait pas de mal. Toujours est-il que ma tante Christine s'est retrouvée veuve. Trois mois se passent, et le représentant en chef de la maison Byrrh, qui a appris la nouvelle tardivement, se pointe dans le café-tabac, présente ses condoléances à ma tante et offre, c'était la coutume, une tournée générale, puis il s'isole avec elle pour jacter boulot et il lui demande pourquoi elle ne commande plus de Byrrh...

— Du Byrrh, mais, monsieur, on n'en a jamais vendu du Byrrh, c'est mon mari qui le buvait...

Un soir, j'étais chez Castel avec Kiki Chauvière, et on sympathise avec deux Anglais, des officiers de marine qui viennent d'échouer là. Ils sont venus comme ça sans connaître, et Castel, peut-être que ça l'amusait d'avoir chez lui deux gars en uniforme, les a laissés entrer, parce qu'il est folklorique, Castel, dans ce domaine. On entre ou n'entre pas chez lui, ça tient à rien, c'est pas une question d'allure bon chic bon genre ni de physique. Ça joue pas avec lui, il peut vous laisser entrer même si vous avez une sale tronche, il est comme ça, Castel. Donc, on est là avec les Angliches qui parlent très bien français. Tout en picolant, on discute de tout et de rien, on refait le monde. Bref, vers 6 heures du matin, on est tous un peu bourrés, et brusquement les Angliches s'inquiètent de l'heure... il faut qu'ils se barrent à Orly pour prendre leur avion. Comme ils ne sont pas trop en avance et qu'ils sont sympathiques, Kiki et moi, on leur propose de les accompagner et, quelques minutes plus tard, c'est Kiki qui conduit, on fonce sur l'autoroute qui va à Orly. A cette heure-là, il fait encore nuit, il n'y a pas beaucoup de bagnoles. Moi, je suis assis à l'avant, à la droite de Kiki, et de temps en temps je tourne la tête par-dessus mon épaule pour continuer la conversation avec les deux Angliches. On arrive à Orly dans les temps et on sort de la voiture pour dire au revoir aux gars. Je vous rappelle qu'on avait tous picolé pas mal, mais Kiki et moi, on voyait encore clair, les Angliches, eux, je ne sais pas, mais celui qui vient de me serrer la main, il m'étonne :

— Merci, vous êtes un conducteur formidable, mais, de vous à moi, j'ai eu quand même très peur quand vous tourniez la tête pour me parler...

Pourquoi il me dit ça, l'imbécile, il me confond avec Kiki,

il doit être encore plus bourré que nous, bref, on s'est dit « au revoir » et ils sont partis prendre leur zinc. En rentrant sur Paris, Kiki s'est mis brusquement à se marrer...

— Tu sais pourquoi il t'a dit ça, l'Angliche ?... Comme, chez eux, ils ont le volant à droite dans leur bagnole... il a cru que c'était toi qui conduisais !

Il y en a un qui picolait pas mal et qui a failli avoir un problème avec des voyous. C'est Pierre Brasseur, et il l'a jamais su.

Une nuit, il devait être dans les eaux de 4 heures du matin, je suis à La Cloche d'Or avec Marcantoni, un de mes vieux amis. Un personnage lui aussi, je ne sais pas s'il l'a encore, mais à l'époque il avait chez lui un perroquet qu'il avait surnommé « Non-Lieu ». Bref, on a fini de dîner et on boit un dernier au bar. A La Cloche d'Or, il y a une salle en étage et je vois apparaître en haut de l'escalier Pierre Brasseur, complètement bourré. Il descend en diagonale avec difficulté, il trébuche, passe devant le bar, bouscule plusieurs consommateurs, dont le garde du corps qui était avec Marcantoni. Il est pas content, le garde du corps...

— Faites attention, merde...

— Oh, va te faire enculer, toi...

Tellement qu'il est chlâsse, Pierre Brasseur, il lui dit ça sans s'arrêter et sans le regarder et il continue à tituber vers la sortie. Vexé, le voyou sort son flingue et bondit pour lui en foutre un coup sur la tronche. Dans le mouvement, Marcantoni lui bloque le bras...

— Arrête !... c'est un ami d'André...

— Il pourrait quand même être poli...

Brasseur, lui, il a ouvert la porte, qu'il a pas refermée d'ailleurs, et il s'est taillé. Il s'était aperçu de rien.

Il y a des répliques superbes qu'on entend ici et là, ça fait ma joie en règle générale. J'ai lu dernièrement un compte rendu d'audience dans un canard. Le président interroge un mac notoire qui est dans le box des accusés :

— Et de quoi avez-vous vécu, monsieur, durant ces quatre dernières années ?

Et l'autre répond :

— D'angoisse, monsieur le Président...

En 1939, j'ai connu Albert Baker d'Isy qui avait une très belle situation à *Paris-Soir,* c'était un journaliste sportif, brillant, très coté, nous étions devenus des amis. Puis, un jour, quelqu'un de sa famille se tue accidentellement et il se met à picoler, il dégringole de plus en plus et se fait virer de son canard. Pour vivre, il écrit quand on lui demande des petits articles, qu'il place à gauche et à droite avec difficulté. Il tape aussi les copains, puis il disparaît. Quelques mois se passent et je rencontre un journaliste, « Bibi Flambard », qui le connaissait. Je lui demande des nouvelles de Baker.

— Comment il va ?

— Pas bien du tout... Il est devenu clochard maintenant...

— Et de quoi il vit ?

— Il vit de privations...

Quelle belle réplique !...

C'est drôle les insultes, ça évolue. Ça évolue pas pour tout le monde, mais, à l'heure actuelle, beaucoup de mots sont à la mode.

Je me souviens, pendant le tournage de *Deux heures moins le quart avant Jésus-Christ,* mon pote Coluche traitait Jean Yanne, Michel Serrault et moi-même d'enfoirés à longueur de journée.

Au début, on avait été surpris.

Je me demande s'il ne testait pas le mot, pour l'utiliser plus tard à la télé. Quoi qu'il en soit, c'est lui qui l'a démocratisé. Qui d'autre que Coluche, d'ailleurs, aurait pu se permettre de traiter les téléspectateurs d'enfoirés ?

Maintenant on se traite d'enculé pour un oui, pour un non, personne ne se vexe, c'est devenu une habitude, mais, il y a quelques années, les gens se foutaient sur la gueule pour moins que ça. Une insulte, c'était une insulte, ça ne rigolait pas. L'autre jour, place de la Concorde, je suis pris dans un embouteillage monstre, j'attends que ça se passe. A côté de moi, il y a une voiture dans une file qui avance tout doucement, et juste devant ma bagnole, un type met son clignotant et déboîte en gênant la voiture qui avançait. Aussitôt, ça klaxonne et les deux conducteurs commencent à s'engueuler après avoir baissé leur glace. Je les regarde, à eux deux ils doivent bien avoir cent soixante-dix ans, c'est vraiment deux vieux lascars. Il y en a un qui fait à l'autre :

— D'abord, vous n'êtes qu'un vieux salaud...

Il n'est pas content, l'autre...

— Et vous, vous ne vous êtes pas regardé, espèce de vieux daim...

« Espèce de vieux daim »..., j'avais jamais entendu ça...

A l'époque, Bruno Coquatrix et moi, on a un accord, un « deal », comme disent les Ricains. Chaque mois, l'un de nous doit faire découvrir à l'autre un restaurant « inédit » et, bien sûr, de qualité. Si on n'a rien trouvé, on sort le « joker »... Un trois étoiles !

Bruno a perdu, il m'invite chez Lapérouse. Avec nous, Jean-Michel Bory, son neveu et directeur de l'Olympia. Après avoir étudié la carte et passé la commande, le sommelier vient nous voir. Nous sommes des habitués, nous le connaissons bien. C'est un personnage ! Il n'est pas loin de quatre-vingts berges et d'un mètre quatre-vingt-dix, avec un grand nez rouge et des pieds plats.

— André, qu'est-ce qu'on boit ?

Avant que j'aie eu le temps de répondre, le sommelier, dont le nom m'échappe, mais qui était célèbre dans le métier, prend les choses en main.

— Je vous donne le petit haut-brion habituel...

— Oui, dit Bruno, mais comme il fait un peu chaud...

— Vous n'allez tout de même pas boire un apéritif !

— Non, mais on pourrait se faire la bouche avec un bouzy, c'est possible ?

— Oui, fait le sommelier en haussant les épaules. Et après ça, je vous donne le petit haut-brion habituel...

— Bien sûr.

Et on se met, avec le sommelier, à parler des meilleurs crus, des grands millésimes. A côté de notre table, il y a un couple d'Américains qui écoutent attentivement notre conversation en attendant qu'on les serve. La femme, plutôt belle, très maquillée, avec une cape en renard argenté sur le dos, se penche pour parler à l'oreille de son mari qui l'écoute silencieusement. Il fait oui en remuant la tête et, pour montrer qu'il s'y connaît lui aussi, il profite d'un trou dans notre conversation pour interpeller le sommelier :

— Oh..., excusez-moi, monsieur le sommelier... mon femme a pris le chateaubriand à point avec des petits pois... je voudrais savoir, pour boire avec la viande, un demi-bouteille de champagne doux... c'est possible ?

Du champagne doux, c'est comme si on venait de lui foutre une tarte dans la gueule, au sommelier, il nous a regardés, l'air accablé, puis il a répondu au Ricain, en levant les bras au ciel :

— Tout est possible.

Quand j'ai commencé dans le show-biz avec Louis Barrier et Yves Bizos, dans l'agence du 44, rue de Bruxelles, un bureau était réservé à Teddy Castille. Il avait à l'époque une bonne cinquantaine. Il était le patron du Bobino, le music-hall de la rive gauche, et de l'Européen, place Clichy. L'Européen présentait des opérettes ou des revues, Bobino des spectacles de variétés.

Castille était un personnage étonnant. Assez grand, fort et sanguin, mais son mental ne correspondait pas à son aspect physique. Il était gentil, naïf et peureux. A l'agence, il nous faisait marrer, et on l'aimait bien.

Il était hanté par la possibilité d'un « bide », toujours possible dans le spectacle. Son expression favorite, quand on préparait les programmes et qu'on parlait de la prochaine vedette, c'était : « Vous êtes sûr qu'il va les faire venir ? » Si la vedette avait fait une tournée, que ce soit en France ou à l'étranger, ça se terminait toujours par : « Y avait du monde ? »

Un jour, Georges Ulmer, qui, dans les années 50, était presque aussi important qu'Yves Montand, arrive à Bobino pour répéter.

— Vous étiez en province ?

— Oui, j'ai chanté avant-hier soir à Strasbourg.

— Vous êtes rentré quand ?

— Hier.

— Vous êtes rentré comment ?

— Par le train bien sûr.

— Y avait du monde dans le train ?

Là où il a fait très fort, Castille, c'est un jour où Barrier rentrait des États-Unis. Piaf avait chanté à San Francisco, et le bruit avait couru qu'Édith n'avait pas fait un gros succès.

— Alors, Barrier, il paraît que Piaf s'est ramassée aux États-Unis ?

— C'est pas vrai du tout, ça a très bien marché.

— Ah bon !... Y avait du monde ?

— Mais, Teddy, c'est à douze mille kilomètres !

— Oui, c'est vrai.

Comme il savait que je faisais les programmes du Moulin-Rouge, chaque jour ou presque, il me posait la question :

— Y avait du monde hier soir ?

— On était bourré.

— Vraiment bourré ?

— Oui.

— Bourré, bourré ?

— Oui.

— Mon cher ami (il commençait toujours ses phrases par « Mon cher ami »), vous n'allez pas me dire que c'est bourré tous les soirs, le Moulin-Rouge ?

— Mais si, Castille...

Alors, il avait inventé une nouvelle expression, Teddy.

— Y avait du monde hier soir ?

— Oui.

— C'était bourré ?

— Oui.

— Vraiment bourré ?

— Oui.

— Bourré, bourré ?

— Oui.

— Grand bourré ?

Un jour où notre vedette du tour de chant ne peut pas

débuter à cause d'une forte grippe, quarante-huit heures avant les débuts, on cherche un remplaçant. Je propose Charles Trenet. Il venait de faire trois mois au théâtre de l'Étoile et la dernière semaine avait été difficile, mais il fallait se dépanner et Trenet était d'accord.

Castille réfléchit un instant...

— Mon cher ami, bien sûr, il ne les fait pas venir, mais ne croyez-vous pas qu'il va les faire fuir ?

Il y a un truc qui me revient. Comme je vous l'ai dit, il était naïf, Castille. Bizos et Barrier lui avaient fait croire que je devais faire l'amour cinq ou six fois par jour pour bien me porter.

— Mon cher ami, vous êtes un véritable taureau.

— Pas vraiment !

— Mais si, mais si...

Les soirs de première à Bobino, il n'osait pas rentrer dans la salle. Castille s'enfermait dans son bureau jusqu'à la fin de la représentation et, quand le dernier spectateur était parti, il allait voir les filles du vestiaire et les questionnait :

— Comment ont-ils trouvé le programme ?

C'était pas si bête, son système.

José-Luis de Villalonga, qui est le parrain de Pénélope, ma fille aînée, est un vieux copain que j'adore.

Un soir, les Rothschild font un dîner, et il reçoit un carton, une invitation à venir prendre le café. On ne l'a pas invité à dîner. On ne lui avait jamais fait celle-là, à José-Luis, il n'est pas habitué. Il a renvoyé l'invitation après avoir écrit dessus : « Je bois toujours le café à l'endroit où je dîne. »

J'ai une autre histoire sur les Rothschild, ça se passait avant la guerre. Jules Berry, la grande vedette de cinéma de l'époque, avait été invité chez l'un d'eux à dîner, c'était un grand comédien, Jules Berry, plein d'esprit, qui faisait rire. Comme il a tout de suite compris qu'on l'invitait pour qu'il fasse le clown et que ça l'emmerdait, il parle à peine, il se comporte en homme du monde, bien sûr, toujours galant avec les dames, mais sans plus. Rothschild, qui s'attendait à un feu d'artifice de mots d'esprit, fait un peu la gueule. Il déçoit, Jules Berry. Vers la fin du dîner, le baron n'y tient plus :

— Monsieur Berry, vous qui êtes si drôle, faites-nous rire...

Il a sauté sur l'occasion, Jules Berry...

— Monsieur le Baron, vous qui êtes si riche, faites-moi un chèque...

Pour en revenir à José-Luis de Villalonga, on se voit un peu moins maintenant, parce qu'il vit en Espagne. Il a eu le droit d'y revenir après la mort de Franco. Ce grand d'Espagne, parce qu'il est grand d'Espagne, José-Luis, a été comme tant d'autres, dès que Franco est arrivé au pouvoir, obligé de se tailler. Ça lui manquait, l'Espagne, il m'en parlait souvent. A telle enseigne qu'il allait, avec sa femme, passer ses vacances à Biarritz et qu'il lui faisait franchir la frontière pour qu'elle aille acheter des bonbons espagnols... Nostalgie. Ça a duré quarante ans, son exil. Être grand d'Espagne, ils sont plus des masses là-bas... ça offre plein d'avantages... plein de privilèges. Par exemple, si ça lui chante, à José-Luis, il peut entrer à cheval dans une église.

Moi, je m'imagine mal arriver dans une église avec un bourrin et rester peinard assis sur ma selle pendant que les autres se lèvent, s'assoient ou se font mal aux genoux sur les prie-Dieu. Et puis je pense que c'est vite dit, que c'est un privilège, parce qu'il y a quand même des risques. Votre canasson, lui, il ne pige pas le latin, et à n'importe quel moment de la messe il peut faire un bruit surprenant. Ça la fout mal, et dans ces cas-là il y a toujours quelqu'un qui se marre, qui donne le signal de la rigolade, c'est inévitable. De toute façon, ça fout le bordel. Bien sûr, ça peut en rester là.

Mais souvent, et ça, on peut pas lui reprocher, au canasson, il enchaîne, vous voyez ce que je veux dire... Alors là, c'est le délire, surtout s'il y a des gosses. Résultat, le cureton et le bedeau vous font la gueule, et vous, sur votre bourrin, vous avez l'air d'un con.

Mais là, j'extrapole, c'est pas moi qui suis grand d'Espagne et ça risque pas de lui arriver, à José-Luis, d'entrer à cheval dans une église. Comme il me le disait : « Faudrait d'abord que je m'achète un cheval. »

Non, lui, quand il va à la messe, comme il n'habite pas à côté, il prend sa bagnole et il la laisse dehors. Souvent, comme il la gare mal, il a droit à une contredanse. Et, malgré ses privilèges, il arrive pas toujours à la faire sauter.

Il a une carte d'identité comme tout le monde, José-Luis de Villalonga. Parce que, s'il fallait inscrire après son nom tous les titres auxquels il a droit, on manquerait de place. Faudrait qu'elle soit spéciale, sa carte, avec des volets pliés en accordéon, un peu comme un recueil de vues touristiques. Il est, je cite dans le désordre, duc, marquis, comte, chevalier, baron, et j'en passe... C'est effarant. Il a autant de titres que le roi. Malheureusement, tout ça, c'est pas coté en Bourse, sinon ça lui ferait un drôle de pacson, à José-Luis.

Quand il a eu vingt ans, son père, qui possédait une immense fortune, l'a fait venir dans son bureau...

— José-Luis, n'oublie jamais qu'un Villalonga n'a jamais travaillé pour vivre...

Il parlait pas des Assedic, le père de José-Luis. Non, il lui rappelait simplement qu'il pouvait vivre sans rien foutre. Bref, ça ne lui a pas plu, le discours de son vieux. Il n'a pas aimé non plus se retrouver en uniforme franquiste dans un peloton d'exécution pour fusiller des républicains. Ça, c'est encore une idée paternelle pour voir si son fils en avait dans son froc. Il a tué personne, José-Luis... il a tiré à côté. Puis il s'est remis en civil et il s'est retrouvé à Paris. Avec beaucoup de difficultés, il a travaillé pour vivre, contrairement à ce que lui avait dit son père. Il a été journaliste, acteur... en général dans un rôle de riche, cocu et joueur de polo. Il n'a jamais joué au polo. Il a aussi plusieurs livres à son actif : *Fiesta, L'Heure dangereuse du petit matin, Les Ramblas finissent à la mer, L'Homme de sang,* de très beaux bouquins sur la guerre d'Espagne, qui, évidemment, l'a marqué. C'est un homme pour lequel j'ai beaucoup d'estime et beaucoup d'amitié. Maintenant, il habite Madrid, José-Luis de Villalonga. Comme je vous le disais, on ne se voit plus que de temps en temps... *es la vida !*

Il y a un truc qui m'a toujours fasciné, et qui me fascine toujours, du reste, c'est l'avarice. J'ai connu quelques personnages exceptionnels dans ce domaine, il y en a de célèbres dans ma galerie de portraits. Cela dit, ils sont souvent très sympathiques. René Fallet était de ceux-là.

Je savais, comme tout le monde, qu'il entassait des lingots plein sa cave et je m'amusais souvent à lui faire peur. J'attendais l'instant opportun. Dans un cocktail, par exemple. Je m'approchais en hypocrite, et je m'adressais sur un ton neutre à un invité pris au hasard :

— Dis donc, t'as vu le cours de l'or ? Ça plonge drôlement, ce matin.

Au risque de renverser son verre de scotch, René se retournait brusquement, l'air hagard :

— Comment ça, ça plonge ?

En guise de réponse, on rigolait tous pour le rassurer.

Un jour, on tournait le film d'Audiard, *Le drapeau noir flotte sur la marmite*, tiré d'un roman de René. Il était venu nous voir sur le tournage. Vers 1 heure, on s'arrête et je pars déjeuner avec Audiard et Carmet. Fallet marche à côté de nous. Au moment où on allait sortir des studios, Jacqueline Doyen, qui tournait dans le film, nous rattrape et me dit :

— Dédé, je suis toute seule, je peux manger avec vous ?

— Bien sûr, ma chérie.

Fallet se penche vers moi et me glisse discrètement à l'oreille :

— Je te préviens, je n'invite personne.

Je fais celui qui n'a pas entendu, et on traverse la rue pour se retrouver devant le restaurant où nous allions tous les jours.

— Dites donc, ça a l'air bien ici, dit Fallet.

— On t'emmène pas n'importe où, René.

— Oui, mais ça doit pas être donné.

Comme on le connaissait, on n'ajoute rien. Fallet réfléchit quelques secondes, regarde sa montre, puis hoche la tête.

— Je suis un vrai con, les gars, j'ai rendez-vous à Europe n° 1 à 2 heures moins le quart, j'aurai jamais le temps de déjeuner avec vous...

Et il se taille. Vers la fin du repas, quand on prenait le café, je l'ai aperçu sortant sournoisement d'une petite brasserie située un peu plus loin sur le trottoir d'en face. Il se dirigeait vers sa voiture. Vraisemblablement, il avait été becter deux œufs sur le plat en lisant son journal. Je suis sûr qu'il nous avait raconté des salades, qu'il avait rendez-vous nulle part. Il avait fait ça pour pas bouffer avec nous, c'était trop cher pour lui, et, pourtant, il était déjà plein d'oseille à cette époque-là.

Il y a aussi Michel Constantin qui fait très fort dans le genre. Une des caractéristiques de Michel, c'est qu'il ne se fâche jamais, il a bon caractère, Michel. Si vous lui dites : « T'es vraiment radin, toi ! », il répond tranquillement : « Non, je suis économe. »

Un jour, on tournait ensemble à Carpentras. On était descendus au palace de l'endroit, l'Hôtel de l'Univers, quatre-vingt-deux francs la nuit, petit déjeuner compris. Bien sûr, il y a quelques années de ça. Un matin donc, il y avait deux ou trois jours qu'on était là, on frappe à ma porte, il était 8 heures, 8 heures et demie :

— Entrez.

Michel entre.

— Ça va ?

— Ça va.

Je suis en train de prendre mon petit déjeuner, il fronce les sourcils, qu'il a très épais.

— Qu'est-ce que tu fais ?

— Je prends mon petit déjeuner.

— Dans ta chambre ?

— Où veux-tu que je le prenne ?... Tu le prends sur le trottoir, toi ?

— Non, mais moi, je le prends en bas.

— Eh ben, tu le prends en bas et moi, je le prends en haut, chacun son truc.

— Oui, mais moi, je le paie moins cher, j'ai négocié avec la direction, j'ai fait déduire un franc soixante du prix de la chambre, ils ne me comptent pas le service pour le petit déjeuner.

J'étais sidéré par sa démarche, mais il n'avait pas fini de m'étonner.

Quelques minutes plus tard, on était sortis de ma chambre. Michel, en levant les yeux au ciel, avait éteint la lumière que j'avais laissée allumée.

Tandis qu'on marchait vers le lieu de tournage qui était à cinq, six cents mètres de l'hôtel, ça l'a repris :

— Tu prends deux bains par jour, toi...

— Oui, j'en prends un le matin et un le soir, après le tournage... Comment tu le sais ?

Michel ne m'a pas répondu tout de suite. Puis il m'a dit, l'air soucieux :

— Je t'entends, j'ai la chambre à côté... Mais chez toi, t'en fais autant ?

Je suis resté sans voix.

N'allez pas croire que je fais une fixation sur Michel Constantin, mais, comme je tourne actuellement avec lui une série à la télé réalisée par Denys de La Patellière, je me suis aperçu plusieurs années après qu'il n'a pas changé. Il a toujours des oursins dans les fouilles, c'est pas les mêmes, mais ça s'est pas amélioré avec l'âge. Souvent, en fin de semaine, les comédiens principaux paient l'apéritif sur le plateau, c'est rituel. Le metteur en scène le fait aussi, ainsi que les techniciens, le chef opérateur, etc. Et moi, je le fais comme les autres. On file du pognon à l'accessoiriste pour qu'il vous organise ça, qu'il achète les bouteilles d'apéritif et des bricoles à bouffer. Et après le tournage, en fin de journée, tout le monde se retrouve dans un coin du studio pour picoler. Eh bien, Michel, lui, il ne file pas de fric à l'accessoiriste. Quand il offre l'apéro à l'équipe, parce qu'il ne peut pas faire autrement, il demande simplement de foutre une nappe en papelard sur la table, et il va chercher dans son coffre de bagnole plusieurs cartons remplis de petites bouteilles d'apéro de toutes marques... des mignonettes, je crois que ça s'appelle, des échantillons comme on en a dans les avions ou dans les frigos des chambres d'hôtel. Je ne sais pas qui lui donne ça, à Michel, il a peut-être un parent, un cousin qui est représentant en liqueurs, allez savoir. De toute façon, et là je suis formel, ça doit pas lui coûter un rond, à Constantin.

Il a aussi une vieille astuce pour se faire payer à boire, et quand ça fonctionne bien, son truc, il arrive même à se faire inviter au restaurant. Je vous donne le tuyau, vous pouvez l'utiliser, ça marche. Dans une conversation, sur n'importe quel sujet, il s'arrange pour placer le mot *imbécillité,* puis il pose la question à tout le monde, comme si c'était important pour lui...

— Au fait, comment ça s'écrit *imbécillité* déjà?... Il y a un l ou deux l?

Si quelqu'un lui dit : « *Imbécillité,* ça s'écrit avec deux l », il s'écrase, Michel, il n'insiste pas, mais si on lui dit qu'*imbécillité,* ça s'écrit avec un l bien sûr, comme *imbécile,* il est content, Michel. Puis il fait la grimace, plisse son front... comme s'il réfléchissait...

— Vous êtes sûr qu'il y en a qu'un ?... Moi, je dirais qu'il y en a deux... enfin, je crois... je parierais même l'apéritif, cela dit, je peux me tromper...

L'autre, l'imbécile avec un l, voyant que Michel n'est pas très sûr, parie l'apéritif avec lui, mais quand il lui serre la pogne, Michel ajoute, comme s'il se jetait à l'eau :

— Oh, je parierais même un déjeuner, tiens !

Le type est d'accord. Alors, on se démerde pour trouver un Larousse et, inévitablement, Michel gagne son pari avec le mot *imbécillité* qui s'écrit avec deux l, comme vous le savez bien sûr.

Il avait gagné comme ça un dîner avec Noisette, le cameraman du film de Jean Yanne, *Deux heures moins le quart avant Jésus-Christ,* qu'on tournait en Tunisie. Comme je le faisais pratiquement tous les jours, je dînais au restaurant du Skanès Palace. J'étais, ce soir-là, à une table avec Jean Yanne, Philippe Clay, Michel Constantin et Noisette, qui avait perdu son pari avec lui. Avant la fin du repas, Philippe Clay se lève, disparaît quelques minutes, puis revient s'asseoir avec nous. Après les cafés, Jean Yanne demande l'addition au maître d'hôtel, qui nous dit que tout est réglé. On réalise que c'est Philippe Clay qui a payé l'addition, qui nous a tous invités, et on l'engueule gentiment...

— Fallait pas, Philippe... Y a pas de raison...

On le remercie évidemment... à charge de revanche, etc., et là, il m'a scié, Michel Constantin. Comme tout le monde, il remercie Philippe Clay, mais il ajoute, en s'adressant à Noisette :

— Eh, dis donc, toi, ça change rien, t'oublies pas, tu me dois quand même un repas !

Il y en a un qui n'est pas radin, c'est « papa ». Papa, c'est Eddie Barclay. Je l'ai surnommé comme ça, il y a de ça une vingtaine d'années parce qu'à chaque fois qu'on allait quelque part, boire un verre ou se faire une bouffe, Eddie nous disait : « Les enfants, on devrait commander ça... » Ou : « Les enfants, moi à votre place je commencerais par ceci ou cela... en tout cas, il faut boire ça... c'est un très bon bordeaux... »

A force de nous dire : « Les enfants » par-ci, « les enfants » par-là, je l'ai appelé papa, ça lui est resté. C'est quelque chose, Eddie Barclay. Il dit toujours qu'il a été fidèle avec toutes ses femmes. Je n'ai jamais cherché à savoir, mais ce qui est vrai, c'est que, lorsqu'il reprend le chemin de la mairie avec une nouvelle, elles sont toutes là, ses anciennes, pour assister à la cérémonie. Ce qui prouve qu'il n'a jamais eu de problèmes graves avec elles. Il est toujours resté très copain avec ses ex-nanas. Son truc à lui, c'est la fête. Faire la fête le plus souvent possible. Alors, de temps en temps, il réunit, comme il dit, son comité des fêtes autour d'une bouffe pour qu'on échange des idées, qu'on fasse un menu original. Et, inévitablement, on parle d'autre chose pendant le dîner ou le déjeuner. Comme on est entre mecs la plupart du temps, c'est de sport qu'on parle ou de fesses, ou des deux. Ce qui fait qu'au dessert Barclay nous dit :

— Faudra qu'on fasse une autre bouffe, parce qu'aujourd'hui on n'a pas parlé de la prochaine fête...

Une fois, toujours chez Barclay, au cours d'un repas, il y a José Artur qui me fait une réflexion, histoire de déconner.

— Dis-moi, Dédé, quand t'étais avec Edith, ça a dû arranger tes affaires...

— Arrête tes bêtises, José, c'est plutôt moi qui ai arrangé les siennes. Et puis je ne vois pas pourquoi tu me demandes ça ici, devant tout le monde, on est entre macs ou quoi ?

Ils ont tous éclaté de rire. Ce jour-là, Barclay avait invité le comte de Saint-Germain qui vivait avec Dalida, Claude Wolf avec Petula Clark, mon copain Hubert qui était avec Simone Floirat... Tous ces gens bien sûr ne vivaient pas au crochet de ces dames, mais ils vivaient quand même avec des dames très riches. Alors, comme ils s'étaient marrés de la réflexion de José Artur, ça a remis les pendules à l'heure. Cela dit, ils savaient bien que je ne disais pas ça méchamment, d'autant que, quelques années en arrière, j'avais eu très envie de faire la cour à Simone. Elle n'en a jamais rien su. Nous sommes toujours très amis.

J'ai un bon copain, Henri Leconte, que je considère comme un grand joueur de tennis. J'aime aussi beaucoup Brigitte, sa femme, qui est une fille charmante. Tous les deux, on s'est occupés des relations publiques au Palais des Sports de Bercy, pendant les Six Jours de Paris. Une année, ils nous invitent, Joss et moi, pour le réveillon du jour de l'an. Le jour dit, on prend la voiture pour aller les rejoindre près de Mougins, il venait d'acheter une villa dans une sorte de résidence, j'avais l'adresse bien sûr, mais je ne trouve pas sa villa. Il y avait de grandes allées qui montaient dans la colline et puis des plus petites perpendiculaires. Je les fais toutes, les unes après les autres, rien à faire, je ne trouve pas. J'arrête la voiture pour aller sonner à l'entrée d'une villa, comme ça au hasard. On entend des chiens aboyer, puis quelqu'un me parle à l'interphone :

— Oui, qu'est-ce que c'est ?

— Excusez-moi, je cherche la villa d'Henri Leconte...

— C'est tout simple, monsieur, vous faites demi-tour, vous prenez la première à droite, puis la deuxième à gauche, c'est au fond de la petite allée, vous ne pouvez pas vous tromper, c'est juste devant une très grande villa qui a une grille en fer forgé, je vous donne ça comme repère... c'est la villa de M. Krivine...

— Krivine ?...

— Oui, monsieur.

Je ne sais pas si c'est le « politique », j'aurais dû me renseigner, parce que c'est rigolo si c'est lui !

Remarquez bien que, comme a dit Jean-Baptiste Doumeng, « on peut être communiste et milliardaire, c'est pas incompatible ».

Finalement, ce qui est important, c'est pas d'être communiste, c'est d'être milliardaire. Après, on peut choisir son camp.

Comme disait un des mes oncles, auvergnat : « L'argent, pour en avoir assez, faut en avoir de trop. »

Pendant trois, quatre ans, j'ai passé mes vacances à La Garde-Freinet, dans la maison d'un copain médecin à Saint-Tropez, qui me la prêtait. C'était une belle baraque, ancienne comme je les aime. Et je m'y plaisais bien. Comme il voulait pas que je lui donne du fric pour la location, tous les ans je faisais un cadeau à sa femme pour le remercier. Eux, ils restaient tout l'été à Saint-Tropez. Ça m'arrangeait, moi, cette combine, ça pouvait durer longtemps. Puis, un jour, j'ai l'intention de me faire plaisir. De m'offrir une Ferrari. Je réfléchis, et je me dis finalement : c'est con de changer de bagnole, celle que j'ai est encore en très bon état, ça serait plus intelligent d'acheter une maison... s'il m'arrive un coup dur, j'aurai toujours un toit.

Je vais voir l'agent immobilier de La Garde-Freinet et je commence à visiter ce qu'il y a à vendre, mais rien ne me plaît vraiment. Puis, un matin, il me téléphone pour me dire qu'il a trouvé un truc bien, mais il y a un problème. Un jour, la propriétaire veut vendre et, le lendemain, elle veut plus. Elle est un peu louf, la propriétaire. Je lui dis que je risque rien en voyant la maison et que, si ça me plaît pas, ça sera tout de suite réglé. Le jour même, il vient me prendre en voiture et, arrivé sur place, le coup de foudre.

Au milieu des châtaigniers, un vieux mas d'au moins trois

siècles, d'après les architectes. A gauche, une écurie avec une mangeoire taillée dans la pierre, à droite, une bergerie, en tout deux pièces au rez-de-chaussée et quatre en haut, c'est à l'abandon bien sûr, faut tout retaper, mais ça me plaît. C'est ce que je suis en train de lui dire, à l'agent immobilier.

On s'est assis sur le petit mur de la terrasse sous deux arbres qui doivent être aussi vieux que le mas... un platane pour avoir de l'ombre et un tilleul pour chasser les moustiques. Je suis emballé. A La Garde-Freinet où je connais tout le monde, je me renseigne, je cherche à savoir s'il y a pas un piège, on me rassure...

— La campagne de Marie-Thérèse, si c'est bien... c'est une belle campagne, monsieur Pousse... d'ailleurs, nous ici, on l'appelle le Paradis. On l'appelle comme ça parce qu'en hiver il fait cinq ou six degrés de plus qu'ici et l'été c'est le contraire... il fait cinq ou six degrés de moins, c'est un microclimat, comme ils disent à la télévision. En plus, le mistral, il passe jamais par là. L'ennui, c'est que Mme Rouvier, la Marie-Thérèse, elle sait pas ce qu'elle veut... des fois, elle veut vendre... des fois, elle veut plus vendre...

Ça, je le savais déjà. Bref, on est allés la voir, la Marie-Thérèse. Elle habite à l'entrée du village, une vieille maison qui lui appartient aussi.

Il m'a averti, l'agent immobilier, elle achète plus de savon depuis belle lurette, la Marie-Thérèse. Il a raison, ça schlingue sévère dans sa tanière... c'est pas croyable. En plus, c'est une vraie sorcière... la belle-mère de Blanche-Neige en plus tarte, avec des ongles de six centimètres et des tifs pas coiffés qui lui descendent à mi-cuisse. A l'époque, elle devait avoir soixante-dix, soixante-quinze berges, elle en paraissait cent vingt.

Elle nous confirme qu'un jour elle veut vendre et qu'elle change d'avis le lendemain. On s'est pas éternisés ce jour-là.

A force d'en parler, de cette « campagne », on était

devenus copains avec l'agent immobilier... Hugues de Labarre, il s'appelait.

Il est retourné la voir quatre ou cinq fois, la Marie-Thérèse, mais elle tenait bon, elle voulait pas vendre.

Finalement, je décide d'y aller sans lui. Il est d'accord, Hugues, il sait bien que je ne le ferai pas jongler pour la commission. Il me prévient, en se marrant :

— Prends un mouchoir imbibé d'eau de Cologne !

Avant d'aller lui rendre visite, je fais un tour au village. Je bois un coup au Cercle des travailleurs... joli nom pour un bistrot, puis à la Clairefontaine, où je rencontre François Bérenger, dit « Fanfan », qui lève le liège et récolte les châtaignes sur les terres de la Marie-Thérèse. On boit un apéro et je me rencarde :

— Qu'est-ce qu'elle aime, la Marie-Thérèse ?

— Dans le temps... elle crachait pas sur le Cointreau...

Le jour même, je vais à Saint-Tropez, j'en achète une caisse et je me pointe en fin d'après-midi avec mon cadeau.

Malheureusement, ça repart comme en 14 :

— Non... je veux pas vendre, mais, si je vends, c'est à vous que je vendrai... Je vais voir... je vais voir...

Il y a un truc qui me revient. Une fois descendu sur la place, j'ai remarqué les volets perpétuellement fermés de son logement. A force d'écarter les lamelles avec ses doigts pour voir ce qui se passait dehors, le bois était usé par endroits.

Elle sortait jamais. Pour acheter sa bouffe, elle faisait glisser un panier au bout d'une ficelle. L'épicier d'en bas prenait sa monnaie et la liste des commissions.

On en a fait d'autres tentatives avec Hugues, mais elle tenait bon, chaque fois on ressortait comme des cons. Un jour, on a bien cru que ça y était...

J'avais apporté plusieurs millions anciens, en billets de mille francs. Ça fait du volume dans une valise...

— Prenez ça... c'est un acompte.

— Ma campagne, je crois que je vais vous la vendre, parce que vous êtes mon préféré... je vais voir... revenez demain...

Le lendemain, ça recommençait, elle voulait plus... elle me rendait la valise et mes biffetons.

Pendant mes voyages, je l'oubliais pas, la sorcière, j'envoyais des cartes postales à tout va. Je donnais dans l'action psychologique : « ... Chère amie, de passage à Athènes, j'ai eu une pensée pour vous... Amical souvenir de Venise... », etc. Ça a dû me servir, toutes ces conneries, parce que finalement elle m'a fait une promesse de vente, puis elle me l'a fourguée, sa baraque. Chaque année, j'y passe deux mois dans ma nouvelle maison que j'ai baptisée « La Renardière » et tout doucement je commence à l'aménager. Pour dire vrai, au début je fais plutôt du camping... du camping couvert. Avec sac de couchage, matelas pneumatique et réchaud à gaz. Puis je commence à refaire les pièces du bas et acheter des meubles. De temps en temps, des copains viennent me voir. Comme j'ai pas encore le téléphone, ils donnent un coup de fil à l'épicier de La Garde-Freinet, qui fait un saut en voiture pour venir me prévenir. C'est marrant comme vie. En faisant le tour du propriétaire, je m'aperçois que j'ai plusieurs sources, mais la plus importante, celle qui m'intéresse, est au-dessus de la maison, à cinq cents mètres, de l'autre côté de la colline. Ça coule tout doucement, et si on calcule, on voit tout de suite qu'il y a grosso modo mille deux cents litres de flotte qui se barrent dans la nature tous les jours. Et cette flotte ne vient pas à la maison, parce que, dans le terrain rocheux, il y a une bosse qui l'empêche de descendre. Il faut que j'installe un tuyau, que je creuse, et je me mets au boulot tout seul, à la pelle et à la pioche comme un forçat.

Je trime mes huit heures par jour, mais ça avance pas terrible, je me rase plus et je vois de moins en moins mes potes à Saint-Tropez. Un week-end, quand même, je descends pour dîner et je rencontre Nicolas Vogel, un vieux copain. On bouffe ensemble, je lui parle de La Renardière, de la source, du tuyau que j'installe, et Nicolas me propose de venir me donner un coup de main.

Bien évidemment, j'accepte, on passe prendre sa valise et on remonte ensemble le soir même. Au bout d'une semaine, il a perdu deux kilos, Nicolas, comme il voulait maigrir, il est ravi. Mais, deux kilos, c'est pas assez, il veut faire plus, il voudrait transpirer davantage, faire de la sudation, et comme j'ai rien d'autre à lui proposer, je lui passe une vieille combinaison de chasse sous-marine... Comme deux idiots, on trouve l'idée géniale. Nicolas enfile la combinaison et on monte dans la colline avec les pioches et les pelles, moi en short et lui en homme-grenouille. On fait quelques mètres et on tombe sur Fanfan qui, à l'époque, s'occupait de ma maison quand j'étais pas là.

Je le vois encore, Fanfan, figé au milieu du chemin, ça devait pas lui arriver souvent de voir un homme-grenouille se balader parmi les châtaigniers.

Arrivés sur place, on se met à bosser, Nicolas et moi, peut-être trois quarts d'heure, une heure pas plus. Puis, brusquement, Nicolas lâche sa pioche, se redresse et reste planté, les bras écartés, au bord de la tranchée, je le regarde et je m'aperçois qu'il est devenu écarlate... je m'inquiète...

— Ça va, Nicolas ?

Il me fait non de la tête...

Je m'approche...

— Qu'est-ce que tu veux, Nicolas ?

Il me regarde bizarrement, les yeux exorbités, et se met à descendre vers le mas en titubant comme s'il était complètement bourré.

En bas, à la terrasse, il s'appuie sur le tilleul, il souffle comme un phoque, il essaie d'ouvrir sa combinaison... je l'aide... je tire sur la fermeture Éclair, mais j'ai pas le temps d'aller jusqu'au bout... il y a au moins trois litres de sueur qui s'échappent de la combinaison.

— Ben, Nicolas... tu pouvais pas me dire plus tôt que t'avais un problème...

— Je pouvais plus parler, Dédé...

C'est dingue, il a failli caner chez moi, habillé en homme-grenouille !

Comme tout le monde, j'en ai entendu des trucs sur la mort... par exemple : « C'est toujours les meilleurs qui s'en vont. » Il y a beaucoup de gens qui répètent ça quand quelqu'un qui leur est proche casse sa pipe, même s'il fumait pas. C'est gentil comme réflexion, mais ça reste à prouver. Je ne vois vraiment pas pourquoi ceux qui restent seraient moins bons que ceux qui se taillent. Ça veut rien dire. Ceux qui restent, ils restent comme ils sont, et ceux qui se taillent, ils se taillent comme ils ont été, un point, c'est tout.

Non, ce qui est triste, ce qui me semble injuste, pour ceux qui restent, c'est lorsque quelqu'un de jeune disparaît. Et pourtant, même dans les familles, il y a des exceptions...

Je me souviens d'une voisine, Mme Blandin, qui venait de perdre son fils qui avait une trentaine d'années. Ma mère revenait avec elle de l'enterrement et, en se quittant sur le palier, on sait pas toujours quoi dire dans ces cas-là, elle lui avait dit, à cette Mme Blandin, qui de plus était veuve :

— Ça doit être épouvantable de se retrouver seule.

— Il y a rien d'épouvantable, madame Pousse... Dieu m'a donné un fils, Dieu me l'a repris... nous nous retrouverons là-haut.

C'est fantastique de croire à ce point-là... c'est admirable. Moi, je suis catholique, j'ai été baptisé, mais, comme beaucoup, je ne suis plus allé à la messe après ma communion, je ne pratique plus.

Dieu existe... Dieu existe pas ?... plus on prend de l'âge, plus on s'interroge. Je ne veux pas dire que je suis devenu croyant, parce que, en fait, j'ai dû toujours l'être sans me l'avouer. Je ne suis pas un mystique furieux comme Khomeyni, mais, durant toute ma vie, j'ai toujours eu l'impression d'être dirigé par quelque chose de très fort... par quelqu'un qui tirait les fils... qui me faisait faire ou m'empêchait de faire des trucs, en décidant pour moi... Dans les deux cas, ça a toujours été pour mon bien.

J'ai eu souvent l'occasion de vérifier. Aux États-Unis, à Buffalo, comme je vous l'ai dit, quand je me suis cassé la gueule dix fois de suite le premier jour et que j'ai prié pour que ça s'arrête. Il y a aussi l'avion que je devais prendre avec Marcel Cerdan en 1949. J'ai tout fait pour le prendre, cet avion, c'était un copain, Marcel, et au dernier moment je me suis aperçu qu'il me manquait des papiers indispensables pour partir. J'en ai pris un autre. Celui où était Marcel s'est écrasé aux Açores.

Finalement, c'est rassurant de croire à quelque chose. Personnellement, ça me tranquillise d'imaginer qu'il y a autre chose qui continue quand vous allez quitter la planète... que ça s'arrête pas au cimetière.

J'ai lu quelque part qu'il y a quatre-vingt-seize religions dans le monde. C'est vrai que ça fait beaucoup de dieux. Il y a de quoi choisir, mais c'est pas ça l'important, s'il y en avait encore plus, ça ne changerait rien au problème. L'important, comme ils parlent tous d'un monde meilleur, d'une survie, c'est d'y croire...

Maintenant que j'ai dépassé la soixantaine, ce qui est pas si mal pour un homme de mon âge... comme disait Sacha Guitry, et pendant qu'on parle encore un peu, je vais vous faire une confidence : je n'ai jamais pensé arriver jusqu'à cinquante piges, pour cause de vie mouvementée... Depuis, je me suis un peu calmé, mais les années arrivent, 1er janvier, 15 août et le 31 décembre, on fait pas gaffe, on réveillonne et on s'en est pris une nouvelle dans la gueule.

Je m'en suis pas rendu compte tout de suite, du compte à rebours. A vingt piges, on pense pas à tout ça, on est porté par les événements, puis, plus ça avance, on rassemble les souvenirs, on commence à s'occuper de son bilan. Dans mon cas, j'ai pas eu trop à me plaindre. Au Vél'd'hiv', dans le vélo, j'ai fait partie des champions, des célébrités de mon temps, et je me suis pas trop mal démerdé en tant qu'imprésario. Je continue à faire l'acteur. Si je suis bon ?... c'est pas moi qui peux juger. L'important, c'est comme pour la Terre, c'est de tourner. Moi, j'aime pas faire de cinéma, mais faire des films, ça j'aime bien.

Les femmes, je ne vais pas, si j'ose dire, m'étendre davantage sur le sujet. Maintenant, je ne cours plus, je me suis mis en roue libre avec une bonne équipière. J'ai un restaurant agréable, qui marche bien, et, dans le Var, j'ai mon vieux mas, La Renardière. J'ai aussi beaucoup de relations, plein de copains et plusieurs amis. Les sincères, les inconditionnels, on les compte sur les doigts d'une main... c'est vrai... Mais c'est déjà considérable. Ce qui compte aussi, c'est les trois dames de ma vie : la grande Jocelyne... Joss pour les intimes, qui fait équipe avec moi depuis dix-neuf ans et avec qui j'ai fabriqué les deux autres... Pénélope et Marfa. Je ne veux pas me vautrer dans le mélo, mais comme elles sont belles, intelligentes, équilibrées, je peux dire que j'ai de la chance, dans cette époque de loufs, de camés et de baltringues... Alors, avec ma troïka, je vais essayer d'aller le plus loin possible. Mon seul regret, c'est le solfège, je ne sais pas lire une partition, c'est dommage, parce que j'aurais aimé jouer du triangle... C'est à la mode comme instrument... On peut bien sûr en jouer en société... Généralement, c'est ce qu'on fait. Mais le plus enrichissant, c'est d'en jouer place de la Bourse. Malheureusement, pour moi, c'est foutu, c'est trop tard. Faut connaître la musique, et, comme je vous le disais, on m'a pas initié...

Avec Michel Audiard, on disait toujours qu'on avait fait un pacte avec Dieu pour ne pas mourir. Je ne sais vraiment pas ce qui s'est passé pour lui... peut-être une connerie d'ordinateur, allez savoir...

Je dois être programmé moi aussi, comme tout le monde, mais je ne suis pas curieux pour la date, et c'est pas moi qui taperais sur le 36-15 de mon Minitel. Je cause... je cause et je m'aperçois que je suis surtout en train de déconner, parce que, tant qu'on est encore là... il y a toujours des choses importantes à faire... Par exemple, si vous passez devant le Napoléon Chaix, 46, rue Balard, Paris XVe, arrêtez-vous, on pourra toujours se faire un petit coup de champ... vous rigolez ou quoi ?...

La Garde-Freinet, 1989.

Cet ouvrage a été réalisé par la
SOCIÉTÉ NOUVELLE FIRMIN-DIDOT
Mesnil-sur-l'Estrée
pour le compte des Éditions Robert Laffont
24, avenue Marceau, 75008 Paris
en mai 1997

Imprimé en France
Dépôt légal : novembre 1989
N° d'édition : 38112 - N° d'impression : 38784